- **Schmidt, Martin** — SOHN
- **Kollege D.** — VEB Kabelwerk Oberspree
- **Walder Angelika** — FREUNDIN DES MARTINS
- **Dreger, Gerda** — SCHWESTER der Mina Schmidt
- **Walder, T.+S.** — ELTERN DER ANGELIKA — VEB Kabelwerk Oberspree

DIRK BRAUNS
DIE UNSCHEINBAREN

DIRK BRAUNS
DIE UNSCHEINBAREN

Roman

Galiani Berlin

Verlag Kiepenheuer & Witsch, FSC® N001512

2. Auflage 2020

Alle Rechte vorbehalten. Kein Teil des Werkes darf in irgendeiner
Form (durch Fotografie, Mikrofilm oder ein anderes Verfahren)
ohne schriftliche Genehmigung des Verlages reproduziert
oder unter Verwendung elektronischer Systeme verarbeitet,
vervielfältigt oder verbreitet werden.
Umschlaggestaltung Manja Hellpap und Lisa Neuhalfen, Berlin
Umschlagmotiv © plainpicture/mia takahara
Lektorat Wolfgang Hörner
Gesetzt aus der Whitman von Kent Lew und der
Brandon Grotesque von Hannes von Döhren
Satz Buch-Werkstatt GmbH, Bad Aibling
Druck und Bindung GGP Media GmbH, Pößneck
ISBN 978-3-86971-188-1

Weitere Informationen zu unserem Programm
finden Sie unter *www.galiani.de*

Für meinen Vater

Wir fühlen mit anderen, um sie zu verstehen und selbst akzeptiert zu werden, dann betrügen wir sie.

Jean-Paul Kauffmann

DER SCHREI
FEBRUAR 1965

Er schreckt hoch, tastet nach Angelika und flüstert: »Hast du das gehört?« Doch sie spitzt nur im Schlaf ihre Lippen, als wolle sie geküsst werden.

5:30 Uhr. Erster Stock eines Mietshauses in Berlin-Treptow.

Im Hof gurren Tauben. In der Küche nimmt Angelikas Mutter, die zur Frühschicht muss, den Teekessel vom Herd, bevor der lospfeifen kann. Die Lebensbäume draußen vor dem Fenster, vor dem noch schwarzen Morgenhimmel, zittern sacht.

Das Poltern kam wohl eher aus seinem überreizten Inneren.

Abschalten! Schlafen! Der Schwiegersohn in spe sein, ein gern gesehener Gast, dem es gelungen ist, sich neben der temperamentvollen Tochter des Hauses zu behaupten. Vorsichtig rückt er näher, lässt sich von der Wärme und dem vertrauten, leicht zitronigen Cremeduft ihres Körpers beruhigen und wieder davontragen.

Dann kracht es gegen die Wohnungstür.

Hiebe mit der Faust oder der flachen Hand, die

durchs Haus hallen. Jemand, der keinen Gedanken darauf verschwendet, die Klingel zu benutzen, brüllt:
»Aufmachen!«
Sekunden später, noch völlig orientierungslos, hört er seinen Namen und den Befehl:
»Anziehen!«
Da stürmen sie bereits in Angelikas Zimmer. Es sind drei. Die Mutter drücken sie gegen die Wand, ohne eine Miene zu verziehen. Angelika, die ihnen im Nachthemd entgegenspringt, wird aufgefangen und dazusortiert.
»Zurück! Gegen Sie liegt nichts vor!«
Ihn nehmen sie mit. In einem weißen Zivilfahrzeug verfrachten sie ihn zu seiner, wie sie es ausdrücken: »Meldeadresse«. Mehr wird nicht erklärt. Durch die winterbleiche Stadt geht es Richtung Norden. Nach etwa halbstündiger Fahrt erreichen sie Berlin-Blankenburg.

Sechs Grad minus. Böiger Wind und eine dünne, immer wieder aufgewirbelte Schneeschicht.
Zwei der Männer warten mit ihm vor dem Elternhaus. Sie tragen lange, dunkle Mäntel.
Er muss neben ihnen stehen und frieren, auf einem zugewiesenen Platz beim Gartentor. Sie beachten ihn nicht weiter. Sie sprechen kein Wort, auch nicht miteinander, sondern blicken unentwegt die Suderoder Straße hinunter und halten die Hände in den Taschen. Ohne, dass er es wissen kann, weiß er, dass sie so ihre

Pistolen verbergen. Seine Großmutter darf im Haus bleiben.

Wo ist sie? Geht es ihr gut oder wird die 82-Jährige auch in die Mangel genommen? Auf Zehenspitzen stehend, versucht er sie zu entdecken. Aber er sieht nur ihren Bewacher hinter dem Küchenfenster. Gleichmäßig wandert dessen Profil hin und her.

Als die Verwandten mit ihrem blauen Wartburg vorfahren, geht ein Ruck durch die Gruppe. Die Männer schnellen vor, überfallartig. »Weisen Sie sich aus!«, bellt der Vordere. Die Großtante aus Sachsen-Anhalt, die ja nur zu Besuch kommen und ihrer Schwester und dem Großneffen beistehen wollte, steigt aus und durchwühlt kreidebleich ihre Handtasche. Ihr Ehemann auf der anderen Seite des Wagens steht da wie angewurzelt. Würde er sich jetzt bewegen, bestände Gefahr, erschossen zu werden. Das hat er zum Glück begriffen.

Im Gänsemarsch marschieren alle ins Haus. Martin kennt sich aus, aber jetzt nicht mehr. Es ist kalt, fremd und abschreckend. Auf der Suche nach Gewissheit fällt ihm ein, dass drinnen Hausschuhe anzuziehen sind. Darauf legt Großmutter Wert. Bevor jemand einschreiten kann, kniet er nieder und hält sich an seinen zerknautschten Pantoffeln einen Moment lang fest.

Die Familienmitglieder werden auf unterschiedliche Räume verteilt. Dass Martin vor Bibbern kaum sprechen kann, interessiert niemanden.

Sie schieben ihn ins Wohnzimmer.

Der Vernehmer sitzt vor ihm am Esstisch der Familie, im Schein der Deckenlampe mit den hängenden, immer ein wenig wackelnden Troddeln, während er stehen bleiben muss.

Mit seinen Tellerhänden schiebt dieser Typ alles beiseite, wischt es beinah vom Tisch – die in Ringen steckenden Servietten, Vaters Rommékarten, die blaue Obstschale von den Urgroßeltern aus Brandenburg.

Die Fragen drehen sich um die »Aufklärung eines schweren Staatsverbrechens«. Am Tag zuvor sind die Eltern verhaftet worden. Sein Gegenüber will herausbekommen, was er von den »geheimen Aktivitäten« wusste.

»Nichts, absolut nichts«, bringt er hervor. Er schlottert noch immer und wundert sich, dass er verstanden wird. Vor kurzem habe er seinen achtzehnten Geburtstag gefeiert. Er würde sich intensiv aufs Abitur vorbereiten, habe auch eine feste Freundin. Sie heiße Angelika Walder und wohne, wie man ja offenkundig wisse, in Berlin-Treptow, Beermannstraße 10. In letzter Zeit habe er selten zu Hause übernachtet. Das Verhältnis zu seinen Eltern sei eher oberflächlich.

Der Vernehmer bohrt nach, droht auch, aber Martin bleibt dabei. In der Wärme des Zimmers wird er sicherer und man scheint ihm schließlich zu glauben. Die Inhaftierung der Eltern, beteuert er, würde ihn vollkommen überraschen. Sie wäre ein Schock.

Letzteres stimmt.

Doch dass seine Eltern Spione sind, weiß er seit langem. Er kennt keine Hintergründe, er kann es weder verstehen, noch wirklich einordnen oder beurteilen, aber er weiß es.

Es ist der Fluch seines Lebens, und er wird jetzt losrennen müssen, um damit fertigzuwerden.

»Iiiaahh.« Der gequälte Schrei einer Frau fährt durchs Haus. Es ist ein tierischer, in jeden Winkel kriechender Laut, nicht herauszuhören, von wem genau er stammt. Mit einem dumpfen Krachen fällt etwas um. Türen schlagen, Schritte poltern über die Treppe, jemand ruft »Heinz!«.

Ist das ein Klarname? Sein Vernehmer eilt hinaus. Die Tür des Wohnzimmers muss mit einem geübten Griff leicht angehoben und gleichzeitig fest zugezogen werden, sonst schließt sie nicht richtig.

Durch den sich öffnenden Spalt kann er erkennen, dass die Großmutter in der Küche auf dem Boden liegt.

»Kollaps. Sie braucht einen Arzt, so schnell wie möglich, sonst nippelt die ab!«, hört er, da ist er schon draußen im Korridor. Zwei der Männer beugen sich über die hingestreckte Gestalt. Er sieht den verrutschten Rock, die fleischfarbenen Strümpfe und die seltsam gerade über den Füßen steckenden Pantoffeln.

Auf einmal ist er es, der Bescheid weiß.

»Um die Ecke wohnt unsere Hausärztin. Ich kann sie holen.«

»Dann mach!«

Er sprintet durch den Winter. Wieder nur in Strickjacke, mit über den Bürgersteig hämmernden Schritten, dabei krampfhaft bemüht, nicht auszurutschen oder seine Hausschuhe zu verlieren. Großmutter, nicht böse sein, bittet er im Stillen, fürs Schuhetauschen blieb keine Zeit! Er stürmt die ihm endlos lang scheinende Suderoder Straße hinunter bis zur Ecke Gernroder Straße, wo er mit ausgestreckten Armen nach rechts um die Kurve rudert.

Kurz vor der Einmündung Alt-Blankenburg erreicht er das Haus der Ärztin. Sein Atem dampft. Mit solchem Druck, solch fordernder Verzweiflung hat er noch nie eine Klingel betätigt.

1   FÜNFZIG JAHRE SPÄTER

Es klingelt lange. Er hört erst das Telefon oben im Haus und dann neben sich im Behandlungszimmer. Seine Mutter ist dran.

»Wann wolltest du hier sein?«

»In zwei Stunden, wie vereinbart.«

»Könntest du auch etwas später kommen? Mona möchte mich anrufen.«

»Kein Problem.«

»Es ist nur wegen der Zeitverschiebung. Wenn meine Enkelin in Amerika mit mir reden will, muss ich *ready* sein. Du bist nicht böse?«

»Ach was. Soll ich Kuchen mitbringen?«

»Um Gottes willen. Ich habe Kekse.«

Sie legt auf. Das Knacken im Hörer passt zur Nüchternheit des ihn umgebenden Raumes. Die Wand entlang erstreckt sich ein Glasschrank voller Arzneimittel und Instrumente. Auf einem Sockel erhebt sich ein Metalltisch für die Kleintier-Untersuchungen. Der gefliese Boden ist braun wie geronnenes Blut, das dort nach Eingriffen mitunter tatsächlich zu finden ist.

Sein Blick geht durch das Fenster in den Wintergarten. Wenn er die Korbstühle mit den selbstgenähten Kissen sieht, die sich wie Farbkleckse um den runden Tisch gruppieren, muss er an Sommerabende denken, an laue Luft, klingende Gläser und von Insekten umschwirrte Kerzen.

Er wendet sich ab, trägt eine Kühlbox mit der Aufschrift »Labor« nach draußen und stellt sie vor die Eingangstür, direkt neben die Schalen mit dem Katzenfutter.

Freitag, 15 Uhr. Nicht ohne Andacht steht er vor dem alten, eigenhändig aufgestockten Gutshaus und zählt die Glockenschläge. Von der nahen Kirche, so bildet er sich ein, wehen sie zu ihm herüber. Herüberwehen, er mag das Wort. Flüsternd spricht er es aus, auch wenn es zur Beschreibung von Klängen nicht ganz passend scheint.

Er ist achtundsechzig Jahre alt, ein zugezogener Tierarzt in einer oberbayrischen Gemeinde. Er berlinert nicht mehr, grüßt seine Klienten mit einem zuvorkommenden Lächeln und trägt bei der Arbeit am liebsten Sandalen. An bloßen Füßen.

Vor einem Jahr ist seine Frau Emma gestorben.

Vorne, beim Lagerplatz für das Brennholz, eilt der jüngere Kollege, mit dem er sich die Praxis teilt, über die Straße.

»Servus, Jürgen, ich dachte, mit der Nachmittagsrunde wärst du durch?«

»War ich auch, aber bei den Bichlers gibt's ein Problem.«

»Welches?«

»Der Senior meint, eins seiner Rinder hätte einen Nagel verschluckt.«

»Viel Erfolg. Das neue Ortungsgerät müsste in der Anmeldung unter der Theke stehen.«

»Hab's schon eingesackt.«

Sie winken sich zu, knapp aus dem Handgelenk. Dann braust der andere los und lässt ihn zurück. Er starrt auf die Stelle, wo eben noch das Auto parkte, und kann alles abrufen, alles verfolgen wie in einem sich endlos wiederholenden Film. Gummistiefel werden abgeklopft und in den Kofferraum gestellt. Gummistiefel werden auf einem Hof, vor Stallgebäuden wieder angezogen, wobei man mit dem Rücken am Auto lehnt und dann möglichst entschlossen losmarschiert. Fremdkörper-Untersuchung, Klauenbehandlung, Geburtshilfe, Kaiserschnitt, Magendrehung-OP, Besamungstechnik ... Den Klienten hat man dabei knapp hinter sich. Einen Bauer, der einem reinredet und alles besser weiß. Oder einen vor Anspannung und Angst verstummten Bauer, was noch schlimmer ist und besondere Ruhe verlangt.

Mit einer Müdigkeit, die er erst seit einem Jahr von sich kennt und die ihn ärgert, schlurft er ins Haus zurück.

Emma würde jetzt zu ihm in die Küche kommen und über seine Mutter lästern. Wie anmaßend und launisch diese Frau sei. Dass sie nur an sich denke. Welchen Spaß sie daran hätte, ihren Sohn zu triezen.

»Um Gottes willen. Doch kein Kuchen! Ich habe Kekse! Und bitte, besuche mich unbedingt etwas später«, würde Emma mit verstellter Stimme sagen, bis sie sich beide vor Lachen nicht mehr halten könnten.

Auch der schöne Satz: »Heute zeigst du es ihr!«, würde fallen.

Dazu gäbe es Tee. Getrocknete Pfefferminze und Birkenblätter aus dem Garten, Ingwer oder Earl Grey. Emma würde seine nackten Füße in den Sandalen bemerken, die Raumtemperatur ins Feld führen und den Kopf schütteln. Das konnte sie nie lassen, obwohl sie seine »Kneipp'schen Verirrungen« auch bewunderte. Im Unterschied zu ihr war er in all den Jahren genau ein Mal im Krankenhaus. Zur Geburt von Mona.

Emma würde. Emma täte. Emma hätte. Es macht keinen Sinn, sich zu martern. Er hält sich für einen rationalen Menschen, für jemanden, der in der Lage ist, mit einer gewissen Kühle und Distanz auf sich selbst zu blicken. Was er seit einem Jahr erlebt, was ihn herumschubst und von einem Tief ins nächste stößt, lässt sich mit den üblichen Methoden nicht fassen.

Emmas plötzlicher Tod, morgens im Badezimmer, während sie sich die Zähne putzte, war zu absurd. Was geschehen ist, entzieht sich der Einordnung. Er hatte sie aufgehoben und alles versucht, bis die Sanitäter kamen. Er presste auf ihren Brustkorb und beatmete sie in zahllosen Anläufen, wobei er die ganze Zeit den Pfefferminzgeschmack der Zahnpasta schmeckte. Umsonst, sie war nicht zurückgekommen.

Er hat noch eine Stunde – wie langsam die Zeit vergeht! – und geht ins Untergeschoss, wo er Sachen sortiert. Es sind vor allem Emmas Sachen, die er überall aus den Schränken räumt und langsam, sehr langsam, in Kartons verpackt. Er füllt die Kartons bis obenhin, verschließt und nummeriert sie und stapelt alles übereinander, säuberlich auf Kante ausgerichtet. Er tut dies nicht, weil er Platz in den Schränken benötigen würde oder mit den Röcken, Blusen und Kleidern etwas Besonderes vorhätte. Die Hinterlassenschaften einzupacken, darüber Listen anzulegen, ihnen einen neuen Ort zuzuweisen, erscheint ihm angemessen. Wenn er dort herumfuhrwerkt, kommt es ihm so vor, als könnte er Emma für ihre Reise rüsten. Als folgte das Ganze einem Plan, in dem auch für ihn eine Rolle abfiele. Er sehnt sich nach ihr. Wäre er nur aufmerksamer gewesen, als sie noch lebte! Hätte er den Abschied nur kommen sehen! Dass ist es, woran er denkt, während er ihre Kleidungsstücke zusammenlegt und nicht selten unwillkürlich streichelt. Das Gefühl, seine wichtigste Stütze und einzig wahre Freundin verloren zu haben, höhlt ihn aus. Aber er will funktionieren! Was nutzen Tränen, wenn er ein von ihr genähtes Kissen anschaut, wenn er sich aus ihrer noch immer halb vollen Teebüchse bedient oder das Telefon in der Anmeldung klingelt und sie nicht abhebt?

Er verharrt vor dem Souterrainfenster, starrt auf die Schräge mit den efeubewachsenen Feldsteinen und registriert zunächst gar nicht, dass Frau Lohmaier ihn bemerkt hat. Die Nachbarin steht in ihrer Einfahrt und winkt. Überrascht hebt er den Arm und weicht einen Schritt zurück.

Die alte Dame ist ihm wohlgesinnt. Seit vierzig Jahren plaudern sie am Zaun, gratulieren sich zu Geburtstagen, schenken sich Walnüsse oder Äpfel und leeren, falls nötig, füreinander die Briefkästen. Als er das Haus und die angrenzenden Stallgebäude nach dem Einzug umbauen musste, Wände einriss und hochzog, Fenster versetzte, die Fassade verputzte und strich, war sie es, die als eingefleischte Urbayerin über ihren Schatten sprang und den Neuankömmlingen die Hand reichte. Das erste Gespräch wird er nie vergessen. »Sie sind aber fleißig!«, rief sie, als er gerade mit einer Karre voller Ziegel an ihrem Tor vorbeirollte. »Tja, Sie haben jetzt einen Preußen zum Nachbarn«, erwiderte er und legte eine Verschnaufpause ein. »Sagen Sie so etwas nie wieder!«, fuhr sie ihm über den Mund. Dabei setzte sie eine Miene auf, die Entschlossenheit ausdrückte und zugleich schelmisch wirkte. »I mog die Preußen net. Sie wohnen jetzt in Bayern. Also sind Sie auch Bayer!« Bei dieser schnoddrigen Offenheit waren sie bis zum heutigen Tag geblieben.

Auch als praktizierender Tierarzt gelang es ihm zu seiner Verwunderung ohne Probleme, hineinzuwachsen ins Ländliche und die Einheimischen für sich einzunehmen.

Gleich in den ersten Tagen wurde er auf einem der

Höfe des Dorfes zu einer Kuh gerufen, die nicht kalben konnte. Der Besitzer hatte keinen anderen Doktor erreicht und sich aus purer Not an ihn, den »jungspundigen Saupreiß«, gewandt. Skeptisch war jede seiner Bewegungen verfolgt worden: wie er die Geburtsschürze anzog und die Handschuhe überstreifte. Wie er das Muttertier anschließend untersuchte. Das Kalb steckte fest. Vermutlich war es einfach zu groß und passte nicht durch den Geburtskanal. Aber es lebte noch. »Ich werde jetzt einen Kaiserschnitt vornehmen«, teilte er dem Landwirt mit. Der Mann zögerte, brachte aber, nachdem er ihm den drohenden Exitus des Kalbes geschildert hatte, den verlangten Eimer mit warmem Wasser, Seife, Handtuch und einen Tisch für die Instrumente. Während er der Kuh die linke Flanke wusch, sie dort rasierte und desinfizierte, war bereits das halbe Dorf um ihn herum versammelt. Er wusste, dass es um mehr ging als diese Kuh und ihr ungeborenes Kalb. Der noch recht ungewöhnliche Eingriff, den er zwar während des Studiums gelernt, aber noch nie selbst durchgeführt hatte, musste im Stehen bewerkstelligt werden. Er durchtrennte die schräge Bauchmuskulatur und das Bauchfell. Durch die Gebärmutterwand konnte er die beiden Hinterfüße des Kalbes fühlen. Er zog sie an den Bauchschnitt heran und öffnete mit dem Skalpell die Gebärmutter, was zum Glück klappte. Dann bat er den Besitzer, die Füße des Kalbes festzuhalten und vorsichtig daran zu ziehen. Währenddessen erweiterte er den Schnitt in der Gebärmutter. Das Kalb glitschte hervor. Es lebte und auch die Mutter war wohlauf. Rasch nähte er Gebärmutter und Bauchdecke wieder zu. Als er sich die Hände wusch, wurde ihm gesagt, dies sei der erste Kaiserschnitt bei einer Kuh gewesen, der je in der Gegend durchgeführt worden war. Die umstehenden Bauern klopften ihm auf die Schulter. Das Eis war gebrochen.

Wenn Martin eines Tages aufhört, wird es Kollege Koslowski nicht einfach haben.

Erneut klingelt das Telefon. Diesmal ist es Mona, seine in San Francisco lebende Tochter.

»Hallo meine Große, mit Oma schon fertig?«
»Das ging erschreckend schnell. Grüß dich, Papa!«
»Wieso erschreckend?«
»Irgendwas war mit ihrem Hörgerät. Ich musste brüllen, aber sie hat trotzdem nicht viel mitgekriegt, glaube ich.«
»Ihr ist sowieso nur wichtig, dass man versteht, was sie sagt.«
»He, Fiesling! Sie ist deine Mutter.«
»Gut, dass du mich daran erinnerst.«

Er sitzt auf dem Drehstuhl in der Anmeldung, vor sich ein gerahmtes Katzenfoto mit der Widmung: »Lieber Doktor Schmidt, ohne Sie würde unsere Mitzi wahrscheinlich nicht mehr leben. Im Namen der ganzen Familie – herzlichen Dank!«

Seine Tochter möchte wissen:

»Ist die E-Mail mit den Fotos bei dir angekommen?«
»Oh ja. Schön!«, sagt er, obwohl er die Bilder nicht geöffnet hat. Wo immer Mona ist, wohin sie auch reist, sie sucht und fotografiert für ihn Rinder, ob deutsche Holsteiner, weißblaue Belgier oder argentinische Angus, weil sie weiß, dass er Rinder mag und die allgemeine Gleichgültigkeit gegenüber diesem für den Menschen so wichtigen Tier nicht nachvollziehen kann.
»Ist dir der Teller mit dem Wasserbüffel-Mozzarella aufgefallen?«
»Sicher. Was sollte das?«
»Stell dir vor, so was servieren sie hier im Café um die Ecke zusammen mit Cappuccino und nennen es Silicon-Valley-Frühstück.«
Er hört sie glockenklar lachen, seine Tochter, auf der anderen Seite des Erdballs. Ihm krampft sich das Herz zusammen. Mit dem ganzen Körper, mit einem elektrisierenden Schauer auf der Haut erinnert er sich daran, wie es war, wenn sie ihn früher umarmt hat. Schon als kleines Mädchen neigte sie zu einem langanhaltenden, festen Drücken. Wenn diese Attacken ihm galten, verzog er jedes Mal das Gesicht, als hätte er Wichtigeres vor. Wie verständnislos kann man als Vater eigentlich sein, sinniert er, während sie sich südlich von San Francisco weiter über ein Mozzarella-Frühstück amüsiert. Dass sie dieselbe Stimmlage wie ihre Mutter hat, macht es nicht leichter. Um nicht rührselig zu werden, zwingt er sich zu fragen:

»Und wie geht es meinen Enkelkindern?«

»Alles gut. Olivias Geburtstag war nett, obwohl es gewittert hat und wir drinnen feiern mussten. Du fragst so komisch. Alles in Ordnung?«

»Sicher.«

Er überlegt, was er sagen oder eher nicht sagen soll. Seine Tochter fehlt ihm, fehlt ihm wie Emma, dabei ist sie am Leben! Und während des ganzen Telefonats hängt dieses Mitzi-Bild vor seiner Nase. Tiere retten, Kaiserschnitte durchführen, das kann ich. Aber meine Frau stirbt mir einfach weg, hadert er mit sich.

Bloß nicht daran rühren, dann fangen beide an zu heulen. Mona hat sich ihren Kindheitstraum erfüllt und Veterinärmedizin studiert. Schon als Sechsjährige sezierte sie Mäuse in Lohmaiers Scheune. Später begleitete sie ihn auf seinen Touren, assistierte bei Operationen, war mit großem Ernst bei der Sache. Er konnte ihr ruhigen Gewissens Nachschauvisiten überlassen, da war sie noch Studentin, oder sie als Beobachterin bei Hundegeburten einsetzen, die sich mitunter bis zu einem Tag hinzogen.

Er hat nie daran gezweifelt, dass sie die Praxis übernehmen würde. Aber sie zog es vor, einen Kalifornier zu heiraten. Einen fröhlichen Programmierer mit Waschbrettbauch und unstillbarem Fortpflanzungsdrang. Ihm kommt es vor, als wäre sie gekidnappt und an den nunmehr dritten Kinderwagen gekettet worden.

Sie wollte es so. Er muss sich damit abfinden.

Übergangslos kommt er auf einen Spruch der vierjährigen Carry zu sprechen, neulich auf seinem Anrufbeantworter.

»Sie hat gemeint, wenn ihr Papa erst eine Frau geworden ist, wird er auch aufhören zu rauchen. Putzig! Kannst du das erklären?«

Die Unterhaltung driftet ab in das erwünschte, angenehm laue Fahrwasser um Faschingsfeiern, Gute-Nacht-Geschichten und Erlebnisse auf dem Spielplatz.

Wenig später verlässt er das Haus, um wie verabredet seine Mutter zu besuchen. Er zieht die Mahagonitür hinter sich zu. Das Einschnappen des Schlosses und das Drehen des Schlüssels kommen ihm endgültig vor, ohne dass er das Gefühl begründen kann. Seit einiger Zeit muss er sich überwinden, aus dem Haus zu gehen. Er ist dünnhäutiger geworden, fast übervorsichtig.

Was Emma seinen Spleen nannte, wird wieder stärker. Wenn er das leere Haus betritt, wandert er durch die Zimmer und versucht herauszufinden, ob jemand dagewesen ist. Ist das so abwegig? Er überprüft Steckdosen und Lampenschirme auf eingeschleppte Technik. Emma hat seine, zugegeben, gewöhnungsbedürftige Art, nach Hause zu kommen, nie verstanden. Wie auch? Dem Agentenhaushalt entstammt er!

Er weiß, wie es ist, wenn sich die eigenen Eltern abends im Wohnzimmer einschließen, um geheime Nachrichten zu verfassen.

Sein Vater hat auf dem Sterbebett darüber gesprochen. In jenem distanzierten Ton, den er bei Themen anschlug, die ihm wichtig waren: »Insgesamt müssten es etwa hundert Geheimschriftbriefe gewesen sein, die ich an die Deckadressen versendet habe. Beim Schreiben trug ich Handschuhe, alte weiße Stoffhandschuhe, die ursprünglich Mama gehörten. Und als Schreibmittel habe ich präparierte Seidentücher benutzt, die wie Durchschlagpapier funktionierten ...«

Es war keine Erklärung, wie sein Sohn sie sich erhofft hätte.

Den Hausschlüssel noch in der Hand, wartet er an der Straße. Die Luft ist frühlingshaft mild und klar. Das aus Richtung Ortsmitte kommende Auto hört er, lange bevor es um die Ecke biegt.

Ein wenig wird er von einem über den Zaun ragenden Holunderstrauch verdeckt. Aber er ist deutlich zu erkennen: ein schlanker, mittelgroßer Mann im Trenchcoat, der sich mit seinem Taschentuch noch einmal über die Schuhe wischt. Für einen Moment balanciert er dabei auf einem Bein. Dann harrt er mit unbewegtem Gesicht weiter aus.

In dem Wagen sitzt eine Dame aus dem Nachbardorf. Er kennt sie aus dem Gartenbauverein. Von ihrem Wissen, vor allem was den Obstbaumschnitt anlangt, hat er als Hobbygärtner mehrfach profitieren dürfen.

Einer Eingebung folgend, unternimmt er keinerlei

Anstalten, diese ihm durchaus sympathische Person auf sich aufmerksam zu machen.

Vielleicht ist das eine meiner hervorstechendsten Eigenschaften, sagt er sich auf dem Weg zur Garage und muss grinsen: übersehen zu werden.

2   ALTE GESCHICHTEN

Mit zwei verpackten Mango-Quarkschnitten neben sich auf dem Beifahrersitz fährt er über Land.

Die anderen Verkehrsteilnehmer erscheinen ihm aggressiver als früher. Vorfahrten werden genommen, Arme drohend gehoben, geblinkt nur noch selten. Selbst die einfachste Kommunikation, denkt er, die so wenig kostet, wird mehr und mehr Luxus. Wir verwandeln uns in asoziale Wesen, jeder eingekeilt im Führungsstand seines Ichs. Das Summen der Räder und das Schnurren des Motors sind die vertrauten Geräusche unserer Absonderung.

Wie ein Reisender in einer Raumkapsel kommt er sich vor, als er am Seniorenstift eintrifft.

Er parkt eine Querstraße entfernt und nimmt den Hintereingang, nicht ohne sich zu vergewissern, dass ihm niemand folgt. Es ist lächerlich, er weiß es, aber manche Angewohnheiten sitzen zu tief, um sie abzuschütteln. Mit dem Kuchenpaket in der Hand fühlt er sich unbehaglich. Mutters Liebling, unterwegs zum Kaffeekränzchen. Andererseits entspricht das so wenig den Tatsachen, dass es ihn amüsiert. Kurz entschlossen kehrt er im Foyer wieder um, um beim Floristen gegenüber Primeln zu kaufen.

»Frühlingsblumen! Wie hübsch!«

Die Greisinnen im Lift sind ganz aus dem Häuschen.

»Sogar Frühlingsboten!«, ergänzt eine und strahlt. Beim Aussteigen muss auch er lächeln.

Seine Mutter wohnt in der achten, der »Anthony-Hopkins-Etage«. Ein Porträt des Schauspielers, der als eine Art Mentor dienen soll, prangt auf einer Wand im Flur. Er fragt sich jedes Mal, wegen welcher Rollen man auf den Künstler gekommen ist. Ihm sind vor allem zwei geläufig: der sture, unzugängliche Butler aus *Was vom Tage übrig blieb* und der diabolische Kannibale aus *Das Schweigen der Lämmer*. Es ist ein Gedanke im Vorübergehen. Mit seiner Mutter hat er nicht darüber gesprochen und bezweifelt, dass sie *Dirty Anthony* kennt. Aber dass den Senioren hier ein Kannibalen- und Autisten-Darsteller vorgesetzt wird, scheint ihm bezeichnend. Eine Kostprobe der Unmündigkeit, auf die letztlich alles zuläuft.

Der Kokosläufer dämpft seine Schritte. In der Luft hängt ein Hauch von Urin, aber das an eine Schiffsmesse erinnernde Wandpaneel, die mit hellem Leder bezogenen Türen der Appartements und besonders die Stille in den Fluren zeugen von Vornehmheit.

Er steht vor ihrer Tür. »Dr. Erwin und Hedda Schmidt« ist auf dem Namensschild zu lesen, obwohl der Vater seit langem tot ist und auch nie hier gewohnt hat. Will sie mit diesem Schild andeuten, welch mustergültiges Familienleben hinter ihr liegt? Einen Moment horcht Martin nach innen, neigt den Kopf. Dann klingelt er.

Sie öffnet sofort und trägt zu seiner Überraschung Schlafanzug, ein gestreiftes Modell, darüber eine flauschige Joppe.

»Gut, dass du da bist. Ich suche einen Umschlag.«
»Was für einen Umschlag?«
»Einen Briefumschlag halt. Er müsste unten im Regal liegen. Aber ich kann mich ja nicht mehr bücken.«

Fordernd baut sie sich vor ihm auf, ganz ehemalige Bürovorsteherin mit ausgestrecktem Zeigefinger. Einzig ihre dünnen, bandagierten Beine und der wacklige Stand deuten an, dass Wunsch und Wille nicht mehr schrankenlos walten.

Quasi ohne sich zu begrüßen, ohne jeden Körperkontakt, denn sie kann kaum noch berührt werden, ohne blaue Flecken davonzutragen, drücken sie sich im Korridor aneinander vorbei.

Er stellt den Blumentopf beiseite und kniet vor dem Regal. Sie dirigiert ihn:

»Das sind meine Klassik-CDs! Weiter hinten. Ein dicker, brauner Umschlag, DIN-A4-Format.«
»Was ist denn drin?«
»Alte Trauerbriefe. Ich muss jemandem kondolieren und benötige Vorlagen.«
»Das müsste es sein.«

Er reicht ihr den Packen und sie nehmen am gedeckten Tisch Platz, steif wie Unterhändler. Er mit durchgedrücktem Rücken auf der Couch. Sie auf ihrem grünen Velourssessel, ihn musternd.

»Du willst doch irgendwas.«

»Wie kommst du darauf?«

»Mein Sohn, das sehe ich.«

Wenn er in ihre Augen blickt, weiß er, woher sein Talent zur Analyse rührt. Es sind gar keine Augen, sondern stahlblaue Scheinwerfer. Sie sind auf ihn gerichtet, starr und abwartend. Er friert ein bisschen und ärgert sich, dass sie das noch immer mit ihm machen kann, eine 90-Jährige mit ihrem 68-jährigen Spross.

Er wehrt sich gegen die alten Geschichten. Und muss doch daran denken, wie er sich im Ostberlin der fünfziger Jahre danach sehnte, ein Pionier zu sein wie alle anderen. Wie heftig er mit ihr darum hatte kämpfen müssen. Sie wurde nicht müde, ihm vorzukauen, weshalb sie den »Russenstaat« und dessen »proletarischen Kult« ablehnte. Und er bat unter Tränen und Geschrei darum, dort einzutreten. »Alle meine Freunde sind dabei. Sie machen die tollsten Sachen! Ausfahrten und Wanderungen und Zeltlager und Gruppenabende!« Zwischen ihnen musste es, denkt er mit Grausen, erst zu Handgreiflichkeiten kommen. Handgreiflichkeiten von beiden Seiten wohlgemerkt. Als verzweifelter, sich inbrünstig in die Reihen dieser Organisation wünschender Halbwüchsiger hatte er es fertiggebracht, sie im Wohnzimmer zu ohrfeigen. Allerdings geschah das erst, nachdem sie ihn geohrfeigt hatte, weil er partout nicht hatte einsehen wollen, dass dieser »Marschierverein« nur eine verkappte Hitlerjugend wäre.

»Du hast Recht, ich will etwas.«

Er hat keine Lust und auch keine Kraft mehr, mit ihr zu streiten. Und wenn er sie anschaut, mit ihren Armen voller blauer Flecke, ihrem spärlichen Haar, ihren hängenden Lidern, dann siegt in ihm die Nachsicht, womöglich sogar Zuneigung. Was genau er empfindet, was ihn im Innersten hertreibt, abgesehen von den Gründen, die er aufzählen könnte wie Stichpunkte auf seinen Erledigungslisten, das ist offen. Darüber ist er sich nicht im Klaren.

»Worum geht es? Brauchst du Geld?«, fragt sie, seinen Friedenswillen damit über den Haufen werfend.

»Natürlich nicht. Wie kommst du darauf?«

Er verschluckt sich und muss husten. Sie verfolgt es interessiert.

»Es gab Zeiten, da hast du dich nur deshalb hier blicken lassen.«

»Also bitte, möchtest du es schriftlich? Ich bin dankbar für deine Unterstützung, aber die Raten für Haus und Praxis sind abbezahlt, und zwar seit zwanzig Jahren. Du hast dein Geld zurückbekommen!«

»Ist ja gut.«

Sie hebt die Hände, kann ein Schmunzeln nicht

unterdrücken und zeigt auf eine üppig gefüllte Vase am Fenster.

»Stell dir vor, die Rosen sind noch übrig von deinem letzten Besuch!«

»Der kann dann ja nicht allzu lang her sein.«

»Von Blumen hast du noch nie viel verstanden.«

Eine Weile vertiefen sie sich in ihre Mango-Quark-Schnitten. Dass er »um Gottes willen« keinen Kuchen mitbringen sollte, da sie Kekse hätte, wird mit keiner Silbe erwähnt. Das Klimpern der Gabeln deutet an, wie sehr sich beide mühen, die Unstimmigkeiten zu überspielen und vergessen zu machen.

»Ich überlege, mich zurückzuziehen und die Praxis zu verkaufen.«

»Und was ist mit Mona? Wenn sie doch zurückkommen will?«

»Wie lange soll ich warten? Bis Sankt Nimmerlein?«

Sie hält inne, stellt ihren Teller ab.

»Was ist los? Ist etwas passiert?«

Er möchte aufspringen und verschwinden, weil abgesehen vom Emmas Tod vor zwölf Monaten und neun Tagen natürlich nichts passiert ist, nicht das Geringste. Außer einem gewaltigen Arschtritt des Schicksals, den Madame offenbar kaum mitbekommen hat, ist alles in schönster Ordnung.

Dann geht ihm auf, dass sie es ernst meinen könnte, dass sie keinen Schimmer hat von seinen Nöten, die eben keine Geldnöte sind. Seit dem Zuschuss vor vierzig Jahren, auf den sie noch immer stolz ist, reduziert sie alles darauf und meint, sich bei ihm auszukennen.

Das ist die Lage. Mutter und Sohn umkreisen einander. Sie piesacken sich fast gewohnheitsmäßig.

Manchmal kommt er sich vor wie sein Vater. Den hat sie auch zurechtgewiesen und versucht, auf Linie zu bringen. Subtil zwar, aber schon bei kleinsten Abweichungen. Wenn der Arme beispielsweise ein Covergirl auf westlichen Illustrierten wie *Stern* oder *Bunte* betrachtete, dauerte ihr das immer zu lange. Dann sauste sie heran und meinte spitz: »Aha!«

Den Kuchen haben sie mittlerweile aufgegessen und trinken Tee. Kein Grund, sich über irgendetwas aufzuregen. Er fährt fort und spricht aus, was ihn seit Wochen umtreibt:

»Außerdem hat das Spionagemuseum in Berlin angefragt, ob ich nicht bei einem Projekt mitarbeiten möchte.«

»Was für ein Projekt?«

»Sie planen eine Sonderausstellung über den Alltag von Agenten in den fünfziger und sechziger Jahren. Soweit ich verstanden habe, soll ich Archivakten lesen und dann als Zeitzeuge interviewt werden.«

»Willst du das machen?«

»Warum nicht? Es geht um unsere Geschichte. Der Kurator war im Bilde. Er hat mich am Telefon fast angefleht und hält den Fall für spektakulär und lehrreich.«

»Lehrreich? Na fabelhaft. Ist dir klar, was du aufwühlen wirst?«

»Mir ist gar nichts klar. Ich wundere mich nur, dass sie dich nicht gefragt haben.«

»Haben sie. Aber solche Leute darf man gar nicht erst ausreden lassen. Und was heißt überhaupt: ›unsere Geschichte‹? Dein Vater und ich sind für den Verein hinter Gitter gewandert. Was du später getrieben hast, kann man kaum Agententätigkeit nennen.«

»Hauptsache, du weißt Bescheid.«

Sie sieht ihn an wie einen Gegenstand, wie etwas, das vom Boden aufgehoben und weggeworfen werden muss.

»Dann wünsche ich angenehmes Herumschnüffeln! Du brauchst das wohl. Mir egal. Ich bin darüber hinweg. Häkchen dran, verstehst du?«

Sie erhebt sich und wechselt auf einen Hocker am Fenster.

Der Himmel über der Stadt brennt abendlich orange. Schmale Wolkenstreifen stehen wie Kreuzfeuer vor dem Horizont. Welch gigantisches Schauspiel, sinnlos und schön. Ein Verprassen von Licht und Farbe, das mit dem Grau der Neubauten und den Kriechströmen auf Straßen und Autobahnen nichts gemein hat. Im Süden ragen die Berge aus dem Dunst, kantige, schneebehangene Mammuts.

Er betrachtet den Rücken seiner Mutter. Trotz der Wolljoppe wirkt ihre Silhouette schmal. Minuten verstreichen, in denen nur der heraufdröhnende

Straßenlärm zu hören ist. Er stellt sich die üblichen Fragen des Nachgeborenen: Was sie ihm wohl verschweigt? Wie man ihre Gefühle für ihn beschreiben könnte? Ob er sie eigentlich kennt?

In diesem Blankenburg, mit dem sie angeblich abgeschlossen hat, überraschte er sie einmal mit dem Vater. In einer Sommernacht, im Garten hinter dem Haus. Wenn er damals aufwachte, weil die Blase drückte, schlich er gern nach draußen und erleichterte sich. Die über ihr Pflanzenreich wachende Großmutter konnte deswegen fuchsteufelswild werden, aber das war ihm egal.

Im Mondschein unter den Obstbäumen stieß er auf seine nackten Eltern, Gestalten wie aus einem abgeschmackten Traum. Sie waren beschäftigt und bemerkten ihn nicht. Er wich zurück.

Später, als sie Heimlichkeiten der anderen Art ins Arbeitszimmer verlegten, wo der Vater meist sonntags Agentenberichte verfasste und die Mutter ihre unverfänglichen Briefe mit normaler Tinte darüberschrieb, musste er manchmal an die Szene im Garten denken.

Er war der Spion, der seine spionierenden Eltern ausspionierte. Aber war er das immer, von Anfang an?

Angestrengt sucht er nach neuen, unverbrauchten Worten, um es zu erklären, aber solche Worte gibt es nicht. Er muss die alten verwenden.

Was für ein Leben! Wo ist oben und unten, wo hinten und vorn, fragt er sich, noch immer auf den Rücken der Mutter starrend. Vor seinem inneren

Auge tauchen unscharfe Bilder auf, Episoden, die er vor langer Zeit weggeschoben hat. Er stolpert in ein Kuddelmuddel aus Familien- und Staatsgeheimnissen. Die Konturen verschwimmen. Seit Emmas Tod verschwimmen sie jeden Tag etwas mehr. Er hat Angst, den Boden unter den Füßen zu verlieren.

Lässt sich der Boden unter den Füßen, zumindest ein Teil davon, erfassen und nummerieren? Lässt er sich zusammenrollen, zusammenlegen oder zusammenklappen und irgendwohin stapeln, am besten in tiefliegende Keller oder Garagen und dort aufbewahren als Boden-unter-den-Füßen-Reserve für noch schlimmere Zeiten?

Unvermittelt dreht sie sich um.

»Wenn wir schon große Themen behandeln. Da hätte ich noch was für dich.«

»Ach ja?«

»Ich bin natürlich nicht sicher. Aber vielleicht interessiert dich, dass Angelika mich angerufen hat.«

»Angelika? Angelika Walder?«

»Genau die.«

»Unglaublich! Was wollte sie?«

»Dich sprechen, was sonst. Sie wollte wissen, was du so machst, wie es dir geht. Auch deine Kontaktdaten sollte ich herausgeben, aber das habe ich selbstverständlich abgelehnt.«

Er reißt die Augen auf, rutscht vor bis auf die Sofakante.

»Das hättest du ruhig machen können.«

»So was dachte ich mir.«

»Ja und? Warum hast du nicht?«

»Ich habe das besser gelassen, Martin, weil du verheiratet warst. Deiner Frau hätte das wohl kaum gefallen.«

»Aber wieso? Stopp mal – wann hat dich Angelika denn angerufen?«

»Vor fünf oder sechs Jahren.«

Seine weit aufgerissenen Augen öffnen sich noch ein Stück. Fassungsloser kann man nicht schauen.

»Vor fünf oder sechs Jahren? Das hast du nie erwähnt!«

»Nein, habe ich nicht. Mache ich jetzt.«

Er schüttelt unaufhörlich den Kopf und bricht auf.

3 RUF AN!

Das Dorf wirkt schummrig. Wie ein Zeltlager, in dem alle schlafen, duckt es sich um den Kirchturm. Vor seinem Haus flackern mehrere Lampen auf, ausgelöst vom Bewegungsmelder. Er steht da, lauscht dem mittlerweile prasselnden Regen, und beobachtet die aus den Beeten fliehenden Regenwürmer. Am Ende liegen sie wie Schnüre auf dem betonierten Weg. Ein paar scheinen der Praxistür zuzustreben.

»Wollt ihr euch behandeln lassen?«, fragt er höflich und steigt über sie hinweg.

In der Küche entkorkt er eine Flasche und starrt auf den Steinboden, der noch aus der Zeit stammt, als dieser Raum ein Ziegenstall war. Er hört das Blut in seinen Ohren rauschen. Tinnitus komme, dein Pfeifen geschehe. Im Namen der Verwirrung und dieses Valpolicellas, murmelt er und wechselt auf die Liege im Wohnzimmer. Emma hatte mit dem Designerstück geliebäugelt, da waren sie gerade ein paar Monate zusammen gewesen. Wie ein kleines Mädchen drückte sie ihre Nase am Schaufenster platt, konnte sich vom Anblick kaum lösen, wollte aber nicht darüber reden.

»Das Original oder die spanische Kopie?«, erkundigte sich der Händler auf dem Schwabinger Hinterhof. Ihnen wurden Schrauben im Gestell gezeigt, die den Unterschied machen sollten. »Ein paar Schrauben mehr oder weniger. Wen juckt das, wenn es den Preis halbiert?!«

Er kann sich an das Lachen des Schlitzohrs entsinnen, an dessen Geschick, Dinge auszunutzen, die gar nicht erwähnt wurden. Damals wohnten sie noch in der winzigen Studentenwohnung. Er schrieb an seiner Dissertation *Zur Geschichte, Dokumentation und Analyse veterinärmedizinischer Habilitationen in Deutschland unter Berücksichtigung der Lehrfächer (1810–1974)*. Keine Arbeit, die in irgendeiner Form auf den Beruf vorbereitete, aber sein Doktorvater, der ihn an der Universität halten wollte, hatte ihm das Thema nahegelegt.

Von seinen diskreten Nebeneinkünften abgesehen, hatten sie in diesen Jahren, rekapituliert er, so gut wie kein Geld. Dennoch wurde das sündhaft teure Möbel angeschafft, wenn auch die spanische Variante. Es war absurd und phantastisch. Mit dem Optimismus der Liebenden warfen sie sich in die gemeinsame Zukunft. Sie würden alles schaffen.

Er liegt auf dieser edel anmutenden Liege, als würde er eine Welle reiten. Mit den Gedanken an Emma, die hier in jedem Gegenstand wohnt, beruhigt er sich und geht den Besuch im Seniorenstift noch einmal durch.

Hatte seine Mutter ihm tatsächlich die Telefonnummer von Angelika gegeben? Obacht! Sie war an die Decke gegangen, nachdem er von dem Museumsprojekt berichtet hatte. »Was versprichst du dir davon, unser Leben unter die Massen zu streuen?«, hatte sie gezetert. Und dann eine Keule hervorgeholt, die ihn treffen musste: Angelika. Im Hinwerfen von Ködern und deren unerwarteter Rücknahme ist Frau Agentin versiert.

Bei ihrer Entlassung aus der Stasi-Haft und der danach auch für ihn, den einzigen Sohn, möglichen Ausreise hatte sie auf ihn eingeredet und faktisch von ihm verlangt, dass er seine Jugendliebe in Ostberlin zurückließ. An die Diskussionen darüber erinnert er sich wie an eine Operation, der er sich ohne Narkose unterziehen musste. Er weiß, dass es passiert ist. Monatelang stritten sie deswegen. Bei seinen Besuchen im Gefängnis Hohenschönhausen und später am Telefon, nachdem sie 1967 freigekauft worden war und in Westberlin auf den Rest der Familie wartete.

Sie kämpften um seine Trennung von Angelika. Seltsamerweise aber kann er sich, sosehr er auch grübelt, an keine Einzelheiten, an keines ihrer aufgefahrenen Argumente erinnern. Nichts mehr da. Auch kein Schmerz. Zweifellos hat er sich gefügt und diese Entscheidung mitgetragen, sie gleichsam exekutiert. Aber die Erinnerung daran ist fort, wie erstickt unter der Masse von Korrekturen, die er für den Neustart im Westen vornehmen musste.

Er hält den Zettel mit Angelikas Nummer in der Hand. In der Eile hatte er nach irgendeinem Stück Papier gegriffen und erst beim Notieren festgestellt, dass es eine Hausmitteilung für seine Mutter war. Ihr war das nicht aufgefallen. Sie hatte ihm Ziffer für Ziffer diktiert. Und während er verärgert mitgeschrieben hatte, war in ihm der, wie er nun findet, durch und durch kindische Wunsch entstanden, der Mutter die Nachricht vorzuenthalten und das Blatt einfach einzustecken. Kindischer ging's nicht!

Betreff:
Fensterreinigung des Appartements Nr. 823

Für die Reinigung der Fenster Ihres Appartements bitten wir Sie, nachstehenden Termin vorzumerken. Sollten Sie zu diesem Termin nicht anwesend sein können, bitten wir Sie, der Objektleiterin rechtzeitig Bescheid zu geben. Für eine ordnungsgemäße Reinigung bitten wir Sie zudem, sofern es Ihnen möglich ist, die Fensterbänke frei zu räumen. Ansonsten können wir für beschädigte Gegenstände leider keine Haftung übernehmen.

Mit freundlichen Grüßen,
Cleanux, Gebäudereinigung.

Er liest den Text durch. Die einzige ihm auffallende Besonderheit ist nicht gerade aufregend. Sie entspricht seinen Erwartungen und Erfahrungen: Auf drei Bitten folgt kein einziges Danke.

Das alles ist irrelevant. Während er den Zettel knüllt und wieder auseinanderfaltet, geht es ihm in Wahrheit nur um eines – die mit blauem Filzstift quer über diese Fensterreinigungsbelanglosigkeit geschriebene Nummer Angelikas.

Er würde gern mit ihr reden und weiß gleichzeitig nicht wie. Angestrengt versucht er, solch ein Gespräch durchzuspielen. Klatscht sich dabei die Wangen, als hätte er Probleme, wach zu bleiben.

Er liebäugelt mit dem Telefon. Silbrig glänzt es auf der Anrichte. Neugier, Gewissheit, Risiko, ein paar Meter entfernt. Und er sieht auf die Uhr. Ausgeschlossen! Das kann er nicht machen. Fünf oder sechs Jahre sind seit ihrem Kontaktversuch verstrichen, davor sagenhafte 45! Welchen Kitzel zieht er hier in Betracht?

Er springt auf und läuft in den Keller.

Dort hat er bei seinen Räumaktionen Fotos gefunden. Er hätte nicht gedacht, dass sie noch existieren und die Umzüge überstanden haben. Aber da sind sie. In einem packpapierbraunen Kuvert, das er vor Wochen gleich erkannt, aber nicht geöffnet, sondern wieder weggesteckt hatte. Angelika im Wohnzimmer seiner Eltern, mit kesser Pagenfrisur, die Beine im kurzen Rock, artig übereinandergeschlagen. Angelika im Bikini am Strand, Taucherbrille und Schnorchel triumphierend hochhaltend, dabei schelmisch lachend. Angelika in einem Wald oder Park, ihn umarmend, während auch er sie umarmt, beide in die Kamera strahlend, pures Glück atmend.

Die Fotos gleiten ihm durch die Hände. Es sind mehrere Stapel, von Gummis zusammengehalten. Er fragt sich, wie er es geschafft hat, sie vor Emma geheim zu halten. Dass er sie schwerlich zeigen konnte, spürt er beim Betrachten. Er hat einen Kloß im Hals, ein verräterisches Brennen, als würde er etwas Verbotenes tun, als würde er in fremden Geheimnissen stöbern. Dabei ist er es selbst! Er und diese mädchenhafte Frau.

Er vertieft sich in ihre feinen Züge, in die Art, wie sie beide auf einigen Bildern die Hände verschränken. Meist legt er seine Hand über ihre und sie scheint mit ihren langen Fingern darunter hervorschlüpfen zu wollen. Zum Teil sind es innige Szenen, die auf den ersten Blick, vom Arrangement her, nicht weiter auffallen. So stehen sie etwa vor einem Brunnen und schauen sich an. Wie sie das tun, zeugt von ungeheurer Nähe.

Er betrachtet alles mit einem seltsamen Staunen. Ihm ist nicht wohl dabei. Diese Erinnerungen aufzufrischen, kommt ihm falsch vor. Als würde er Emma betrügen. Eine Tote zu hintergehen, ist das möglich? Er fragt sich allen Ernstes, ob er ihr nicht von dieser Sache erzählen soll. Ob er es nicht sogar tun muss, wenn er das nächste Mal an ihrem Grab steht!

Aber die Vorstellung ist grauenhaft, vor dem Stein

wieder von einem Bein aufs andere zu treten und darauf warten zu müssen, bis die Dorfmütterchen ihre Ruhestätten fertig geharkt haben, bis sie aufs Radl gestiegen und endlich verschwunden sind und den »Herrn Doktor« nicht mehr in Gespräche darüber verwickeln wollen, wer kürzlich wie und weshalb verstorben ist und Anspruch hat auf einen gebeteten Rosenkranz. Selbst Frau Lohmaier, die geschätzte Nachbarin, blies beim letzten Treffen auf dem Kirchhof in dieses Horn: »Wissen Sie es noch nicht? Der Haindl, Georg, unser Kaminkehrer, hat das Zeitliche gesegnet. 84 ist er geworden. Da würde ich nicht mehr davon sprechen, dass die Hebamme schuld ist ...«

Er räumt die Angelika-Fotos zurück in den Umschlag. Kann man jemanden vermissen, der einem fünfzig Jahre lang entfallen war? Sich »Esel!« und »Narr!« schimpfend, geht er zurück nach oben. Sie wird verheiratet sein oder traumatisch geschieden. Blond und gertenschlank ist sie garantiert auch nicht mehr. Er malt sich aus, wie sehr die Jahre gewütet haben, wie unausstehlich, vom Leben enttäuscht sie sein muss. Aber die Bilder ihrer Verblödung und Verfettung, die in ihm aufsteigen, weil er sie damals zurückgelassen hat und sich dafür bestrafen will, sie verfangen nicht. Er mag diesen Phantasien nicht glauben.

21:40 Uhr – das Telefon ist immer noch da. Es ruht in der Aufladestation wie ein Lockangebot vor Supermarktkassen. Wenn er nahe herantritt, hört er es flüstern: »Greif zu! Ruf an!«

Unter Kontakte tippt er ihre Nummer ein. Jemanden nach fünf Jahren zurückzurufen, ist doch Irrsinn, findet er. Und registriert sie als »Angelika, ehemals Walder«.

Aber er ruft nicht an.

Später vielleicht. Er muss das Hereinbrechen und Herumscharwenzeln dieser alten Liebe erst verdauen.

Um sich auszutricksen, denn mit sich selbst ist er ein Trickser, immer gewesen, beschließt er, den »Telefoniertrieb«, wie er ihn abtut, zu sublimieren und jemand anderen anzurufen.

Für den anstehenden Besuch haben ihm die Museumsleute nahegelegt, sich mit den derzeitigen Bewohnern des Elternhauses in Verbindung zu setzen. Berlin-Blankenburg, Suderoder Straße.

Diese Nummer steht auf seiner Berlin-Liste oben.

Er weiß nicht, wer diese Menschen sind. Der Kurator, von dem er die Telefonnummer erhalten hat, wusste es auch nicht. Er hatte aber einen Mitarbeiter vorfühlen und das Projekt erklären lassen. »Sie sind avisiert. Berufen Sie sich auf uns und erwähnen Sie die geplante Ausstellung. Vielleicht werden Sie dann, was ich hoffe, eingeladen und dürfen sich umschauen.«

Es wäre eine Möglichkeit, Dinge aus der Versenkung zu hieven.

Inzwischen hat er genug Wein intus. Zehn Uhr abends? Kein Hindernis. Ebenso wenig wie seine schwere Zunge oder der Umstand, dass er den Namen der Familie gerade nicht finden kann. Aber wer wird dort schon wohnen? Sollten es noch die Glohms sein, umso besser. Dann muss er nicht herumreden.

Dem damals mit Frau und Kind in einer Laube schräg gegenüber hausenden Briefträger hatte ihr Anwesen immer gefallen. Besonders der große Garten. Das hatte er durchblicken lassen. Und ihm, dem nach der Verhaftung und öffentlichen Brandmarkung der Eltern und dem späteren Tod der Großmutter komplett überforderten Zwanzigjährigen, der plötzlich noch die Familienimmobilie veräußern musste, weil auch seine Ausreise auf einmal genehmigt wurde, ihm war es nur recht gewesen, dass jemand das Haus haben wollte und buchstäblich auf der Matte stand.

Er schnappt sich das Telefon. In der Suderoder Straße wird sofort abgenommen.

»Glohm.«

»Guten Abend. Das freut mich aber. Hier spricht Martin Schmidt.«

»Kenne ich nicht.«

»Warten Sie. Bitte nicht auflegen! Sie wirken … ich meine, Sie hören sich an wie Herr Glohm, der Blankenburger Briefträger.«

»Ich bin außer Dienst.«

Die Stimme krächzt monoton. Einer solchen Stimme muss man gut zureden, sonst ist sie weg.

»Das kann ich mir denken. Sicher genießen Sie Ihre Pension?«, versucht er es und schickt ein Lachen hinterher. Kann nicht schaden.

»Wer sind Sie? Was wollen Sie von mir?«

»Entschuldigung, das hätte ich gleich sagen müssen. Wir kennen uns. Ich bin der Sohn von Hedda und Erwin Schmidt. Erinnern Sie sich?«

»Natürlich.«

Wenn er sich konzentriert, verfliegt jeder Rausch. Irgendetwas sagt ihm, dass dieser Gesprächspartner sich an sehr wenig erinnert.

»Herr Glohm, ich habe eine spezielle Bitte. Vermutlich hat deshalb schon jemand angerufen.«

»Niemand hat angerufen.«

»Ich würde Sie gern besuchen, um mir Ihr Haus anzusehen, das ja einmal das Haus meiner Eltern und Großeltern gewesen ist. Würde nicht lange dauern. Es geht um unsere Familiengeschichte, verstehen Sie?«

»Nicht so recht. Sind Sie einer von den Schmidts, den Spionen?«

»Ich bin der Sohn. Ich habe Ihnen 1967 das Haus verkauft.«

»Das Haus habe ich gekauft, richtig.«

»Wissen Sie noch, wir sind damals über den Dachboden gekrochen und Sie haben festgestellt, dass der Holzwurm ziemlich gewütet hatte.«

»Holzwurm.«

»Holzwurm. Der war im Gebälk.«

»Gebälk.«

»Gebälk.«

Die Unterhaltung stockt. Aber es arbeitet in beiden.

Mehr noch als Worte scheinen sie Gedanken auszutauschen, wenn auch sehr unterschiedlicher Art.
»Es ist spät. Ich wollte eigentlich fernsehen.«
»Herr Glohm, meinen Sie, ich könnte mal vorbeischauen?«
»Das passt mir gar nicht. Ich bin 92. Hier ist nicht aufgeräumt.«
»Aber Sie müssen nicht aufräumen! Ich interessiere mich nicht für Ihre Sachen. Ich möchte nur mein Elternhaus betreten. Das würde mir viel bedeuten. Es tut mir aufrichtig leid, wenn ich Ihnen Unannehmlichkeiten bereite, aber in einem der beiden Zimmer im ersten Stock wurde ich geboren. Und wie Sie sich denken können, haben sich unter diesem Dach noch andere Dinge abgespielt.«
Er hatte energisch gesprochen, beinah aufgebracht. Der alte Herr lenkt ein.
»Wann würden Sie denn kommen?«
»Passt Ihnen übermorgen, gegen zehn?«
»Versuchen Sie's. Vielleicht ist auch meine Tochter da, die schaut morgens nach mir.«
»Vielen Dank! Und entschuldigen Sie bitte die Störung!«

Ab vier Uhr liegt er wach. Er wirft sich in dem großen Bett hin und her und lauscht nach draußen auf das Plätschern und später nur noch dünne Rieseln des Regens.
Als es hell wird, spaziert er los.

Er nimmt den Weg zum Wehr und folgt den Biegungen des Baches, um zu gehen und auszulüften. Unter den Erlen am Ufer schüttelt der Wind ihm Tropfen ins Gesicht und in den Nacken. Es kümmert ihn kaum. Gierigen Schrittes durchstreift er Felder und struppige Gehölze.

Zu seiner Erleichterung begegnet er niemandem. Er mag der geschätzte »Viechdoktor« sein – und bleibt doch außen vor. Sein Vorgänger hatte ihm geraten, sich ins Dorfleben einzubringen. Das versucht er. Wenn der Maibaum aufgerichtet wird, packt er mit an. Bei Versammlungen meldet er sich zu Wort. Und als beim letzten Sturm eine von Frau Lohmaiers Tannen auf ihre Garage zu stürzen drohte, die Wurzeln schon aus der Erde traten, kletterte er hinauf und holte sich beim Absägen der Äste blutige Hände.

Auf die Nachbarin lässt er nichts kommen, auch wenn sie gelegentlich aneinandergeraten. Sie schimpft über seine Katzen, die angeblich ihr Rosenbeet verunreinigen. Und die Hecke zwischen den Terrassen könnte er zur Abwechslung gerade schneiden.

Nach Emmas Tod aber stand die rüstige Alte jeden Morgen vor seiner Tür und brachte ihr Allheilmittel – frisch gemolkene Milch.

Über einen Hügel fährt der erste Traktor. Auch ein ICE rast wie eine Leuchtschlange durch die Morgendämmerung. Ansonsten sind nur Tiere unterwegs. Er bemerkt die weißen, auf- und abspringenden Hintern mehrerer Rehe, wegtauchende Bisamratten und auch ein Wildschwein. Schnurgerade überquert es eine Wiese und steuert ein Wäldchen an, aus dem es dann nicht mehr hervorkommt.

An einer Stelle, wo der Bach sich teilt, bleibt er stehen und blickt zurück. Das Dorf mit dem barocken Zwiebelturm der Kirche in der Mitte liegt hinter ihm wie aus der Zeit gefallen. Es ist eine Wahrnehmung aus der Distanz. Dort wird gehauen und gestochen, gekämpft und gelebt wie überall. Aber er muss zugeben, dass er den schönen Schein all die Jahre über genossen hat. Was er sieht, was beim Fortgehen immer mehr schrumpft, ist sein bayrischer Zufluchtsort.

Das gellende »Hiäh Hiäh« schreckt ihn auf, obwohl er am Wehr über die Brücke geht und das Wasser unter ihm durch die offenen Schieber tost.

Er dreht sich um und sieht einen Bussard, der vom Himmel stürzt und sich einen Hasen krallt. Den natürlichen Lauf der Dinge zu stören, kommt ihm als Tierarzt blasphemisch vor, aber er kann nicht anders: mit den Armen fuchtelnd, rennt er aufs Feld hinaus.

4   MUSEUM ZUM ERSTEN

Er fliegt nach Berlin und kann seine Entscheidung kaum fassen. Wo ist hier die Notbremse?, fragt er sich und setzt Kopfhörer auf. Händels *Wassermusik* – diese Klänge haben ihn schon immer berauschen und ablenken können.

Der Kurator empfängt ihn vor dem Museum.

»Großartig, Sie zu sehen! War der Herflug anjenehm?«

Breit lächelnd schüttelt der höchstens 40-Jährige Martins Hand, überreicht eine Visitenkarte. Jungenhaft kommt er ihm vor. Offener Blick. Schulterlange, allmählich grau werdende Lockenmähne. Vor allem freuen ihn die flinken Bewegungen und das Drauflosreden – ein Schwung, der ihm selbst gerade abgeht.

»Ich bin um halb fünf aufgestanden. Aber das ist beinahe meine übliche Zeit.«

»Wie wär's mit 'nem Kaffee in unserer Kantine?«

»Gern.«

Das Berlinern war Martin am Telefon gar nicht aufgefallen. Sie betreten das Gebäude. Der im Lammfellmantel und mit seinem Kraushaar wie ein Rockmusiker wirkende Kurator, sein Name ist Findeisen, Manfred Findeisen, geht voraus, hält die Tür auf, schiebt ihn behutsam vorbei an den ersten Besuchergruppen und grüßt das Personal an Rezeption und Garderobe mit derselben, ihm augenscheinlich eigenen Zugewandtheit.

Angesichts von so viel Frische – fasziniert verfolgt Martin das Scherzen in die Runde – kommt er sich steif und verknöchert vor. Er hat sich für ein schwarzes Sakko, T-Shirt und Jeans entschieden. Der jugendliche Aufzug erfüllt noch nicht seinen Zweck.

Während Findeisen Kaffee besorgt, sitzt er in einem knallroten Plastiksessel am Fenster und muss dieses Berlin und sich selbst als Besucher darin erst fassen.

Draußen ziehen Touristen Richtung Brandenburger Tor, eine Karawane staunender, an Wasserflaschen nuckelnder und mit ihren Smartphones hantierender Menschen. Durch die den Eingangsbereich teilende Glaswand kann er beobachten, dass nicht wenige einschwenken und im Museum Station machen. Begeistern Frontstadtthematik, Ost-West-Thematik und Agententhematik die Massen?

Im Foyer, stellt er fest, bleiben viele vor der Wand mit den Bildern von Überwachungskameras stehen und machen Selfies. Selfies mit den dort bis zur Decke hinaufflimmernden Monitoren, auf denen pausenlos Bilder von Überwachungskameras laufen. Historische Bilder. Aktuell wirkende Bilder. Unterschiedlichste Besucher stellen sich vor die Wand mit den Bildschirmen und strecken die Hand oder den Stab mit dem Smartphone weit von sich.

»Moment noch! Bin gleich bei Ihnen. Fuck! Wat ist dat denn?«

Findeisen verzweifelt am Kaffeeautomaten. Aus der Maschine zischt und dampft es. Die Flüche des inzwischen besprenkelten Kurators erfüllen den Raum. Nebenan blitzen weiter die Smartphones.

Wenn Martin sich zurücklehnt, schwingt der Plastiksessel sanft nach.

Dass er als Sohn von Spionen ein Spionage-Museum besucht, noch dazu in Berlin, ist überaus seltsam. Findeisens Visitenkarte hält er noch immer in der Hand: unter dem Namenszug sind ein Schlapphut und eine Sonnenbrille abgebildet.

Er schaut auf den Platz hinaus, direkt auf das U eines Treppeneinganges.

Als Kind fuhr er manchmal an der Hand des Vaters mit der U-Bahn ins Zentrum. Berlin war aufgeteilt, ein Ort voller Schutthalden und Einschusslöcher. Er erinnert sich an den Aschegeruch, wenn es geregnet hatte, an die vor den Bahnhöfen lagernden Bettler und Kriegskrüppel. Sie verkauften Schnürsenkel, Nägel und andere Kleinigkeiten oder hielten Passanten für ein Jaulen auf dem Akkordeon oder der Mundharmonika den Hut hin. Ihr forderndes Geschrei, ihre nicht selten vorgewiesenen Prothesen und Stummel verfolgten ihn bis in die Träume.

Wenn er aber die Treppe nach unten genommen

hatte und auf dem Bahnsteig wartete, dann rumpelte bald die U-Bahn aus dem Tunnel und sie leuchtete so gelb wie heute. Dass ihm das einfällt, findet er befremdlich, aber er lässt es zu. Ihm steht vor Augen, wie er mit seinem Vater die U-Bahn benutzte. Vinetastraße bis Alexanderplatz. Die damaligen Züge wirkten breiter. Sie hatten schwere Türen mit großen ohrenförmigen Griffen, die man selbst aufziehen musste. Ein Kind schaffte das nicht und musste jemanden bitten. In den Wagons gab es Holzbänke, die aus hellen, lackierten Latten zusammengesetzt waren. In der Erinnerung kommen sie ihm überhaupt nicht hart vor, was aber daran liegen wird, dass er immer auf dem Platz des Rangierers sitzen wollte. Dieser im normalen Betrieb nicht benötigte, frei zugängliche Dienststuhl am Wagonende ähnelte einem gepolsterten Barhocker. Idealerweise verbrachte er die Fahrt dort, sorgsam festgehalten, und drehte an dem großen Rangierrad aus Messing.

Da ist er, der Vater.

Unvermutet taucht er aus dem Nebel. Der Spion und Volksverräter, der Projektant millionenschwerer Großprojekte, der begnadete Techniker und Erfinder, dessen Schuldspruch vom Geheimdienstchef persönlich unterschrieben und der später mit anderen gegen einen KGB-Spion über die Glienicker Brücke ausgetauscht wurde, dieser rätselhafte Fremde aus Blankenburg, der sich auch zu Hause hinter dem Schreibtisch, hinter Messreihen, Fachartikeln und diversen Wörterbüchern verbarrikadierte und seinem Sohn allenfalls mit dem Rechenschieber winkte. Dieser unnahbare Pfeifenraucher und Weltreisende, der Dinge eher mit sich ausmachte und nicht viel redete – schwermütig sieht er ihn im Garten über die Wege stolpern. In dieser U-Bahn-Retrospektive nimmt er ihn fest in den Blick und ist sich sicher, dass etwas wirklich und genau so passiert ist:

Er fuhr mit dem Vater zum Alexanderplatz. Er saß auf dem erhöhten Rangierhocker am Ende des Wagons und in den Kurven, wenn der Zug kreischte und ruckelte, presste der Vater ihn mit seinen Händen fest auf den Sitz.

Und beide lächelten!

»Entschuldigung! Das hat gedauert. Und ich bin mal wieder völlig eingedreckt.«

Findeisen schüttelt wegen der Flecken auf Hose und Hemd den Kopf und stellt den Kaffeebecher vor ihm ab. Der Duft weckt die Lebensgeister.

»Unschön, aber glauben Sie mir, wenn ich aus den Ställen komme, sehe ich übler aus.«

»Richtig, Sie praktizieren ja noch.«

»Noch ist das treffende Wort. Ich überlege, aufzuhören.«

»Gab es, wenn Sie mir diese Frage erlauben, eigentlich Berührungspunkte zwischen Ihrem Job als Veterinär und dem, was Ihre Eltern getan haben?«

»Wenn Sie mich etwas fragen wollen, müssen Sie

nicht um Erlaubnis bitten. Ja, diese Berührungspunkte gab es. Während des Studiums und auch später habe ich aufgrund der Kontakte meiner Eltern und verschiedener Umstände gelegentlich ... ja wie soll ich es formulieren ...«

»Spioniert?«

»So könnte man sagen. Wenn es für das Projekt nötig ist, kann ich darüber sprechen, obwohl ich es eher vermeiden möchte. Meine Frau Emma, mit der ich dieses Thema des Öfteren diskutiert habe, würde sagen: Da existiert bei uns wohl eine Familientradition.«

»Verstehe.«

Der Kurator zieht aus einer Umhängetasche eine Mappe hervor und legt sie auf den Tisch.

»Was ist das?«

»Das sind historische Zeitungsartikel über Ihre Eltern. Aus ostdeutschen Blättern. Kennen Sie die Berichte?«

Martin schüttelt den Kopf, zögert, und schaut hinein. *Neues Deutschland. Berliner Zeitung* ... »Skrupellos«, »Gehlen und Co.«, »Ihnen ging es nur ums Geld«, liest er. Seine Stimme ist belegt, als er sich erkundigt: »Wie haben Sie sich das alles vorgestellt?«

»Nun, die Akten liegen für Sie bereit. Sowohl in Berlin als auch in Pullach. Mehrere Tausend Seiten. Sie sollten das bitte durchsehen und überdenken. Wahrscheinlich werden Sie Abweichungen zu Ihren eigenen Erinnerungen und Sichtweisen feststellen. Für unsere Sonderschau ist interessant, wie Sie den Fall dann darstellen. Da Ihre Mutter nicht kooperiert, was übrigens völlig in Ordnung geht, liegt das Deutungsmonopol bei Ihnen. Sobald Sie in den Archiven durch sind, möchten wir ein Zeitzeugen-Interview mit Ihnen machen und es fürs Museum aufarbeiten.«

»Werden Sie mich interviewen?«

»Wär Ihnen das unangenehm?«

»Im Gegenteil.«

»Vielen Dank. Ich verspreche auch, Sie nicht mit Kaffee zu bekleckern.«

Findeisens Unbekümmertheit bringt ihn zum Lachen. Er hat durchaus den Eindruck, dass sein Gegenüber auf die Tube drückt und ihm ein klares Bild in die Hand geben will. Es funktioniert. Am liebsten möchte er mit einfallen in die versunkene Lässigkeit des *Icke-dette-kieke-mal*. Der Kurator erwähnt, dass er das Interview nicht allein, sondern gemeinsam mit einem Historiker führen möchte.

»Ach so? Ist das nötig?«

»Verstehen Sie mich bitte nicht falsch. Wenn Ihnen die Verstärkung nicht zusagt, trete ich selbstverständlich allein an. Dieses fabelhafte Museum, wie es der Öffentlichkeit zur Verfügung steht und auch als Datenbank funktioniert, ist mein Baby. Kann man so sagen. Zwölf Jahre lang hab ich mit dem Team am Konzept gefeilt, Themen entwickelt, Protagonisten befragt und alles mit Hochdruck umgesetzt. Aber von

Hause aus, lieber Herr Dr. Schmidt, bin ich Kulturmanager. Wenn es bei einem so komplexen Fall wie Ihrem inhaltlich zur Sache geht, muss man Tiefe mitbringen. Und ich hab nur die Oberfläche.«

Das Statement klingt ihm im Ohr, als er die Museumsräume betritt. Findeisen hatte ihm in der Büroetage Mitarbeiter vorgestellt, mit denen er zu tun haben wird. Auch eine Führung war angeboten worden.

Aber er möchte sich ungestört umsehen und diesen Rastlosen, auf den der Begriff »Ausstellungsmacher« hundertprozentig zutrifft, auch nicht länger von der Arbeit abhalten.

Wo kann er sich setzen, um einen Blick auf die kopierten Zeitungsartikel zu werfen? In den Hallen mit den Exponaten herrscht Gedränge. Alle Bänke sind belegt. Frei wird im Augenblick nur der Stuhl an einer »Interaktiven Spionage-Karte der Stadt Berlin«. Vor dem Bildschirm lässt er sich nieder, aber ungestörte Lektüre kann er vergessen. Sofort ist er von Besuchern umringt, die selbst ans Pult wollen. Wenn er schon einmal hier sitzt, möchte er auch ausprobieren. Per mausgesteuertem Pfeil wandert er durch die Bezirke, lässt tote Briefkästen und konspirative Wohnungen in Weißensee, Prenzlauer Berg und Pankow aufleuchten. So nähert er sich, wer will es ihm verdenken, dem Nordosten der Stadt, um das einzige Sternchen in Blankenburg anzuklicken.

Zwei Passfotos und ein Täfelchen ploppen auf:

»Ehem. Wohnsitz des Agentenpaares Hedda und Erwin Schmidt, nach langjähriger Spionage für den Bundesnachrichtendienst am 28. Februar 1965 verhaftet.«

Er sieht eine junge, schöne Mutter. Ihr feiner Rüschenkragen rührt ihn. Genau wie die dunklen, wissenden Augen des Vaters. Er schubst den Cursor zurück in Richtung Stadtmitte. Sich an allen vorbeischlängelnd, wechselt er ins obere Stockwerk und landet in einer Abteilung, die Spionagefilmen und Spionageliteratur gewidmet ist. Auf einer Bank gegenüber den Toiletten drückt er sich in die Ecke. Wenn er könnte, würde er eine Decke über sich ziehen.

Findeisens Mappe enthält weder Zeitungsberichte über die Verhaftung der Eltern noch jene über ihren Prozess ein halbes Jahr später, sondern Zeitungsberichte aus dem Mai 1965, also aus den Monaten dazwischen. Der inhaftierte Vater musste in einem »Fluchthelfer-Prozess« als Zeuge aussagen. Dadurch kam er in den zweifelhaften Genuss, die propagandistische Ausschlachtung und Zurechtbiegung der eigenen Strafsache schon einmal vorzuschmecken:

»... hatten am ersten Verhandlungstag im Agentenprozess vor dem Berliner Stadtgericht die Angeklagten durch ihre Aussagen den eindeutigen Beweis für eine enge Zusammenarbeit dieser Banden mit dem westdeutschen Bundesnachrichtendienst erbracht, so wurde am zweiten Tag durch die Aussagen von Zeugen das ganze Ausmaß der Diversions- und Wühltätigkeit der dem Bundeskanzleramt unterstehenden Gehlen-Organisation und der Verbindung zu Westberliner Senatsstellen und militärischen Dienststellen der USA deutlich. Vor allem durch den Zeugen Erwin Schmidt, der durch seinen Schwager Albert Klackert aus Schöneberg, Bamberger Straße 54, der hauptamtlicher Mitarbeiter des Bundesnachrichtendienstes ist, angeworben wurde. Anweisungen und Aufträge, so erzählte der Zeuge, wurden ihm durch zwei Westberliner Agentinnen übermittelt. Beide bedienten sich, um ihn aufsuchen zu können, gefälschter Pässe, die sie vom Bundesnachrichtendienst erhielten. Schmidt erhielt für seine Spionagetätigkeit mehrere Tausend D-Mark, die die Agentinnen für ihn in die Hauptstadt schmuggelten.

Vorsitzender: »Woher stammte das Geld?«

Zeuge: »Vom Bundesnachrichtendienst!«

Der Zeuge Schmidt sagte weiter aus, dass sein Schwager Klackert eng mit den Westberliner Untergrundorganisationen zusammenarbeite, die sich auf Menschenraub und Terrorakte gegen die Deutsche Demokratische Republik spezialisiert hätten ...«

So etwas liest er zum ersten Mal.

Wenn damals Artikel über die Eltern erschienen, waren die Zeitungen in Blankenburg alle vergriffen. Vergriffen am Bahnhof. Vergriffen am Zeitungskiosk. Vergriffen auch in der Postfiliale. Er konnte diese Berichte quasi nur aus den Reaktionen der Mitmenschen verfolgen. Und deshalb wollte er sie auch nicht lesen, nicht wahrhaben, selbst wenn sie verfügbar gewesen wären. Weil er sie in der schlimmsten Fassung bereits kannte.

Das ist es, woran er sich erinnert, wenn er den Namen des Vaters in dieser alten Ostberliner Zeitung liest.

Er erinnert sich an das Gefühl der Schande, an eine verwirrende, alles auf den Kopf stellende Isolation.

Oberflächlich betrachtet ging der Alltag weiter. Abgesehen vom Fehlen der Eltern war kaum ein Unterschied auszumachen. Großmutter und er aber fühlten sich wie Schiffbrüchige nach einem Orkan. Sie fanden sich auf einer Insel wieder, die nur sie selbst als Insel erlebten. Nach logischen Kriterien beurteilt, war es auch keine Insel. Als hätte man ihnen, den Angehörigen von Staatsverbrechern, so etwas wie Robinson-Crusoe-Tabletten verabreicht, Psychopharmaka aus den Laboren der Abwehr. Die Wahrnehmung verzerrte sich. Sie waren wie durch Glaswände von den anderen getrennt.

Wenn er die Suderoder Straße entlangging, dann schienen sich in jenen Wochen selbst die Bäume von ihm abzuwenden. Gardinen in Nachbarhäusern wurden zugezogen. Man wechselte vor ihm die Straßenseite, grüßte nicht mehr und tuschelte. Wenn er das örtliche Lebensmittelgeschäft betrat, erstarben die Gespräche. Und nachdem er gegangen war, summten sie umso lauter. In der Fleischerei am Ende der Straße wichen Leute, die er gut kannte – Nachbarn, Eltern von Mitschülern –, plötzlich zurück und blickten zur Seite. Sie benahmen sich, als hätte er eine ansteckende Krankheit. In jener Fleischerei bekam er einmal die Gelegenheit, durch eine spontan gebildete Gasse vor bis an die Theke zu treten und Wurstwaren sozusagen schmählich bevorzugt einzukaufen. Er konnte froh sein, schien es ihm, in Blankenburg überhaupt bedient zu werden.

In der Schule, die er gern in Ruhe, mit bestandener Abiturprüfung beendet hätte, wehte der Wind noch aus anderer Richtung. »Agentenbastard! Wie konnten deine Eltern so blöd sein und sich erwischen lassen!« Solche und ähnliche Kommentare hörte er auf dem Pausenhof. Das ignorierende Schweigen der Lehrer zählte dort nicht. Die Meute gierte nach Aussätzigen. Und da war er. Sogar mit Zeitungsbestätigung.

Härter aber traf es die Großmutter.

Nach ihrem Zusammenbruch in der Küche – den verrutschten Rock, die fleischfarbenen Strümpfe und die seltsam gerade über den Füßen steckenden Pantoffeln wird er sein Leben lang abrufen können – gab ihr die Hausärztin Frau Dr. Martens im Beisein der nun recht besorgten Stasi-Leute eine Spritze. Verordnet wurden: strikte Bettruhe, Johanniskrauttee sowie Kompressionsstrümpfe.

Großmutter kam nicht wieder in die Gänge.

Diese sich um alles kümmernde Obstbäuerin, der neben ihrem Picobello-Hausgarten hauptsächlich wichtig war, dass es ihrem Ingenieurssohn an nichts mangelte und vor allem immer ausreichend zu essen auf dem Tisch stand, sie kümmerte sich um nichts mehr. Weder ging sie einkaufen noch weiter zu den Rommé-Runden in der Nachbarschaft. Sie besuchte auch keine Gottesdienste mehr, obwohl sie den Pastor bewunderte. Oder gerade deshalb? Bis auf die Gänge zum Friedhof verließ sie kaum noch das Haus, sondern zog es vor, die Tage in ihrer Kammer zu verbringen. Dort starrte sie an die Decke und schrumpelte vor Gram langsam ein wie ihr geliebtes Dörrobst.

Sie vergaß zu essen und zu trinken, wenn so etwas möglich ist. Die allereinfachsten Dinge mussten ihr erklärt und sie dazu angehalten werden. Er versorgte die Hühner, schmierte Brote, kochte morgens und abends Tee, den er in eine Thermoskanne füllte und neben ihr Bett stellte. Er überredete sie, sich die Haare zu waschen, oder holte einen Mantel, wenn ihr nicht auszureden war, Anfang März im Nachthemd auf der Terrasse auf und ab zu wandern wie ein verrücktes Gespenst.

Die Enttäuschung über ihren verhafteten Sohn

wurde sie nicht los. Der hätte ohne die Unterstützung seiner Eltern in den dreißiger Jahren nie studieren können. Schon gar nicht an der Gauß-Akademie. Erwin Schmidt konnte Ingenieur werden, weil sich zwei bescheidene Leutchen in Berlin-Blankenburg seine Ausbildung vom Munde abgespart hatten.

Die Großmutter weigerte sich, ihn im Gefängnis zu besuchen und sogar, ihm Briefe zu schreiben. Es war die traurige Umkehrung der sonst üblichen Regel: dass sich Kinder von ihren Eltern lossagten. Sie wusste, dass ihr keine Zeit mehr blieb, aber der Bruch war endgültig.

Ihren Sohn sah sie nie wieder.

Ein paar Tage nach den Verhören im Haus – die Verwandten fuhren danach fluchtartig zurück nach Sachsen-Anhalt und bald für immer gen Westen – konnte Martin die Kompressionsstrümpfe abholen.

Umständlich streifte er der Großmutter diese Dinger über Füße und Beine, was sie kaum zu registrieren schien. Hinterher war er regelrecht stolz auf sich. Und er erinnert sich an das anschließende Gespräch. Es kam ihm vor wie ein Auftauchen, ein erstes Luftholen. Mit knochigen kleinen Händen hielt sie ihn fest. Sie sprach langsam, quälte sich durch ihre Sätze.

»Als deine Mutter zum ersten Mal ins Haus kam, wusste ich, diese Frau bringt Unheil. Wie sie sich umsah und alles verbessern wollte. Der Geruch der Felder missfiel ihr auch gleich. Was sollte ich machen? Erwin war vernarrt in sie. Wenn ich versucht hätte, sie ihm auszureden, hätte ich ihn schon damals verloren.«

»Du kannst nichts dafür«, beschwichtigt er sie.

»Wie konnte dein Vater das tun? Er hatte alles! Hat er nicht immer alles bekommen?!«

Er sitzt im Museum auf einer Bank. Gegenüber befinden sich die Toiletten und gleich daneben eine Plakatwand mit verschiedenen James-Bond-Darstellern.

Er streift durch die Ausstellung, schaut sich hier in Schuhsohlen versteckte Wanzen an, lässt dort am Computer ein Passwort knacken, hört ein paar Interviews mit berühmten Spionen, wirft einen Blick auf die vielen vor dem Laser-Parcours anstehenden Besucher.

Und dann ist er draußen.

5   007 JÄTET UNKRAUT

Auf dem U-Bahn-Steig zögert er, in den Zug zu steigen. Was ihn zurückhält, sind keine Kindheitserinnerungen an gelbe Wagons, an Geräusche oder Gerüche. Es ist nichts Entrücktes, nichts Sentimentales. Er steht dort, weicht den anderen aus, ist hellwach. Ein grauhaariger Mann im schwarzen Sakko, der zu alt scheint für Jeans und Doc Martens. Aber so denkt nur er darüber. Etwas verändert sich. Er versucht zu erfassen, was es sein könnte. Es ist zweifellos da, verbirgt sich in der Menge der nachdrängenden Fahrgäste. In einigen Blicken, auch in den Blicken des Bahnpersonals, liegt offenkundige Anspannung. Er kennt diesen Ausdruck von seinen Reisen an Orte, wo eklatante Risiken zum Alltag gehören. Aber hier, mitten in Berlin? Warum sind die Angestellten der Bahnaufsicht zu zweit? Werden Züge nicht mittlerweile automatisch abgefertigt?

Dann bemerkt er die beiden Polizisten mit umgehängten Maschinenpistolen und verlässt die Station. Als der Zug ausfährt, hat er die Treppe erreicht. Die Wagons neben ihm rattern vorüber wie ein flimmernder Vorhang. Als dieser ganz beiseitegezogen ist, taucht dahinter ein Videoscreen mit den Nachrichten auf.

Er bleibt stehen.

Auf dem Bildschirm ist der Mitschnitt eines Handys zu sehen. Immer wieder. Aus einem vor einer Ampel wartenden Taxi wird ein Kleinbus gefilmt. Wie ein schwarzer Schatten rast er über die Kreuzung. Da nun die U-Bahn in der Gegenrichtung einrollt, sind die Kommentare des Sprechers nicht zu verstehen. Er geht zurück zu den Polizisten, weist mit dem Daumen über die Schulter. Wegen des Lärms muss er die Stimme heben:

»Entschuldigung, aber worum geht es da?«

Das Duo wirft sich einen Blick zu, dann antwortet der Ältere:

»Zufallsbilder von vorgestern. Wenige Sekunden vor dem Anschlag.«

»Was für ein Anschlag?«, fragt er.

Er geht ins Hotel, gestattet sich eine Auszeit in seinem Zimmer. Und nimmt danach einen Mietwagen an einem der Firmenschalter im Foyer.

Die Dame gibt ihm seine Clubkarte zurück und spendiert ein Upgrade.

»Sie waren lange nicht bei uns, Herr Schmidt.«

Auf dem Weg durch die Innenstadt versucht er abzuschalten, wie ihm das seit Monaten gelingt. Allerdings unfreiwillig.

Er hat keine Lust auf rasende Fahrzeuge voller TATP- und HMTD-Verbindungen, auf schwer bewaffnete Patrouillen und flackernde Angst im Nahverkehr. Solche Problemlagen haben ihn Jahrzehnte beschäftigt, wenn auch nebenher.

Als Veterinär und Chemiker stellte er seine Fähigkeiten buchstäblich in den *Dienst*. Er hat ausgeholfen, sogar deutlich mehr als das, weil man ihn in diesen Kreisen kannte und weiterempfahl, weil Dinge ihn fachlich reizten, weil der Kredit für die Praxis getilgt werden musste, auch weil es für Abwechslung sorgte und Spaß machen konnte. Womit er diente – darin unterschied er sich nicht von anderen Zuträgern –, war in der Regel nicht weit hergeholt. Es lag auf seiner Strecke wie ein verborgenes Gut, das nur aufgespürt und zutage gefördert werden musste.

Schon während des Studiums verdingte er sich als Fleischbeschauer und setzte dies während seiner Promotionszeit fort. Es lockte ein sicheres Zusatzeinkommen mit den Vorzügen des öffentlichen Dienstes. Aber Rentenanspruch und verbilligte Kfz-Versicherung kamen ihn teuer zu stehen.

Die Szenerie der städtischen Schlachthöfe war widerlich. Wenn er früh um vier anfing und den Kopfschlächtern assistierte, zweifelte er, den richtigen Beruf gewählt zu haben. Scheinbar gleichgültig tötete diese spezielle Sorte Mensch Tausende Tiere im Akkord. Während sie die Schweine oder Rinder am Fließband aufschnitten, zerteilten und die Innereien entnahmen, verspeisten sie ihre Frühstücksbrote. Vor diffizilen Handgriffen legten sie die Brotzeit neben sich ab, um danach ungerührt weiterzuessen. Manche dieser Kollegen, die bezeichnenderweise oft einen Kult um ihre Messer und Beile betrieben, versammelten sich morgens in einem in der Halle gelegenen Kiosk, um dort zur Tasse Kaffee, gewissermaßen als Krönung der Fleischproduktion, eine Scheibe Leberkäs zu vertilgen.

Um von seinem Ekel vor Blutrinnen, Gummischürzen und Metzgerritualen nicht überwältigt zu werden, versuchte er, sich auf die Sachebene zu retten. Den Knochenjob aufzugeben, das konnte er sich damals nicht leisten. Er pickte sich etwas heraus, das beim Schweineschlachten ein Risiko darstellt: den Ebergeruch. Als Fleischbeschauer war er unter anderem dafür verantwortlich, diese hormonell bedingte Ausdünstung männlicher Schweine, die an Urin, Schweiß oder gar Fäkalien erinnert und das Fleisch »genussuntauglich« macht, so früh wie möglich herauszuriechen und die entsprechenden Tiere auszusortieren. Dennoch misslang es mitunter und verursachte erheblichen wirtschaftlichen Schaden. Menschliche Nasen sind nicht perfekt.

Er begann, sich mit Skatol und Androstenon zu beschäftigen, den Hormonstoffen des Ebers, vertiefte sich generell in die chemische Analyse und Messmethodik von Gerüchen. Dafür nutzte er bald Kontakte zu ehemaligen Kommilitonen, die an der

Universität geblieben waren und dort Forschung betrieben. Jahre später, da war er nicht mehr dabei, weil er Tierarzt bleiben wollte, konnte in einem solchen Team ein Verfahren und auch ein einsatzfähiges Gerät zur »chromatographischen Spurenanalyse« entwickelt werden. Unerwünschte Geruchsquellen ließen sich so präzise überwachen.

Das Verrückte und Schöne an seiner wissenschaftlichen Neugier war ihre Spontanität, die sich in Fragestellungen hineinwühlende Energie. Er verstand sich nicht als Akademiker, aber der Austausch mit Forschern und Technikern, das Tüfteln, wie es sein Vater und sein Großvater in gewissen Lebensabschnitten erfolgreich betrieben hatten, verschaffte ihm Befriedigung. Hatte er nicht als Kind, wenn er den Vater über Konstruktionspläne gebeugt sah, davon geträumt, etwas zu erfinden?

Weil sich aus der Ebergeruchsbekämpfung an Schlachthöfen irgendwann ein Projekt zur geruchssensorischen Identifizierung von Kampfstoffen entwickelte, kam er auf seine Kosten. Trotzdem wurde er Mitte der siebziger Jahre Landtierarzt und nicht Wissenschaftler.

Berlin-Grunewald. Er parkt eine Straße entfernt und geht zum Haus von Friedrich Kappelhoff. Vögel zwitschern. Es ist das einzige Geräusch, das er hört. Hinter hohen, alten Bäumen erhebt sich ein Prachtbau neben dem anderen. Wie immer empfindet er Lampenfieber.

Hinter seiner Stirn baut sich Druck auf, als müsste er gleich etwas beweisen. Dabei kommt er freiwillig und nicht einmal ungern.

Kappelhoff ist ein »Freund der Familie«. Befreundeter mit den Schmidts kann man kaum sein. Als Betreuer der Eltern half er ihnen nach der Haftentlassung und Übersiedlung, sich zurechtzufinden und einzurichten. Von der ersten Minute an war er im Westen ihr Ansprechpartner im Hintergrund, ein »laufender Kummerkasten«, das »Pullacher Mädchen für alles«, wie er sich in dieser Zeit gern selbst auf die Schippe nahm. Die Mutter konnte ihm, einem Jahrgangsgenossen, der in der Zentrale noch eine 1-a-Karriere hinlegen sollte, ihre sorgenvollen, nicht selten bitterbösen Briefe schreiben. Besonnen, verständnisvoll bis an den Rand der Selbstaufgabe beriet er die Familie bei der Jobsuche, organisierte Kuraufenthalte der Arbeiterwohlfahrt, empfahl bestimmte Sozialleistungen und riet von anderen ab. Wenn es nötig wurde, zog Kappelhoff auch an einigen Fäden und war sich nicht zu schade, störrischen Amtsschimmeln persönlich auf die Sprünge zu helfen. Martin, dem »Filou«, wie er ihn damals nannte, verschaffte er die für den Neuanfang nötigen Kontakte und Referenzen und blieb auch danach ein unverzichtbarer Pate.

In Berlin zu sein, ohne bei Kappelhoff vorbeizuschauen, ist praktisch unmöglich.

»Komm rein, Junge!«

Er wird ins Haus gezogen. Ihre Umarmung ist so unbeholfen wie immer.

»Guten Tag, Friedrich!«

»Möchtest du ablegen?«

Der Holzbügel tanzt vor seiner Nase. Aus der Veranda bewegen sie sich durch den Korridor weiter in den zweigeteilten Salon. Einer grauen Eminenz, einem so kultivierten a. D. wie Kappelhoff angemessen, zeugt die Einrichtung von Geschmack. Grüne Samtteppiche, Porzellan in Glasvitrinen, goldgerahmte Gemälde und antike Möbel, alles vor hohen Fenstern in helles, freundliches Licht getaucht. Und so in Schuss wie ihr Besitzer.

Nachdem sie Platz genommen haben, sagt er ihm:

»Du siehst blendend aus!«

Anderes lässt sich nicht sagen.

»Heutzutage kann man ohne weiteres hundertzwanzig werden. Man muss nur wollen.«

»Ach, wirklich?«

»Aber ja!«

Diesem Fuchs entgeht nicht der kleinste Unterton. Lächelnd preist er Fleisch- und Butterverzicht, Nichtrauchertum, gemäßigten Alkoholkonsum und vor allem: Gesundheitschecks. Nach einer Weile kann er sich aus seiner Fitnesswelt lösen. Er zupft am Einstecktuch und streicht sich über die hageren Wangen.

»Genug von mir! Wie geht es Hedda? Und was machst du in Berlin?«

»Sie ist zufrieden, glaube ich. Die Zipperlein werden nicht kleiner, aber du kennst meine Mutter. Zu klagen kommt nicht in Frage. Sie trifft andere Damen, telefoniert mit der Enkelin und schickt nach mir, wenn sie stänkern will. Ich soll dich schön grüßen.«

Letzteres stimmt nicht. Kappelhoff weiß das, aber er ist schon einen Schritt weiter.

»Schade, dass sie nie anruft! Hast du dafür eine Erklärung?«

»Nein! Sie meldet sich gar nicht mehr?«

»Absolute Funkstille.«

»Seit wann?«

»Weihnachten hatten wir kurz telefoniert. Das war's.«

»Seltsam. Aber ich bin der Falsche, um bei ihr durchzublicken. Wegen dieser Reise sind wir wieder schwer aneinandergeraten.«

»Erzähl!«

»Als ich ihr vom Museumsprojekt berichtete, fiel sie über mich her. Wie ich mich erdreisten könnte, irgendwelche Geschichtsschreiberlinge in unsere Privatangelegenheiten einzuweihen. Du kannst es dir vorstellen.

Am Ende fiel ihr wie zufällig ein, dass meine Jugendliebe Angelika angerufen und sich nach mir erkundigt hätte. Allerdings vor fünf oder sechs Jahren! Hätte ich das sonst je erfahren?«

Auf Kappelhoffs Couch wird manches klarer. Sie trinken Wasser, löffeln Tomatensuppe und essen die vom Hausherrn vorbereiteten Lachs- und Quarkschnittchen. Dass der zwischen Küche und Wohnzimmer pendelnde Mann eine Koryphäe des Nachrichtendienstes ist, würde man nicht vermuten. Man würde es nicht vermuten, weil Klischees den Blick verstellen – typische Geheimdienstler gibt es nicht. Der 007-Nonsens, den er im Museum wieder erlebt hat, er drängt sich ihm auf, als sie nach dem Abendbrot um den Halensee spazieren.

Ist ein James Bond denkbar, der Fenster putzt und dabei aus »Sicherheitsgründen« die obere Reihe weglässt? Der mit Hacke, Schaufel und Eimer bewaffnet vor sein Haus tritt, um an den Straßenbäumen das Unkraut zu jäten? Der vor allem jätet, nur um zu jäten? Der dort selbstständig, ohne Auftrag ihrer Majestät, in die Hocke geht und sich die Finger schmutzig macht, weil er einsieht, dass die städtischen Gartenbaubetriebe in diesem Frühjahr spät dran sind und den Job sonst keiner übernehmen würde?

Kappelhoff ist so jemand. Er mag die Linden vor dem Fenster seines Arbeitszimmers und ist bereit, sich für sie einzusetzen.

Vor einem Spielplatz mit Klettertürmen, Rutschen und einer gewaltigen Holzeisenbahn berichtet er, dass er mit jedem seiner mittlerweile erwachsenen Enkelkinder hier gewesen sei. Er sagt es so, als hätte ihre Kindheit ohne diese Erfahrung scheitern müssen. Über die umliegenden Häuser weiß er extrem gut Bescheid. Nutzungshistorie, Metier der Bewohner, Eigentümerwechsel, Baumaßnahmen. Zu jeder Besitzung kann er etwas sagen und es klingt nicht, als wollte er sich mit seinem Wissen brüsten oder es anderweitig verwenden. Informationen zu sammeln, sich ein möglichst genaues Bild zu verschaffen, um dicht dran zu sein und zu verstehen, was Menschen antreibt, ist seine Natur, sein Leben.

Nur der See, an dessen Ufer sie inzwischen stehen, ist ihm suspekt.

»Baden? Hier? Niemals!«

»Und weshalb nicht?«

»Weiß der Himmel, was in diese Brühe alles einfließt. Ich bade prinzipiell nur im Meer!«

Im leichten Wellengang wippen zwei Enten und tauchen die Köpfe unter. Die Wasseroberfläche schimmert golden im Abendlicht.

Auf der gegenüberliegenden Seite, einen Steinwurf entfernt, liegt ein Restaurant mit Steg und eigener Badestelle. In den fünfziger und sechziger Jahren hieß es »Halenseeterrassen« und war ein beliebter, unverfänglicher Treffpunkt. Aus einer der wenigen diesbezüglichen Unterhaltungen mit seiner Mutter weiß er, dass ausgerechnet dort die entscheidenden Anwerbungsgespräche mit dem Vater stattgefunden hatten.

»Erwin, gib dir einen Ruck! Es kann doch nichts passieren! Du sollst nichts Gefährliches tun! Sie haben für alles Vorschriften. Sicherheitsregeln, verstehst du?! Diese Leute sind Profis. Und die Bezahlung ist hervorragend. Das Geld für die Heizung muss her. Und was ist mit dem Dach?

Sie wollen unbedingt dich! So jemanden haben sie noch nicht. Einen mit deinen Fähigkeiten, so nah an den Quellen. Denk an die Kundgebungen, die scheußlichen Ernteeinsätze. Ist das ein Staat für uns? Erinnere dich ans Frühjahr '53, wie sie unseren Gastwirt an der Ostsee und Tausende andere enteignet und ins Zuchthaus gesteckt haben. Einfach so, im Namen des Volkes.

Denen zeigen wir es! Ein paar Jahre nur, dann verschwinden wir in den Westen. Komm schon! Du willst doch auch, dass es der Familie gut geht.«

So oder ähnlich hat die Mutter gemeinsam mit Schwager Albert an diesem See auf den Vater eingeredet. »Es war anstrengend. Er hat sich lange geweigert. Er war nicht der Typ für so was«, hört er seine Mutter sagen. Müßig darüber nachzudenken, was geschehen wäre, wenn der Vater standhaft geblieben wäre.

Er spürt Wut und Trauer. Es fühlt sich an, als würde er mit Luft aufgepumpt und im nächsten Moment platzen müssen.

Ohne platzen zu können.

Dass Kappelhoff das Meer vorzieht, kann er nachvollziehen. Lieber als in so einem Spionagetümpel zu schwimmen, würde Martin, mit Verlaub, hineinkotzen wollen. Oder hineinweinen. Nachts, wenn niemand zusieht. Er würde so lange weinen, bis der popelige See versalzt und über die Ufer tritt und das Restaurant samt Steg und Badestelle und den

Erinnerungen an seine Ursprungsmischpoke mit sich fortreißt.

Plötzlich sind sie von einem Dutzend Sportsfreunde umgeben, die sich an diesem Abend im April trotz Lufttemperaturen von höchstens zehn Grad nackt ausziehen, hemmungslos Gymnastik betreiben und offenbar vorhaben, sich in das eiskalte Wasser zu stürzen.

Kappelhoff lässt sich nicht beirren.

Nach seinem Vortrag zur gesunden Lebensweise mit dem Fokus vegetarische Ernährung, dem Vortrag über die Dienlichkeit von Spielplätzen, insbesondere von Abenteuerspielplätzen, für die frühkindliche Entwicklung, dem Vortrag zum Sozialverhalten der Schickeria im Grunewald mit dem Schwerpunkt Immobilientrends am Halensee, sowie dem Vortrag zu den grundsätzlichen Qualitätsproblemen stehender Gewässer folgt nun sein Vortrag zur Weltpolitik mit den resultierenden Herausforderungen für Mitarbeiter der Dienste.

»Unglaublich, was los ist! Der Nahe Osten fliegt uns um die Ohren. Auf die Amerikaner ist kein Verlass mehr. Die Russen drehen durch. Völkerwanderung. Anschläge im Wochentakt. Die Sicherheitsarchitektur stimmt nicht mehr.«

Sie entfernen sich von den turnenden Nudisten. Kappelhoff referiert. Er berichtet vom Hervorkramen beinah vergessener Notfallpläne aus den achtziger Jahren, schildert die Verzahnung in den Antiterrorzentren, die geänderten Rekrutierungsmethoden, kommt auf potentielle Attentäter und wundert sich und wundert sich zugleich kein bisschen über die »wachsende gesellschaftliche Akzeptanz von Leuten wie uns«.

Sie gehen einen Hügel hinauf Richtung Stadtautobahn. Kappelhoff keucht, redet aber weiter auf ihn ein.

Obwohl er nicht die geringste Lust verspürt, sich »dienstlich« zu engagieren, wird ihm die Zusage abgerungen, Klaus Pehlert aufzusuchen. »Schau bei ihm rein. Es würde ihn freuen und vielleicht kannst du ihm helfen!? Der Kollege sitzt in München und kommt nicht dazu, seine Pension zu ...«

»FRIEDRICH! ACHTUNG!«

Im letzten Moment kann er den Stolpernden auffangen.

Danach bietet er ihm an, sich unterzuhaken, und hat zu seinem Erstaunen Erfolg damit. Aneinandergedrückt bewältigen sie die Steigung. Minutenlang, wortlos.

Dem »Freund der Familie« derart nahe zu kommen, seine Schwäche zu erleben, ihn den Hügel hinaufzuziehen, ist anfangs irritierend, dann nicht mehr.

Auf den letzten Metern wird eine Verschnaufpause angekündigt.

»An dieser Laterne dort, bitte!«

Sich gegen den ausgewählten Pfahl stützend, resümiert Kappelhoff:

»An meinem Verhalten ist abzulesen, dass ich nun doch sehr alt werde.«

6   SCHWÄCHE ZEIGEN

Im Hotel entscheidet er sich. Hoffentlich stimmt die Nummer noch! Je länger er wartet, desto größer wird diese Sache. Desto unbeherrschbarer. Entweder fängt Angelika ihn auf und sie geraten ins Plaudern, oder er fällt auf die Nase. Als Witwer darf er Schwäche zeigen. Es ist bloß ein Telefonat.

Kurz nach neun Uhr abends. In einer Suite, mit Blick auf den noch immer belebten Gendarmenmarkt, streift er die Schuhe ab. Er schleudert die Socken ins Bad wie etwas, das er nie mehr brauchen wird. Und wählt.

»Walder.«
»Angelika, hallo?«
»Ja, mit wem spreche ich?«
»Hier ist Martin.«
»Wer?«
»Martin. Aus Blankenburg.«
»Nein!«
»Doch.«
»Das kann nicht sein! Das glaube ich nicht!«
Ihr Zittern geht sofort auf ihn über.

»Doch, doch. Ich ... bin es«, stammelt er. Sekundenlang ist die Verbindung wie taub. Hat sie aufgelegt? Presst sie die Hand aufs Telefon? Schließlich dringt eine Art Wimmern zu ihm.

»Oh Gott«, kann er hören. Beide ringen um Fassung.

»Soll ich ... ich meine ... später noch mal versuchen?«

»Schon gut. Es ist ... es kommt ein bisschen plötzlich.«

»Entschuldige. Ich habe von meiner Mutter erfahren, dass du mich sprechen wolltest.«

»Schon richtig, Martin. Aber das ist Jahre her.«

»Ich weiß. Sie hat es mir erst vor ein paar Tagen gesagt.«

»Diese Person!«

Ihre Empörung schießt durch die Leitung. Er hat Mühe, das abzufedern.

»Lass uns das Thema wechseln. Was machst du? Wie geht es dir?«

»Ja, wie? Ich bin Rentnerin, glücklich geschieden, habe einen Sohn und zwei Enkel ... Und du? Hast du Familie? Wo bist du gelandet? Deine Mutter wollte nichts verraten. Ich möchte dich sprechen, habe ich gesagt. Es wäre wichtig, da ist etwas offen, habe ich gesagt. Aber sie hat abgeblockt. Das kann sie ja hervorragend.«

»Umso schöner, dass es jetzt geklappt hat.«

»Finde ich auch.«

Für einen Moment schweigen sie und genießen es.

»Sag schon, was ist aus dir geworden?«

»Nichts Spektakuläres. Ich arbeite als Tierarzt in Bayern, habe eine Praxis auf dem Land.«

»Toll! Und privat?«

»Nicht so toll. Im letzten Jahr ist meine Frau gestorben. Ganz unerwartet. Wir waren mehr als vierzig Jahre zusammen. Sie war alles für mich.«

»Oh, das tut mir leid.«

Er brummt Unverständliches, möchte nichts mehr sagen.

Aber dann wäre das Gespräch ja zu Ende.

»Was wolltest du denn von mir?«

»Ach, das ... Am Telefon möchte ich nicht davon anfangen. Ich bin gerade total geplättet ... Schock, verstehst du?!«

»Aha.«

»Aber nicht negativ. Ich hatte gehofft, dass du dich meldest. Du hättest mich jederzeit finden können. Ich dich nicht! Aus dem Osten heraus, mit der Stasi am Hals, war es unmöglich. Und später, als ich mich rausgekämpft hatte ...«

»Ja?«

»Hast du eigentlich eine Ahnung, wie viel Martin Schmidts in diesem Land leben?«

»Nicht wirklich.«

Erneut jagt ihnen etwas Schauer über den Rücken. Was ist es, fragt er sich. Vertrautheit? Nach all den Jahren? Sie ist verwirrt, weil sie ihn nicht gleich erkannt hat. Ihr ›Das glaube ich nicht‹ am Anfang war ernst gemeint. Beide kriechen förmlich in die Stimme des anderen.

»Ich war dumm damals. So jung. Wir hätten ... Ich meine, wenn ...«

Sie bricht in Tränen aus und schämt sich und sucht nach Entschuldigungen. Er versucht, die Situation zu retten.

»Wie hast du meine Mutter denn gefunden?«

»Ach, einfach per Telefonbuch. Hedda Schmidts gibt es nur wenige ... Martin, bitte – wollen wir nicht in ein paar Tagen weiterreden? Ist gerade ein bisschen viel für mich.«

»Kannst du mir deine Adresse geben?«, fragt er zaghaft.

»Natürlich! Ich bin in Stuttgart gelandet, gar nicht weit weg von dir. Und du? Wo genau wohnst du? Vielleicht komme ich mal vorbei und wir besuchen deine Mutter?«

Sie lacht, schnieft und schnaubt. Alles zusammen. Alles durcheinander. Er steht in seinem Hotelzimmer, ist von dezenten Braun- und Beigetönen umgeben. Der flauschige Teppich kitzelt seine Zehen.

»Mach das, Angelika! Komm vorbei!«

Mit einer Hand wühlt er in der mit Rosen bedruckten Übergardine. Es kommt ihm vor, als müsse in den samtigen Falten ein Zettel versteckt sein, ein Horoskop-Röllchen mit der Nachricht:

Veränderungen stehen ins Haus – bleiben Sie optimistisch!

7 DAS WOHNEN DER ANDEREN

Die Suderoder Straße scheint kaum verändert. Das Kopfsteinpflaster wellt sich. Die Bürgersteige sind unbefestigt. Er erinnert sich, dass sie nach Regenfällen manchmal tagelang überflutet waren.

Von der Kreuzung Gernroder Straße, wo er das Auto parkt, geht er in der Mitte der schmalen Allee Richtung Osten. Bis er Nummer 97 erreicht. Auf der linken Seite.

Wie schlicht das Haus wirkt! Wie unschuldig, wundert er sich. Als könnten Häuser etwas für ihre Bewohner. Spitzes Dach. Grau verputzte Wände. Die Fenster von Klinkersteinen umrandet. Es macht weder einen gepflegten noch sonderlich vernachlässigten Eindruck. Wegen des Gesprächs mit Angelika ist er noch ganz euphorisch. Seine Blicke streifen über die Fassade. Nur nicht von Gefühlen überwältigt werden, mahnt er sich.

Ihm fallen die Flecken unter der Dachrinne und das neben dem Eingang baumelnde Kabel auf.

Was für ein ungemütlicher, so gar nicht zu seiner Stimmung passender Morgen – der Wind fährt in eine Reihe von Tannen, beugt und schüttelt sie so ungestüm, als hätten die Bäume etwas verbrochen.

Er drückt auf den Klingelknopf. Nach einer Weile erneut.

Dann öffnet Herr Glohm, gestützt auf einen Krückstock.

»Martin Schmidt. Wir haben telefoniert!«, ruft er ihm durchs Gartentor zu. Der Greis verzieht keine Miene. Stufe für Stufe arbeitet er sich die Eingangstreppe hinunter.

»Ich kann Sie nicht ins Haus lassen«, sagt er und stochert mit dem Schlüssel im Schloss. Auch sonst schaut er die meiste Zeit nach unten.

»Wie?«

»Ja, Sie können rein, aber nur in den Garten.«

Die Stimme klingt so heiser wie am Telefon. Den Mann dazu hätte er niemals mit dem Briefträger von damals zusammengebracht. Aus dem umgänglichen Hünen, der Westpakete persönlich ablieferte, um zu plauschen und Trinkgelder einzusacken, scheint ein gebeugter Griesgram geworden zu sein.

Er versucht ihm ins Gesicht zu sehen. Vergeblich.

»Und ins Haus?«

»Hören Sie nicht zu? Wenn Sie hinter wollen, können Sie den Durchgang neben der Garage nehmen. Die Pforte ist offen.«

»Danke. Aber ich … ich hätte, wie gesagt, auch gern mal drinnen geschaut.«

»Nein!«

»Nein.«

Zwecklos, etwas erklären zu wollen. Er ist auf dem Grundstück und blickt den Weg bis zur Garage hinunter. Es sind dieselben Pflastersteine, dieselben von den Autos in die Einfahrt gedrückten Spurrillen, die nur zu erkennen sind, wenn sich darin Wasser sammelt.

»Können Sie sich gar nicht vorstellen, weshalb ich hier bin?«, schickt er Glohm hinterher. Doch der bleibt eine Antwort schuldig. Sich zurück ins Haus schleppend, dreht er sich nicht einmal um.

Der ungebetene Besucher öffnet die Durchgangstür zum Garten.

Er betritt eine fremde Welt. Die vielen Apfelbäume, die Kirschbäume, die Pflaumbäume, die Birnbäume – alle verschwunden. Wo im Sommer die Hängematte schaukelte, wo der Pavillon mit den Korbstühlen stand, wo die Großmutter »Mittelchen« wie Starenfedern oder Erntesprüche in die Zweige hängte, wo ihren Berichten zufolge die Russen bei Kriegsende mit Stangen nach vergrabenen Waffen und Wertgegenständen suchten, wo diese *Kindermenschen*, wie Großmutter sie nannte, aus Angst vor Vergiftung alle Einweckgläser des Hauses ausschütteten, breitet sich Rasen aus.

Nichts als Rasen und dürres Nadelgehölz weiter hinten, vor dem Zaun zu Bauer Girtner. Ob dessen Acker noch bewirtschaftet wird?

Fünfzig Jahre, murmelt er. Die Nüchternheit des Areals raubt ihm den Atem.

Der Garten war ein Kindheitsort gewesen, etwas Wildwucherndes, Abgegrenztes, von dem die Welt des Nachkriegs abprallte.

Vor allem bei Familienfesten sickerte dennoch manches zu ihm durch. Großmutter erzählte, wie es bei Kriegsende im Flachbunker an der Heinersdorfer Straße zuging. Hunger. Durst. Das Gedränge in den Schlafkammern. Die Angst der Frauen vor dem »Geholtwerden«, während die russischen Verbände draußen durchzogen, Berlins Zentrum entgegen. Ausgerechnet auf dem Blankenburger Friedhof wurde eine Befehlsstelle eingerichtet. Truppen lagerten in der Leichenhalle, Panzer parkten auf den zerstörten Grabstellen, so dass nicht bestattet werden konnte. »Viele Gefallene mussten notdürftig verscharrt werden. Wir konnten sie erst nach dem Abzug umbetten«, klagte die Großmutter, als wären die Toten in diesen Wochen das Wichtigste gewesen.

Es ging ihr oft um Einzelheiten. Noch Jahrzehnte später wurden sie hervorgeholt und mit bebender Stimme erörtert. Zum Beispiel der von einquartierten Offizieren zum Depot für Waffen und Munition umgewidmete Kleiderschrank. Die tief im Holz steckenden russischen Nägel schienen für Großmutter den Irrsinn der Welt zu belegen. Selbst im eigenen Schlafzimmer war nichts sicher.

Mit unverhohlener Wut hatte sie ihm einmal Fenster eines Hauses in der Suderoder Straße gezeigt. Da war er höchstens fünf oder sechs Jahre alt gewesen.

»Diese Gardine hat in unserem Wohnzimmer gehangen. Kannst du dir das vorstellen? Die Leute dort haben sie '45 bei uns geplündert. Und das wollen Nachbarn sein!«

Er geht ein paar Schritte zurück, um das Haus besser überblicken zu können. Im ersten Stock – wenn die Aufteilung der Räume beibehalten wurde, müsste es das Küchenfenster sein – steht Glohm und beobachtet ihn. Weiter auf eine Besichtigung hoffend, nickt Martin ihm zu. Er müht sich um ein Lächeln, wie er es für seine Klienten in der Praxis parat hält, obwohl ihm vor der Silhouette gruselt.

Am liebsten möchte er wegrennen, kann den Impuls aber unterdrücken. Stattdessen huscht er zur Hauswand, drückt sich in den toten Winkel.

Uff! Was passiert hier? Er versucht sich zu beruhigen.

Aus dem Haus, durch all seine Ritzen und Löcher entweicht etwas Kaltes und greift nach ihm, ein Gefühl, das er beinah vergessen hatte. Er reibt über den Putz. Hin und her flitzen die Finger, die Handflächen, immer schneller und heftiger.

Reibungshitze gegen ein Froschgefühl.

In der Wand entdeckt er eine Aussparung, einen Metallstreifen voller Löcher, den es dort früher nicht gegeben hat. Er kann sich jedenfalls nicht entsinnen. Sollen die Räume damit belüftet werden? Der Keller stand oft unter Wasser. Um an die Gartengeräte zu gelangen oder Eingewecktes zu holen, mussten sie im Frühjahr und Herbst über ausgelegte Bretter balancieren.

Die nasskalten Gedanken lassen sich nicht abschütteln. Seine Beine geben nach. Er spürt den aus der Tiefe heraufziehenden Hauch und streicht mit den Fingern über dieses eingemauerte Metallstück, als wäre es ein Musikinstrument.

Riffelmusik. Fingerwundes Riffelriffel.

Es beginnt zu regnen. Tropfen klatschen gegen die Scheiben, auch gegen die Scheibe über ihm, hinter der Glohm steht.

Unten an der Hauswand, wo Glohm ihn nicht sehen kann, hält er den Kopf schräg, blinzelt hinauf in die Tagesfinsternis und lässt sich das Gesicht waschen.

Dies ist der Ort.

Dies ist die Angst.

Wenig liebten die Eltern damals so sehr wie ihre Abende zu zweit. Abende in den Restaurants an der Karl-Marx-Allee, Abende in Clärchens Ballhaus mit den legendären Tischtelefonen, Abende in der Staatsoper oder der Komischen Oper bei Verdi und Puccini, Tanzabende im Operncafé Unter den Linden oder auch Abende im Westteil der Stadt, solange dies möglich war, bei den Verwandten in Schöneberg, wo man bis in den Morgen hinein zu feiern wusste.

Wenn die ausstaffierten, fein duftenden Eltern ins Taxi stiegen oder in späteren Jahren mit dem Familienauto davonbrausten, blieb er mit der Großmutter allein im Haus zurück.

Alleinbleiben ist eine sonderbare Beschreibung für den Zustand von ihnen beiden an diesen Abenden, da sie ja zu zweit und ganz und gar nicht allein waren.

Er kann sich nicht erinnern, dass die Großmutter und er es genossen hätten. Sie verschwanden in den Betten und versuchten, einzuschlafen. Lag es an der Stille? Waren es die mit einem Mal einschüchternd vielen Zimmer, die aufs Gemüt drückende Größe des Hauses? Oder fühlten sie sich, jeder für sich, einfach nur im Stich gelassen?

In einer dieser Nächte schreckte er hoch. Er hatte etwas gehört, ein Geräusch, das nicht ins Haus gehörte. Nicht das Schlurfen von Großmutters Pantoffeln. Nicht das durchdringende Quietschen, wenn jemand am Wasserhahn in der Küche drehte. Nicht das Knacken der Holztreppe, die dauernd mit sich selbst zu sprechen schien. Es musste etwas anderes gewesen sein. Sonst wäre er nicht aufgewacht.

Hatte er geträumt? Er horchte ins Dunkel, mühte sich, die Glimmstriche des Weckers zu entziffern: Viertel vor Mitternacht.

DA!

Ein Ruckeln und Stoßen. Es kam von unten.

UND WIEDER!

Gedämpft, aber nicht zu überhören. Als wollte jemand Lärm vermeiden. Für ihn im ersten Stock fühlte es sich an wie ein Stromschlag. Er saß nicht im Bett, sondern auf einem geladenen Weidezaun.

Er wünschte sich Berry zurück, den Schäferhund. Der Vater hatte ihn von einer seiner Dienstreisen mitgebracht. Berry hätte »Terror veranstaltet«, wie Mutter sagte. Ihr war das »Türen zerkratzende Stinkvieh« von Anfang an zuwider gewesen. Leider hatte Berry nicht nur gekratzt und gestunken, sondern auch stallfrische Hühnchen gemocht. Nach Protesten der Nachbarn war der Hund vom Vater entfernt worden.

Er schlich die Treppe hinunter, hoffend, dass das Rumoren von den vorzeitig heimkehrenden Eltern herrührte.

Im Erdgeschoss entdeckte er die aufgebrochene Haustür. Jemand war dabei, die vorgelegte Sicherungskette zu lösen.

Die Tür, spaltbreit geöffnet, schlug dagegen. Das musste das Geräusch gewesen sein, von dem er aufgewacht war. Jetzt, da er dicht dran war, klang es wie ein Klacken. Trocken und hart.

Was er tat, ohne nachzudenken, geschweige denn sich zu fürchten, dafür blieb keine Zeit: er machte Licht. Im Schein des Flurleuchters wurde ihm die Szenerie erst richtig klar.

Der Arm zwängte sich durch den Türspalt. Finger streckten sich zum Ende der Kette hin.

Das Bild hat sich ihm für alle Zeiten eingeprägt.

Er kann die Form der Finger abrufen, ihr kraftvolles, durchtrainiertes Aussehen, falls es das bei Fingern gibt. Es waren behaarte, raue Männerfinger. Die

Fingernägel so großflächig, als wären sie von einem Fleischklopfer bearbeitet worden.

Im ersten Moment schwebte ihm Ähnliches vor. Mit dem nächstbesten Gegenstand, zum Beispiel dem Kerzenhalter, der auf einem Bord im Flur stand, wollte er auf den Arm eindreschen. Bis diese Finger aufhörten, sich an der Kette zu schaffen zu machen. Bis alles Matsch wäre.

Andererseits gab es keine einzelnen Arme. Wenn man auf sie einschlug, selbst aus triftigem Grund, musste man damit rechnen, dass die Menschen daran zurückschlugen.

Der Arm in jener Nacht war in schwarzes Leder gehüllt.

Mit Männern in Leder hatte die Familie um den Jahreswechsel 1964/1965 herum bereits erste Erfahrungen gemacht.

Schon bald würden sie mehr wissen. Sie würden verhaftet und eingesperrt werden. Sie würden das Land verlassen. Sie würden sterben. Jeder nach seinen Fähigkeiten, jedem nach seinen Bedürfnissen, schrieben die Zeitungen.

Er stellte den Kerzenhalter zurück auf das Bord und der Arm zog sich von selbst zurück.

Jedes Haus ist ein Gefäß, ein Gefäß für Empfindungen. Sie bleiben in den Räumen, in den Wänden zurück. Sie zerfallen nicht, sondern bilden den Charakter genauso wie das Sichtbare: Die halbhohe Stalltür, über die man griff, um auf der Innenseite einen Knauf zu drehen. Er kann das schartige Metall noch in der Hand fühlen! Oder die Nester der Drosseln auf den Dachbalken. In jedem Frühjahr zupften die Vögel hoch oben diese Häufchen zusammen. Dabei rieselten Gräser und Blattreste herab wie grüner, nach Heu duftender Schnee. Oder das Summen der Wespen über den Feldsteinen. Die »Marmeladenjäger«, wie Großmutter sie nannte, wohnten in den Ritzen. Als Kind war er mehrfach gestochen worden, weil er erkunden wollte, was genau sie dort trieben.

Dies alles, denkt er, ist mein Erinnerungsgrund.

Er stellt fest, in welch jämmerlichem Zustand sich seine Kleidung befindet. Jacke und Hose sind klitschnass, die Knie völlig verdreckt.

Da biegt eine Frau um die Ecke.

»Hallo! Was machen Sie hier?«, ruft sie schon von Weitem und stürmt auf ihn zu.

Das würde mich auch interessieren, möchte er antworten. Er wünscht, sich unsichtbar machen zu können. Warum gelingt ihm das nicht, wenn es darauf ankommt? Sie passiert die Stelle, wo früher der Pavillon stand. Wie schön wäre es, dort jetzt in der Sonne sitzend zu frühstücken, wie er das als Kind oft vor der Schule gemacht hat.

Aber er lehnt am Sockel dieses Geisterhauses, durchnässt, eine Hand noch auf der Kellerbelüftung.

So grimmig, wie die Unbekannte ihn mustert, scheint es geboten, sich vorzustellen.

»Ich gehöre zur Familie Schmidt.«

Aber sie braucht keine Erklärungen, von niemandem.

»Und ich gehöre zur Familie Glohm!«

Das darin mitschwingende *Und ich bin der Kaiser von China* ignoriert er.

»Freut mich. Die Tochter, nehme ich an!«

Sie geben sich die Hände, zögerlich, aber immerhin. Sie ist kleiner als er und auf eine Weise kompakt, die er bedrohlich findet.

»Richtig, ich bin die Tochter. Und jetzt würde ich gern erfahren, was Sie hier zu suchen haben!«

»Oh, nur Familiengeschichten. Meine Großeltern haben dieses Haus gebaut. Ich bin hier aufgewachsen. Ihr Vater weiß Bescheid, er hat mich auch reingelassen.«

»Mein Vater weiß Bescheid?«

Sie zieht die Brauen hoch und lässt sie tanzen. Ein wilder Tanz in einem puterroten Gesicht. Warum droht diese Unterhaltung ständig abzustürzen?

»Bitte entschuldigen Sie! Ich wollte mich nur umsehen, ein paar Kindheitserinnerungen auffrischen.«

»Hören Sie, mein Vater ist alt und krank. Er versteht nicht, was das soll. Sie machen ihm Angst!«

»Angst?«

»Was haben Sie gedacht? Warum steht er am Fenster? Schauen Sie hin! Sie können doch hier nicht herumstiefeln, ohne zu überlegen, wie das auf ihn wirken muss.«

Sie winkt ihrem Vater zu, der den Gruß auch erwidert. Mit dem Winken setzt so etwas wie Waffenruhe ein. Er wartet einen Moment. Dann glaubt er, seine Fragen aller Fragen stellen zu können.

»Wenn möglich, würde ich das Haus von innen ansehen. Könnte das klappen?«

Sie stöhnt auf.

Er weiß nicht, ob sie die besonderen Umstände seiner Familie kennt. 1965 war sie ein kleines Mädchen. Er glaubt, sich an sie erinnern zu können und äußert das auch. Ohne ins Detail zu gehen, deutet er an, dass die Nachforschungen, die ihn auf dieses Grundstück geführt haben, von einem gewissen, nun ja, zeithistorischen Wert sein könnten. Er spricht über seine Eltern, denen der ehemalige Familiensitz auch nach der Übersiedlung viel bedeutet hat. Für seine Mutter, die sich das zum Geburtstag gewünscht hatte, sei er vor einigen Jahren hergefahren und hätte von der Straße aus Fotos gemacht. Stets betont er den ideellen Wert des Hauses, und bemüht sich, seiner Zuhörerin die womöglich nagende Furcht zu nehmen, hier ginge es in irgendeiner Form um Rückerstattung. »Das ist ausgeschlossen!« Auf allmöglichen Wegen versucht er, an diese Frau heranzukommen und sie milde zu stimmen. Ihr verkniffenes Gesicht bleibt ein Bollwerk.

»Was soll das heißen, Sie haben vor einigen Jahren Fotos gemacht?«, hakt sie nach.

»Nur Schnappschüsse vom Haus. Als Erinnerung für meine Mutter. Mir fällt ein, dass ich bei der Gelegenheit auch Ihren Vater gesehen habe. Im Garten. Wir haben uns kurz unterhalten. Auf einem der Fotos müsste er sogar drauf sein. Ich kann es für Sie heraussuchen, wenn Sie mögen.«

»Davon hat er nie erzählt! Sie können ihn doch nicht gegen seinen Willen fotografieren!«

Egal was er sagt – sie scheint die ganze Zeit zu fragen: Was führen Sie im Schilde? Was wollen Sie wirklich? Nach langem Zureden ist sie bereit, »eventuell einen Termin zu vereinbaren«.

Während sie zum Gartentor gehen, verliert er ein paar Worte über die Erdbeerbeete, die noch immer längs des Zaunes verlaufen. Da hellt sich ihre Miene auf:

»Sie hatten einen Strohhut auf! Jetzt erinnere ich mich. Ich durfte mit meiner Mutter manchmal rüberkommen und Erdbeeren pflücken.«

Sie lächelt.

»Einen Strohhut?«, fragt er ungläubig.

»Doch, doch! So ein Riesending, wie Imker ihn aufhaben. Ich sehe Sie vor mir.«

Sie ist ganz aus dem Häuschen vor innerer Wiedersehensfreude und er will ihr das Bild um Himmels willen nicht nehmen.

Als sie sich auf der Straße verabschieden, ist auch Herr Glohm im Haus nach vorn gewechselt.

Er steht hinter dem Fenster der Eingangstür und starrt ihn an.

8 KOMPONIERT WERDEN

Das Archiv in Berlin ist eine Behörde. So sieht das Gebäude auch aus. Während er die breite Treppe nach oben geht und die Glastür aufdrückt, muss er an seine Schulzeit denken. An das Gefühl, mit einer Schultüte im Arm, die für alles entschuldigen soll, in eine fremde Welt entlassen zu werden.

Als er sich beim Pförtner anmeldet, steigt ihm der Geruch von Bohnerwachs in die Nase, schillerndes, rotes Bohnerwachs in zerbeulten Pappeimern. Solches Zeug verwenden sie bestimmt nicht mehr. Aber der Geruch ist da. Genau wie der Lärm Hunderter Stimmen im Treppenhaus. Obwohl Stille herrscht.

Die Dame, die ihn in einem der oberen Stockwerke erwartet, hätte ohne weiteres Lehrerin sein können. Mit der gebotenen Gründlichkeit zeigt sie ihm, wo und wie er seine Sachen einschließen kann. Sie weist auf den Pausenraum hin. Sie untersagt jegliche Vervielfältigung von Dokumenten. »Nur Abschriften sind erlaubt«, sagt sie und nennt ihm den Preis für eventuell erwünschte Kopien, die er beantragen könne und die ihm zugeschickt werden würden.

Die Bestimmungen zur Kenntnis nehmend, muss er unterschreiben. Außerdem überreicht sie ihm einen Papierblock.

»Für persönliche Notizen«, sagt sie, als wäre nicht alles, was folgt, persönlich. Er schätzt sie auf Mitte dreißig. Ihre unter einer getönten Brille wie mit Klarlack überzogene Miene, der entschiedene Gang – schlappschlapp machen ihre Hosenbeine – und die Sachlichkeit, mit der sie alles abhandelt, passen zum Charakter des Hauses.

»Ich habe Ihre Akte zusammengestellt, sie sozusagen komponiert«, bekennt sie, während sie ihn durch lange Flure geleitet.

»Meine Akte?«

»Entschuldigung. Die beantragte Akte Ihrer Eltern natürlich. Ihre eigene hätten Sie nicht bekommen.«

»Ach nein?«

»Nein. Oder nur ausgedünnt und nach jahrelanger Bearbeitung.«

»Pullach?«

Sie nickt.

»In derlei Fällen intervenieren die Kollegen. Dafür haben Sie sicher vollstes Verständnis.«

Seine Akte, auf die sie anspielt, interessiert ihn nicht. Nicht hier und nicht jetzt. Wer ein Buch lesen möchte, fängt vorne an. Trotzdem ist er nicht abgeneigt, ihr für ihr »vollstes Verständnis« in den Hintern zu treten.

Wie sehr alles an seine Schulzeit erinnert! Belehrungen, Unterweisungen, das Getue von oben herab. Die »Komponistin der Akte« schreitet voraus. Ihr Dutt wippt, als würde sie durch die Gänge reiten. Wer weiß, vielleicht muss er wegen seiner Phantasien und Provokationen mit ihr zum Direktor?! Immerhin war er es, der dem ehrwürdigen Mathematiklehrer den Schneeball an den Kopf warf. Auf dem Pausenhof, aus der johlenden Menge heraus. Dafür wurde er nie belangt. An den stoisch weiterschreitenden Herrn mit der Schneerosette auf dem Hinterkopf musste er manchmal denken. Genau wie an das Bild einer Schule, die aus allen Öffnungen Schaum spuckte. Im vierten Stock hatte er alle Feuerlöscher ausgelöst und war mit dem Gefühl nach unten gerannt, seiner Wut entsprochen zu haben. Schäume, was dich zum Schäumen bringt! So in etwa. Auch hier war er unentdeckt geblieben. Ein im Heimlichtun geübtes Kind hatte vielerlei Möglichkeiten.

Der Saal für die Lektüre sieht dann auch aus wie ein Klassenzimmer. Die Zuständige führt ihn zu einem Tisch, inmitten anderer Tische, an denen Menschen sich über Papiere beugen. Sie rollt den Wagen mit Dokumentenmappen heran. Schon während sie sagt: »Bei Rückfragen stehe ich jederzeit zur Verfügung«, hat er sie vollständig vergessen.

Er wühlt sich durch Akten. Nummerierte Grüße aus der Vergangenheit. Mosaiksteine. Schnipsel. Er versteht nicht, nach welchem System geordnet wurde.

Signaturen, Registraturen, Eingangsstempel, Ausgangsstempel, Datumsstempel, Unterschriften, Unterschriften unter Unterschriften, vermutlich zur Bestätigung von Unterschriften, Listen, immer wieder Listen und vergilbte, manchmal kaum lesbare Texte der unterschiedlichsten Art.

Das System dahinter, der kompositorische Stolz der Archivare, interessiert ihn nicht. Für ihn, der querbeet vorgeht, ist es kein historisches Material. Keine Wissenschaft, auch kein musealer Auftrag, nicht in diesem Moment. Es ist sein Leben. Seine Mutter. Sein Vater. Die Großmutter. Und nebenbei – kein Daumen aus Pullach kann so viel schwärzen – ist er es selbst.

Er selbst als familiärer Hintergrund. Er selbst als Geburtsdatum. Er selbst als Vorname. Er selbst als schulischer Hinweis. Er selbst als Freund der in Berlin-Treptow wohnenden Angelika Walder. Er selbst als Problem nach der Inhaftierung der Eltern. Er selbst als Ausreisender. Er selbst während dieser Lektüre: jemand, der die Chance hat, seine Biographie auszuleuchten. Jemand, der sich das Vergessene, Versteckte, Verdrängte seines Lebens vor Augen führen darf.

Was für ein Geschenk! Oder eher ein Fluch? Er weiß es nicht. Er fängt erst an. Hunderte Seiten. Er liest hier und er liest da, mit dem ganzen Körper. Er reißt die Augen auf. Er reißt den Mund auf. Sollte man nicht immer so lesen? Was ihm entgegenschleudert, ist selten vollständig. Die Stücke schlagen in ihm auf.

Er ist ihr Resonanzraum. »Ich brauche keine Reihenfolge!«, flüstert er. »Die bringe ich mit.« Aber in Wahrheit spricht er laut und wird von der Aufsichtsperson ermahnt. Er zittert vor Erregung. Das kann in solch einem Saal passieren!

Meist sind es unspektakuläre Dinge, die ihm unterkommen, aber sie entfalten ungeahnte Wirkungen.

Unter dem Werbebanner GUT BERATEN GUT GEKAUFT stößt er auf eine »Kaufvereinbarung!« vom 29. März 1960 zwischen der HO STALINALLEE – Verkaufsstelle Automobile – und Herrn Erwin Schmidt (Ingenieur), wohnhaft in Berlin-Blankenburg. Darin wird der Verkauf eines »nachfolgend als Personenkraftwagen Škoda Octavia« bezeichneten Fahrzeugs vereinbart. Farbe: Rot. Baujahr: 1960.

»Das Fahrzeug ist fabrikneu und wurde von uns vom Werk übernommen. Garantieansprüche sind nach den Gewährleistungsbestimmungen über die Vertragswerkstätten bei dem Lieferwerk zu stellen. Der Kaufpreis beträgt: MDN 14500.–. Kassenzettel Nr.: 07524. Die Auslieferung des Fahrzeugs geschieht erst, nachdem sich der Gegenwert in unserem Besitz befindet.«

AUTO! schreit seine Erinnerung. AUTO! AUTO! AUTO!

Sie hatten den Wagen bestellt. Nun wartete jeder von ihnen auf dieses Wunder, jeder auf seine Weise.

Die Großmutter wartete am wenigsten. Sie trocknete sich die Hände an der Schürze ab und sagte: »Bei uns ist der Wohlstand ausgebrochen!« Eher misstrauisch verfolgte sie, wie Sohn und Enkel Platz in der Garage schufen, in der noch »niemals nicht« ein Auto gestanden hatte. »Das ist der Fortschritt, Mama! Wir motorisieren uns. Der Papa hat das vorausgesehen. Sonst hätte das Haus ja keine Garage«, freute sich der Vater. Ein Ingenieur mit erfinderischen Neigungen, der einen Kraftwagen lenken würde, der sich solch ein Gefährt leisten konnte, das passte. Das schuf Selbstvertrauen. Auch Vertrauen in die Zukunft. Dem Škodamann fehlten nur noch feine, rindslederne Autofahrerhandschuhe, um den zu erwartenden Autofahrerschweiß damit aufzusaugen. Schwager Albert in Schöneberg, dieser schillernde Maßstab alles Westlichen, hatte Kataloge gewälzt und versprochen, das Modell »Le Mans« zu besorgen.

Und die Mutter? Wenn sie von ihren Ausflügen in die Nachbarschaft zurückkehrte – bis obenhin angefüllt mit Gerüchten und Geschwätz –, rümpfte sie die Nase und fluchte: »Im Osten gibt's nicht mal Fencheltee!« oder: »Blankenburg ist verpestet! Wer will hier leben? Inmitten der Kloake von diesen verdammten Rieselfeldern!« Für die Mutter, das hörte Martin schon als kleiner Junge und er konnte es irgendwann später auch begreifen, hatte die Familie den Moment des Weggehens verpasst. »Wir bleiben nur wegen deiner Mutter und dieses Hauses hier, ist dir das eigentlich klar?«, lautete ein Standardsatz, wenn die Eltern sich stritten.

Wollte der Vater sie mit dem Škoda ruhigstellen und vom »Rübermachen« abbringen? Sollte sie mit einem »Ersatz« abgefunden werden, so wie Martin, der sich nach Berry wieder einen Hund gewünscht hatte, stattdessen aber Fische bekam? Stumme Kaltwasserwesen. Wenn er sie fütterte und in ihrem gläsernen Gefängnis herumschwimmen sah, dachte er nur ans Spazierengehen und Stöckchenwerfen.

War das Auto für die Mutter etwas Ähnliches?

Eher nicht. Bei ihr schien das Ganze zu funktionieren. Mit einem Mal haderte sie gedämpfter und gediegener. Wegen der »Feuchtigkeit in diesem Drecksnest, die uns alle krank macht«, konnte sie den Vater immer noch anschreien. Aber in ihrem sich über fehlende Feinstrumpfhosen oder fehlende Orangen echauffierenden Antikommunismus gebärdete sie sich nicht mehr wie eine Furie. Sie wies darauf hin, dass sie keine Wäsche mehr zum Trocknen nach draußen hängen könnte, »weil jedes Laken, jedes Tischtuch, jedes einzelne Unterhemd, wenn es denn einmal getrocknet ist, hinterher stinkt«. Aber sie sagte es eher beiläufig, wie aus Gewohnheit, etwa beim Sonntagskaffee, während die Sonne in den Garten schien und im Radio Mozart perlte. Oder wenn sie mit angezogenen Beinen auf dem Sofa las und alle annahmen, dass sie in Gottfried Keller oder Theodor Storm vertieft wäre.

Ihre Wut auf den Gestank, die ewige Nässe und die »versiffte Ideologie« ringsum war von diesem Auto bereits platt gefahren worden, bevor es überhaupt in der Garage stand.

Zumindest ein bisschen platter.

Er selbst freute sich wie ein Schneekönig. Autos besaßen bis dato nur andere. Verwandte im Westen. Einige durch welche Kungeleien auch immer zu automobilem Reichtum gelangte Handwerker im anhaltinischen Zweig der Familie. Am Rande von Geburtstagsfeiern hatte er sich in deren Fahrzeuge gesetzt und sich vorgestellt, wie es wäre, wenn der Motor liefe. Wie er die Richtung bestimmen könnte, die Geschwindigkeit, die Mitreisenden ...

Vom Fahrersitz aus über das Armaturenbrett hinweg auf die Rundungen der Karosserie zu schauen, dabei den Schalthebel zu berühren und all die anderen Knöpfe und Schalter, waren ein einziges Erweckungserlebnis gewesen.

Dann traf das Spielmobil ein. Noch ohne Schonbezüge und Thermometer und Blumenväschen, aber mit feuerrotem Lack, weißen Reifen und einstellbarem Kilometerzähler. Sie stürzten vors Haus, auf die leere, durch den Blickfang noch leerer wirkende Suderoder Straße. Der Vater stieg aus. Trotz aller Freude wirkte er abgespannt.

Ihnen fiel auf, dass sie, um den Wagen in der Garage unterstellen zu können, zunächst den Bordstein absenken mussten.

»Diese Kante ist mir nie aufgefallen«, wunderte sich der Vater. Am nächsten Morgen begannen sie zu graben. Mit Spaten und Spitzhacke hinein in den Blankenburger Sand. »Das ist Geschiebemergel. Die Gletscher sind geschmolzen und haben Sedimente abgelagert«, erläuterte der Vater ihm in seiner gründlichen, wissenschaftlichen Art.

Nachdem sie die Blöcke vor der Einfahrt versenkt hatten, folgten weitere Komplikationen. Sie stellten fest, dass olivgrüne »Le Mans«-Autofahrerhandschuhe kein Garant für Fahrkünste waren. Jedenfalls nicht für Fahrkünste beim Zurücksetzen, eine steile Auffahrt hinauf. Vor allem nicht, wenn es galt, einen wunderschönen, aber doch recht breiten Wagen in eine leergeräumte, aber doch recht enge Garage zu zirkeln.

Er konnte beobachten, wie der Kopf des Vaters die Farbe des Wagens annahm. »Stopp!« oder »Zurück!« rufend, die Arme schwenkend, lief er neben der Fahrertür auf und ab. Mutter und Großmutter winkten und riefen ebenfalls.

Es war ein aufheulender, nach Auspuffgasen und Gummi stinkender Alptraum.

Nach mehreren Anläufen landete der Wagen in seiner Unterkunft, allerdings nicht ohne eine tiefe Schramme am rechten Kotflügel davongetragen zu haben.

»Es gibt Schlimmeres«, meinte die Großmutter.

Er blättert durch die Mappen, murmelt »oho« und »aha«, löst sich und recherchiert weiter. Es ist ein Rausch, ein Trip, der in seinem Inneren scheppert. Er weiß nicht, wonach er sucht, aber ALLES IST INTERESSANT. Er kann nicht aufhören. Ihn lockt die nächste Einzelheit, das nächste Staunen, der nächste Widerhall.

Er liest einen Leumundsbericht über die Mutter. Der zuständige Abschnittsbevollmächtigte, ein Meister der Volkspolizei, beschreibt darin ihr Wirken als Straßenvertrauensfrau der Nationen Front.

Diese Funktion wurde von ihr nur insofern aktiv ausgeführt, dass sie Kartoffel- und Kohlenkarten für die Straße austrug. Agitations- bzw. politische Gespräche lehnte sie grundsätzlich ab.

Ihr wird »höfliches und überaus selbstbewusstes Auftreten in der Nachbarschaft« und das »offensive Propagieren kapitalistischer Werte« bescheinigt.

Dass seine Mutter nie verhehlt hat, wie sie über die DDR dachte, dass sie in dieser Frage eine »ehrliche Haut« war, erfüllt ihn zu seiner Verblüffung mit Stolz.

Er stößt auf eine Liste der Staatsanwaltschaft, in der Dinge eingetragen sind, die im Elternhaus »beschlagnahmt und in Verwahrung genommen wurden«. Die einzelnen Zimmer sind angegeben. Die aufgenommenen Gegenstände und ihr Fundort. Es ist eine lange Aufzählung und sie beginnt im Arbeitszimmer des Vaters. Als diese Liste geschrieben wurde, wird ihm bewusst, »Da war ich ja dabei!«.

Im linken Fach des Schreibtisches in der zweiten
Schublade unter anderen Schnellheftern, unter einem
dünnen hölzernen Zwischenboden
- 1 Kunststoffmappe mit:
- 4 Briefen vom Geheimdienst mit Anweisungen
- 1 Anweisung bestehend aus fünf Blatt
- 1 Zettel mit Deckadressen
- 1 ausgeschnittener Paketabsender
- 1 Ansichtskarte von Mannheim mit Wasserturm

Und im linken Schreibtischfach in der ersten
Schublade
- 2 verschiedene Lupen
- 1 Wehrpass Nr.: 10/285/5
- 1 Ausweis der Gauß-Schule
- 1 Mitgliedskarte d. Ingenieure
- 1 Mitgliedbuch der Siedlergemeinschaft
Blankenburg
- 1 Notizbuch (leer)
- 1 Sparkassenbuch Nr.: 34640
Guthaben: 12 000,– MDN
(Zwölftausend)
- 2 FDGB-Mitgliedsbücher
Nr.: 995002 u. 018147
- 1 Aktivistennadel mit Urkunde

So geht das Seite um Seite.

Ausweise, Mitgliedskarten, Arbeitsverträge, Zeugnisse, Urkunden, Adressenverzeichnisse bis hin zu

Kugelschreibern, Briefumschlägen, Kalendern, Fotografien, einzelnen Zetteln – alles ist akribisch erfasst.

Der halbe ehemalige Hausstand fliegt in laufender Nummerierung an ihm vorüber. Die offiziellen Wurzeln und die versteckten Hinweise, die gesellschaftlichen und die privaten Verbindungen der Familie.

Ein Hagelschauer der entschwundenen Gegenstände.

Abschließend wird behauptet, dass während der Durchsuchung keine Gewalt angewendet und nichts beschädigt wurde. Auch seien einzig die im Protokoll aufgeführten Gegenstände beschlagnahmt worden.

Er weiß anderes zu berichten. Aus seinem Zimmer, das gar nicht auftaucht, wurden mehrere Dinge entfernt, die ihm gehörten. Sie hatten mit Spionage überhaupt nichts zu tun. Die Blechschachtel mit Großvaters Orden aus dem Ersten Weltkrieg, der Chemiebaukasten, die beiden Jagdspeere, die ihm der Vater aus Afrika mitgebracht hatte. Ein Leben lang musste er daran denken. Manche Verlustgefühle sind einfach nur lächerlich. Damit hält er sich nicht auf.

Vor ihm liegt ein Beurteilungsblatt des Vaters. Oben rechts prangt die Unterschrift des obersten Geheimdienstchefs. Mit zackigem Ausschlag und resolutem Kringel scheint der Schriftzug passend. Dem berüchtigten Mann wird in diesem Schreiben des Staatsanwalts vorgeschlagen, die Haftstrafe des Vaters auf 6 Jahre zu mindern. Der Geheimdienstchef hat die 6 jedoch durchgestrichen und durch eine 10 ersetzt.

Das Vergehen des Vaters steht als dickes Memento in der Mitte der Seite:

Straftat

Erwin Schmidt erhielt auf Veranlassung seiner Ehefrau 1956 Verbindung zum Bundesnachrichtendienst und berichtete bis zu seiner Inhaftierung auftragsgemäß über sicherheitsrelevante Interna der DDR-Volkswirtschaft, insbesondere über die Struktur des VEB INEX Berlin, die Lieferung kompletter Industrieanlagen in kapitalistische und sozialistische Staaten, Anfragen ausländischer Kunden und über Zulieferbetriebe des VEB INEX. Er lieferte Informationen über Besprechungen mit ausländischen Zulieferbetrieben, über den Verlauf wissenschaftlicher Fachtagungen in der DDR und Vereinbarungen des Rates für Gegenseitige Wirtschaftshilfe zur Koordinierung von Produktionsaufgaben auf dem Gebiet des Schwermaschinenbaus. Er händigte dem Bundesnachrichtendienst eine streng vertrauliche Richtlinie über die Tätigkeit sämtlicher Projektierungsbüros auf dem Sektor Industrieanlagen-Export aus. Er berichtete sowohl über seine weltweiten Dienstreisen als auch über die Stimmung der Bevölkerung der DDR.

Durch Schmidts Spionagetätigkeit ist unserem Land schwerster, in die Abermillionen gehender volkswirtschaftlicher Schaden entstanden.

Er beginnt müde zu werden, müde der Fakten, müde vor sich selbst. Teil von etwas gewesen zu sein, das Feindschaft wollte und Feindschaft bekam, ist anstrengend. Das wird ihm beim Lesen wieder bewusst.

Seit wie vielen Stunden sitzt er an diesem Tisch? Genug! Er möchte gehen und im Hotel in eine Wanne mit heißem, samtweichem Wasser sinken.

Aber dann stößt er auf eine Mappe mit Observationsprotokollen. Eigentlich sind es Reste. Gerettete halbe Seiten, Drittelseiten, Viertelseiten. Manchmal auch nur Textfetzen. Laut Registratur gehören sie zum Vorgang Schmidt. Sie wurden auf braune Unterlagen geklebt und – wo dies möglich war – einander zugeordnet, als hätte ein Kind puzzeln wollen, aber kein echtes Puzzle zu Hand gehabt.

> ... anderer Stelle bemerkt, lässt sich S, im Gegensatz zu seiner Frau, nur schwer in ein Gespräch verwickeln. Arbeitet er zum Beispiel im Vorgarten oder vor der Garage an seinem Auto und bemerkt er jemanden auf der Straße, geht er sofort nach hinten. Es wurde mehrf...

Ein Stück Text fehlt, aber das Blatt Papier, auf dem es weitergeht, ist dasselbe.

…en guten Leumund. Er wird als netter, zuvorkommender, wenn auch scheuer Mitbürger beschrieben. Im Gegensatz zu seiner Frau gibt es keine Anzeichen für Prahlsucht oder Überheblichkeit …

…tzte Brief nach Mannheim war betont unauffällig. Ist die Adresse bekannt? Wir empf…

… abgesehen von kleineren Besonderheiten wie dem Herumsitzen in seinem in der Garage stehenden Auto oder gelegentlichem Streit mit der Ehefrau (Inhalt??!) hat S seinen Tagesablauf und sein übliches Verhalten nicht geändert. Allerdings mit zwei bemerkenswerten Ausnahmen. Diese beiden Ausnahmen sind: seine heimliche Zusammenkunft mit XXX in den frühen Morgenstunden und ein Telefonat von einem Fernsprecher am Bahnhof Friedrichstraße aus. Einige Sätze in diesem Gespräch könnten als Telefoncode ausgelegt werden. »In den Bergen liegt schon Schnee« oder: »Wir müssen den Garten harken« – s. Protokoll. Sollte die Vermutung, dass S ein westlicher Agent ist, richtig sein, dann gibt es dafür nur eine logische Erklärung. Sollte S aber sauber sein, was gibt es dann für eine Erklärung dafür, dass er XXX, die eine Tante ist und als Garderobiere der Komischen Oper arbeitet, zwischen drei und vier Uhr morgens einen Besuch abstattet? Und noch etwas: Warum hämmert er während dieser Zeit häufig auf seiner Schreibmaschine herum? Die Arbeitsg…

...lichen Arbeit, dass sichtbare Öffnungsspuren an den Briefen ein Problem darstellen. Die Zusteller werden dafür von der Bevölkerung nicht selten offen kritisiert. Als Vertreter des hiesigen Fahndungskollektivs, das mit der Methode gute Erfahrungen gesammelt hat, empfehle ich die Verwendung von Bügeleisen in der gesamten Abteilung und wäre ...

... sich der Sohn und die Frau des S seit den Paketempfängen kleiden. Derart auffällig wäre die Frau früher nie gegangen. Da unser Küchenfenster auf den Hauseingang der Verdächtigen zeigt und wir das jeden Tag verfolgen, können wir das beurteilen. In ihrem Äußeren hat die Frau des S sich stark gewandelt. Sie hat abgenommen, d. h. wesentlich Körpergewicht verloren, wahrscheinlich, damit ihr die BRD-Kleidung besser passt. Diese Erscheinungen ...

Die Quelle dieser Berichte wird nicht genannt.

Aber um zu erkennen, wer die Drecksarbeit erledigte, wer sich um unachtsam geöffnete Briefe sorgte und dem Klassenfeind von seinem Küchenfenster aus täglich ins Auge sah, dazu gehört nicht viel.

9 DRECKSGEFÜHLE

Am späten Abend kehrt er nach Blankenburg zurück. Die Suderoder Straße ist leer und dunkel. Er steht vor dem Gartentor, sieht den flockigen Rauch über dem Schornstein. Als hätte der Schornstein eine Perücke, denkt er, und atmet die schwere, ihm süßlich vorkommende Luft.

Das Haus scheint alle paar Sekunden anders auszusehen. Mal wirkt es drohend und unheimlich, mal wie das harmlose Anwesen rechtschaffener Bürger. Dass er hier gewohnt hat, kann er sich plötzlich nicht mehr vorstellen.

Im Zimmer flackert der Fernseher. Er beobachtet das kalte Licht auf den Wänden, auf einem Regal, auf der Tür und überlegt.

»Herr Glohm«, ruft alles in ihm.

HERR GLOHM!

Aber macht es Sinn zu klingeln?

Er steht dort mit seiner Gier, seiner Aufgeregtheit und hat die Hand über dem Klingelknopf. Seine Hand zuckt vor und zurück. Er fühlt sich wie ein Besucher im eigenen Leben. Wie ein Aussätziger!

Hier kommt einiges zusammen und es droht ihn aus der Bahn zu werfen. Von der Großmutter weiß er, dass bereits Glohms Vater in Blankenburg die Post austrug. Da er beim Einmarsch der Russen die Briefträgeruniform anbehielt, wurde er vor seinem Dienstgebäude erschossen. Versehentlich, hieß es.

Dieses bedauerliche Hinscheiden, ob es sich so zugetragen hat oder nicht, wirft Fragen auf, die ihm jetzt nicht helfen.

Ich sollte ins Auto steigen, ins Hotel fahren und mir das ersehnte Bad gönnen. Ich sollte vernünftig sein, sagt er sich.

Er war immer vernünftig. Als Tierarzt muss man vernünftig sein. Er strahlt von Berufs wegen Ruhe aus. Wenn möglich, vermeidet er hektische Bewegungen. Spricht er mit Klienten, senkt er die Stimme, tiefer geht es kaum. Kontrollierter auch nicht. Er hält sich für einen Dienstleister, für jemanden, der anderen hilft und dabei zurückstecken muss. Dies ist sein Leben. Eins seiner Leben. Es ist ihm in Fleisch und Blut übergegangen. »In der Praxis hörst du dich an wie der Weihnachtsmann«, hat Emma ihn aufgezogen. Sie kannte ihn anders. Gelegentlich überkam es ihn auf einer seiner Runden. Wenn Kühe erkrankten, weil Ställe wochenlang nicht ausgemistet wurden. Wenn den armen Kreaturen der Mist bis ans entzündete Euter reichte. Wenn Mastbullen angekettet gehalten wurden und ihnen die Kette so tief in den eitrigen Hals schnitt, dass einzelne Glieder bereits eingewachsen waren. Wenn Besitzer bei seiner Ankunft die Schnapsflasche in der Haferkiste versteckten. Dann konnte ihm der Kragen platzen. Dann fiel er aus der Rolle und brüllte hinein in verständnislose Gesichter. Dann gab er dem Veterinäramt schon mal Hinweise. Dann wurden zu seiner Genugtuung auch Tierhalteverbote verhängt.

Er schaut sich um und klettert wie früher nach der Schule, wenn er den Schlüssel vergessen hatte, über den Zaun.

Auf dem Rand der Eingangstreppe stehend, lugt er ins Zimmer. Herr Glohm sitzt mit ausgestreckten Beinen im Sessel. Er ist eingenickt. Sein Mund steht offen, als wäre er gestorben. Aber das Schnarchen ist durch die Fensterscheibe zu hören. Der Vertreter des Fahndungskollektives trägt einen Trainingsanzug, der seinen langen Körper grotesk dünn erscheinen lässt. Den Stock hält er umklammert.

Das Bild überrumpelt ihn. Dass auch Schufte schlafen, sollte nicht überraschen. Tut es aber.

Mit einem Ruck stößt er sich vom Fensterbrett ab.

Er überlegt.

Er überlegt noch immer.

Langsam geht er ums Haus. Vorbei an den Erdbeerbeeten und der Stelle, wo einmal der Pavillon war.

Wieder steht er auf diesem kleinen Hof vor dem Küchenfenster, die Wand zum Keller in Reichweite.

Hier hat er ein paar Tage vor der Übergabe des Hauses die letzten Erledigungen bewerkstelligt. Weil die

Glohms eigene Möbel mitbrachten, weil ihnen das klobige Büfett im Wohnzimmer nicht gefiel, hat er es hergeschleppt, es zertreten und zerschlagen und dann angezündet. Das alte Kirschholz brannte wie Zunder. Er versuchte, das Feuer vom Haus wegzuzerren. Aus Angst, dass die Scheiben platzen könnten, riss er im ersten und im zweiten Stock die Fenster auf.

Die neuen Besitzer wollten auch keine Hühner. Sechs Hühner waren von Großmutters Lieblingen noch übrig. Zum Glück, sagte er sich, musste sie nicht mehr erleben, wie er sich im Gehege ein Tier nach dem anderen griff und ihnen auf dem Hackklotz ein Ende bereitete. Es war ein Massaker. Feuer, Federn und Hühnerblut.

Wenn er daran denkt, kommt es ihm wie ein indianisches Ritual vor, als hätte er mit der kontrollierten Vernichtung, mit den Hieben, dem Zerbrechen und Spalten, dem Gackern, dem Blut, dem Rauch und der Hitze Abschied genommen. Ein Apache in Ostberlin, der ums Feuer tanzt und sich aufmacht zur großen Wanderung.

Aber ein Haus lässt sich von so etwas nicht beeindrucken. Man kann es in fremde Hände geben. Man kann es abstoßen. Man kann es unter etlichen Vorzeichen veräußern, Unterschriften leisten und das Geld einstreichen. Es lässt einen nicht los – umso mehr, wenn mit dem Verkauf etwas nicht stimmt.

Glohm hat dieses Haus in gebotener Eile von ihm erworben. Nach einigen Diskussionen über die Holzwürmer auf dem Dachboden und die vorsintflutliche Elektroanlage gingen sie zufrieden auseinander. Es war keine Enteignung, kein unter Zwang erpresster Besitzerwechsel zu lachhaften Preisen, wie es anderswo vorkam, am Orankesee in Berlin-Hohenschönhausen zum Beispiel.

Diese Vermögensfrage ist nicht offen. Was zu klären bleibt, dafür benötigt er kein Landesamt, keinen Rechts- und Petitionsausschuss des Bundestages.

Es ist eine Angelegenheit zwischen Glohm und ihm.

Das Haus, hat er den Eindruck, möchte sich einmischen, möchte helfen. Als hätte es ihn wiedererkannt.

Der Mond hüllt sich in Wolken. Im Garten ist es stockfinster. Trotzdem meint er im Giebel den Spalt ausmachen zu können, den er mit seinem Vater einmal pro Jahr vermessen hatte. Kurz vor Kriegsende war auf dem Nachbargrundstück eine Fliegerbombe eingeschlagen, hatte dort aber, wie sich Großmutter oft ärgerte, »nur das Gewächshaus und einen Zaun zerstört, während wir mit diesem Riss leben müssen!«.

Der Vater nahm den Schaden, der sich wie ein langgezogenes S über die Giebelwand zog, sehr ernst. »Der Untergrund arbeitet. Die Wände stehen unter Spannung. Wir müssen das beobachten.«

Jedes Frühjahr hatten sie die Leiter auf das Garagendach gehievt, den Zollstock angelegt und den Spalt, falls nötig, abgedichtet.

Deshalb kennt er die Luke – ein verstecktes Fensterchen über der Garage, das ins Treppenhaus führt. Wegen der aus- und eingehenden Katzen war es nie verschlossen. Er ist selbst einige Male dort durchgekrochen.

Soll er hinaufklettern und es eindrücken?

Und dann?

Wissbegierig zu sein, ist das eine, aber es gibt Grenzen.

Er geht zurück zur Vorderseite. Im Wohnzimmer läuft weiter der Fernseher. Glohm schnarcht in seinem Sessel und kommt ihm mit dem abgesackten Kiefer noch immer vor wie ein Toter.

Er steht vor der Haustür. Auch hier kann man klingeln. Er ringt mit sich, knöpft das Jackett auf und zu, streicht sich durch die Haare. Mehrfach vergewissert er sich, dass ihn keine Nachbarn bemerken, und er überprüft die Zeit – es ist kurz nach 21 Uhr –, als wäre dies ein Experiment, dessen Rahmenbedingungen stimmen müssen.

Ist es nicht so?

Er denkt an das erste Gespräch mit Jürgen Koslowski, seinem späteren Praxis-Kollegen. Da hatte sich Mona gerade nach Amerika abgesetzt und er musste einen Ersatz für sie finden. Koslowski war ihm bei einem Fortbildungsseminar über den Weg gelaufen und sympathisch gewesen. Der junge Mann hatte nicht zu verbergen versucht, dass er aus Dresden stammte. Im Jahr der Wende war er wie so viele Ostdeutsche nach Bayern gezogen. Seine Mutter hätte er schweren Herzens zurückgelassen. Er würde sie besuchen – an Geburtstagen, zu Weihnachten –, aber seitdem er seine Akte eingesehen hätte und wüsste, wie Mitschüler und Kommilitonen ihn bespitzelt hätten, wäre ihm die Heimatstadt verleidet worden.

»Einem von denen bin ich später noch einmal begegnet. Zufällig. Im Kino. Er war dort mit seiner Frau und auch ich war in Begleitung. Wir begrüßten uns wie alte Freunde – das waren wir ja auch – und vereinbarten, nach der Vorstellung ein Glas Wein zu trinken. Aber als das Licht anging, war er weg.«

Diese Geschichte kommt in ihm hoch. Es ist nicht seine eigene, aber das Muster ist ähnlich. Er denkt an das Ausweichen und Verschwinden, an das Nichtreden-Wollen dieser Leute.

Aber ihm geht es nicht um Moral!

Welche Moral denn? Die Moral von Spionen? Er möchte Glohm nichts tun! Was sollte er ihm vorwerfen? War der ehemalige Postbote nicht sogar im Recht gewesen? Hatte er nicht geholfen, Menschen zur Strecke zu bringen, die ihrerseits mit falschen Karten spielten?

Das gedankliche Hin und Her führt zu nichts. Er steht vor der Tür. Glohm ist zu Hause. Also klingelt er.

Eine Weile passiert nichts, dann hört er ein Schlurfen und Schnaufen. Ehe er sich versieht, steht er Glohm gegenüber.

Ihm fällt ein, dass der ja annehmen muss, jemand würde draußen vor dem Zaun und nicht schon drinnen an der Haustür klingeln. Aber es ist zu spät, das zu ändern.

Glohm fällt fast hintenüber. Auf seine Krücke gestützt, weicht er zurück in den Flur und hinkt weiter zur Kellertreppe.

»Herr Glohm, ich muss mich bei Ihnen entschuldigen ... Warten Sie doch! Bitte warten Sie!«

Keine Antwort. Nur ächzendes, stöhnendes Rückwärtshinken. Als hätte man einer Spinne ein Bein ausgerissen und sie würde nun, merkwürdig hopsend, in eine Ecke fliehen. Panisch wirkt es, auf widerliche Weise auch komisch.

ER IST IM HAUS,

aber vor Entsetzen will er gleich wieder gehen.

10 EINSICKERNDE MERKWÜRDIGKEITEN

Er hat diese Leute immer unterschätzt. Er hat sie unterschätzt, weil sie auf den ersten Blick nichts an sich hatten, das ihm Respekt einflößte.

Am Morgen ging er aus dem Haus, die Suderoder Straße hinunter bis zur Gernroder Straße, als bestände diese Welt nur aus blauem Himmel, prächtigen Alleebäumen und Sonnenschein, und zwei von denen warteten rauchend an der Ecke. Sie waren groß und breit, aber das schüchterte ihn nicht ein.

Wenn er nahe genug an ihnen vorbeiging, sah er die Leere in ihren Gesichtern. Er hörte ihr gedämpftes Lachen. Er roch das Aftershave, den Schweiß, den pfefferminzhaltigen Atem. Er ahnte die Langeweile, die sie in den Griff bekommen mussten. Als er anfing, sie zu beobachten, so wie die Familie von ihnen beobachtet wurde, zeigte sich auch ihre Verwirrung.

Es waren Hunde, Hunde in Ledermänteln, wie sie überall auf diesem Planeten gezüchtet werden.

An jenem Morgen ließen sie ihn vorbeigehen, weil ihr Befehl so lautete, weil sie nur zeigen sollten, dass sie da waren.

Die Operation Schmidt war angelaufen, aber bis zur Festnahme blieb einiges zu tun.

Wie konnte er so lange zuschauen? Warum hat er es nicht früher begriffen?

Bis zum Schluss fand er es lustig, wenn zwei von denen das Landwarenhaus oder den Dorfkrug betraten und die Lederkluft zu Hause oder im Spind gelassen hatten. Mit ihren Kurzhaarfrisuren, den Windjacken und diesen albernen Schlipsen um den Hals kauften sie eine Zeitung oder bestellten »Zwei Limonaden und eine Tasse Kaffee komplett«. Anschließend waren sie bemüht, sich umzuschauen und umzuhören. Es war zum Schießen.

Wenn er nach der Schule in die Suderoder Straße zurückkehrte und eins der Paare in einem Auto sitzen sah, und es war sogar eine Frau dabei und sie steckten die Köpfe zusammen, um so zu tun, als wären sie ein Liebespaar, dann packte ihn mehr als einmal der Übermut. Was sollte es sonst gewesen sein? Er rannte zu ihnen hin und schlug mit voller Wucht auf das Autodach. Es war ja alles nur scheinbar und vorgetäuscht. Kein wirkliches Küssen. Kein Erschrecken. Die beiden erschraken trotzdem. In ihrer Pärchen-im Auto-Legende zuckten sie zusammen und rührten sich nicht. Er genoss die verstörten Blicke. Sie gaben ihm das Gefühl, etwas tun zu können. Obwohl es natürlich Quatsch war und er nichts tun konnte. Gar nichts. Er war von Anfang an chancenlos.

Als der Vater sich in diesen Wahnsinn stürzte, bestand bei seinen Auftraggebern das Interesse, über den Bestand und die Bewegungen militärischen Geräts in der sowjetisch besetzten Zone informiert zu werden.

Also zogen sie sonntags mit den Fahrrädern los. Vater, Mutter, Kind, um in den Wäldern um Berlin in Sichtweite von Kasernen und militärischen Sperrzonen Picknicke zu veranstalten. Er erinnert sich an die bei solchen Gelegenheiten ausgebreitete Decke. Es war immer dieselbe rot-grün karierte Decke, die der Vater von einer Dienstreise nach Marokko mitgebracht hatte. Darauf verteilten sie den Proviant. Und während Mutter und er hartgekochte Eier pellten, Tee aus der Thermoskanne eingossen und sich Großmutters Klappstullen schmecken ließen, lag der Vater mit dem Fernglas im Gebüsch und schrieb in sein Notizbuch.

Dessen Gewohnheit, während dieser Ausflüge wenig zu essen und zu trinken und stattdessen ausgestreckt im Gebüsch zu liegen, wurde Martin nicht erklärt. Er stellte auch keine Fragen. So war Picknick. Der Wald um sie herum blieb der Wald, ein Universum voller Schmetterlinge, essbarer Blätter und Fuchsbaue, auch wenn ab und an Panzer vorbeifuhren, Lkw-Kolonnen oder Selbstfahrlafetten.

Das Zittern des Bodens konnte überaus stark sein. Er erinnert sich, dass sie die Fahrräder einmal bei Oranienburg an einer von Gestrüpp überwucherten

Mauer entlangschoben, als der Vater rief: »Sie starten die Motoren! Runter! Flach hinlegen!«

Es begann zu rütteln und zu beben, wie er es nicht für möglich gehalten hätte. Er lag mit der Wange auf dem Boden. Die Mutter presste ihm unnötigerweise ihre Hand auf den Mund und der Wald wurde zur Trockenschleuder. Er sah, wie der Sand an den Wurzeln der Bäume nach unten schwappte, als wären die Stämme Rührlöffel in einem Brei. Die Panzer schienen sich nur eine Armlänge entfernt ihren Weg zu bahnen und mit ihren rasselnden Ketten alles niederzuwalzen.

Nach Erfahrungen wie diesen wurde der Vater vorsichtiger. Statt der Ausflüge in Sperrgebiete, zu Rangierbahnhöfen und Kasernen fuhren sie eher Baden und Angeln. In der Nähe des Werbellinsees, den der Vater wegen der »hervorragenden Unterwassersicht« sehr schätzte, wurden sie einmal von einer Militärstreife kontrolliert. Ob sie zum Baden fuhren oder nicht auch zum Beobachten und Zählen, wusste er nicht. Vielleicht wollte er es wissen. Aber er hatte, ohne dass es ihm gesagt werden musste, verstanden, dass man über diese Dinge nicht redete. Von klein auf wurde er hineingezogen. Sie lebten mit einem Geheimnis, das besonders den Eltern zu schaffen machte. Pakete an sie enthielten mitunter »Container«, also Waren, die etwas mehr waren als Kaffee, Feinstrumpfhosen oder Muskatnüsse. In einer Keksschachtel fand er einmal 300 Mark. Im ersten

Moment dachte er, es wäre eine Werbeaktion, und rannte mit den Scheinen zur Mutter. »Diese Pakete machst du nie alleine auf! Wie oft soll ich dir das noch sagen?! Auch Großmutter macht diese Pakete nicht auf! Ihr wartet, bis Papa oder ich dabei sind. Hast du mich verstanden!?«

Er nickte. Er war ein guter, ein verschwiegener Junge. Schwieg auch lange vor sich selbst. Es war instinktives Verhalten. So wie man sich vor anderen im Freibad beim Wechseln der Badehose umdrehte.

Bei Kontrollen wirkte der Vater gelassen. In Extremsituationen Ruhe zu bewahren und bluffen zu können, war eine Stärke von ihm. Er senkte die Stimme, lächelte, erzählte etwas vom Pilzesuchen und den Kochkünsten seiner Frau und wies dann seine Klappkarte vom Ministerium für Schwermaschinenbau vor, die man wegen des querlaufenden roten Balkens leicht mit einer ganz anderen Klappkarte verwechseln konnte. Dafür musste er sie nur schnell genug wieder zuklappen.

Wenn er an den Vater denkt, an seine Facetten, an seine wie bei einer Supernova für immer und ewig auseinanderdriftenden Eigenschaften, und versucht, ihn zu fassen, ihn unter einen Hut zu bekommen, dann denkt er vor allem daran, wie der Vater durch ihren Garten spazierte.

Die Beobachtungen des Genossen Glohm waren richtig. Wenn der Vater einmal zu Hause war, wenn er im Vorgarten etwas pflanzte oder in der Garage werkelte und dabei feststellte, dass sich jemand dem Grundstück näherte, dann eilte er hinters Haus. Dort wartete er. Dort hielt er sich auch auf, wenn er »einen Augenblick für sich« sein wollte, wie er das nannte. Auf der Wiese lief er langsam im Kreis. Er setzte sich in den Pavillon oder unter einen der Apfelbäume. Er rauchte, starrte in die Luft und fasste sich ans Kinn.

So sah er den Vater vom Kinderzimmer aus. An den Wochenenden und nach Feierabend. Ein grüblerischer Einzelgänger in einem Obstgarten.

Dass seine Eltern Spione waren, wusste er lange vor ihrer Verhaftung.

Er wusste es wegen der nach und nach einsickernden Merkwürdigkeiten. Zunächst bekam er nichts mit, aber später blieb er unvermutet hängen, weil etwas hervorragte – eine Schlaufe, ein Rohr, ein Pralinenkasten, eine Bemerkung in der Küche, eine nächtliche Ausfahrt mit dem Fahrrad, irgendetwas, über das er stolperte. Über das er sich wunderte.

An Sonntagabenden pflegten sich die Eltern im Arbeitszimmer des Vaters einzuschließen. Lange Zeit wäre es ihm nicht im Traum eingefallen, darüber nachzudenken. Der Vater an seinem Schreibtisch durfte nicht gestört werden. Dass die zappelige und an Technik nicht interessierte Mutter ihm beim Berechnen und Konstruieren half, war kaum vorstellbar. Aber sie arbeiteten dort. Das hörte er, wenn er hinter der Tür lauschte.

Ungereimtheiten, versteckte Objekte zogen ihn an. Zu Weihnachten oder um seinen Geburtstag herum durchsuchte er die Schränke der Eltern, stöberte er im ganzen Haus, um Geschenke auszukundschaften. Mit etwa zwölf, also zu der Zeit, als die Eltern ihr staatsfeindliches Hobby zunehmend professionalisierten, entdeckte er ein ferngesteuertes Spielzeugauto im Kleiderschrank der Mutter. Wann immer er konnte, spielte er damit schon in der Vorweihnachtszeit. Es war ein silberblauer Mercedes an einer dicken, langen Schnur, dessen Türen nach oben klappten, dessen Scheinwerfer leuchteten und der auf kleinste Lenkbewegungen präzise reagierte.

Er liebte diesen Wagen – für damalige Verhältnisse war es ein Hightech-Produkt – und spielte damit im Advent des Jahres 1959 in jeder heimlichen Minute.

Zur Bescherung lernte er, welche Mühe es kostete, den Eltern und der Großmutter, die ihm das Paket feierlich überreichten, Überraschung und Dankbarkeit vorzuspielen.

Es war eine Lektion fürs Leben. Er stand vor dem Weihnachtsbaum – wie eingesperrt in seinen freudestrahlenden Selbstbetrug.

Daraus ist eine gewisse Vorsicht erwachsen.

Ein Zögern, auch ein Respekt vor den Räumen anderer.

Hin- und hergerissen hörte er hinter der Tür, worüber sich seine Eltern unterhielten.

Soweit er verstand, hatte die Mutter einen Brief an

einen Onkel Walter geschrieben, den sie dem Vater vorlas. An sich war es kein spektakulärer Brief. Er war im Gegenteil eher langweilig, aber die Art und Weise, wie die Eltern diskutierten, wie der Vater Verbesserungen anmahnte, »Richtlinien« erwähnte und die Mutter aufforderte, ausführlicher und vor allem weniger belanglos zu schreiben, ließen ihn stutzig werden.

Er hatte das Gefühl, als ginge es gar nicht um diesen Brief, obwohl es ohne jeden Zweifel um diesen Brief ging. Der Vater, der sich sonst niemals ums Briefeschreiben kümmerte – private Korrespondenz übernahm stets die Mutter –, interessierte sich für diesen Brief an einen Onkel Walter, als ginge es um eines seiner Stahl- und Walzwerke.

Wer war überhaupt Onkel Walter? Er kannte keinen Onkel Walter. Aber der Brief an ihn, den die Mutter nach Vaters Kritik an ihren Formulierkünsten erneut verfasste und dann vorlas, suggerierte, dass dieser Onkel Walter und andere unbekannte Personen zur Familie gehörten.

In Grundzügen ist ihm dieser Brief so geläufig wie seine Fassungslosigkeit, als er am Ende hörte, dass die Mutter auch nicht mit ihrem Namen unterzeichnete, sondern als Fritz!?

Die Onkel-Walter-Nachricht könnte folgendermaßen gelautet haben:

Lieber Onkel Walter,

wir haben uns sehr über Deinen letzten Brief gefreut. Da hast Du ja eine schöne Reise hinter Dir und dazu noch so wunderbares Wetter gehabt. Sicher hast Du Dich da gut erholt und Dein Leiden wesentlich gebessert. Die Gegend muss – Deinem Bericht nach – ja wunderbar sein. Schade, dass wir da nicht auch mal hinkommen können! Hast Du eigentlich unsere Briefe alle erhalten? Du erwähnst es nicht, aber wir nehmen doch an, dass Deine Haushälterin Dir alle aufgehoben hat. Wir hatten dieser Tage auch Besuch aus Düsseldorf und freuten uns sehr. Es waren schöne Stunden.
Was macht Erna eigentlich? Lebt sie noch mit ihrem Sohn zusammen? Sie konnten sich doch erst gar nicht vertragen. Hoffentlich hat es sich eingerenkt.
Hans möchte Medizin studieren und wartet noch immer auf Bescheid von der Universität. Wir drücken ihm beide Daumen.

Grüß alle Verwandten dort schön und sei Du besonders herzlich gegrüßt von Deinem

Fritz

Mit solchen Rätseln lag er dann im Bett. Onkel Walter, der seine Leiden hoffentlich gebessert hatte, Erna mit dem unverträglichen Sohn, dieser auf den Universitätsbescheid wartende Hans und ein Fritz, der eigentlich die Mutter war – in ihm drehte sich alles. Hatten seine Eltern noch eine andere Familie?

Es gab da eine Parallelwelt, ein »Ich-bin-dann-mal-Fritz«-Spiel, bei dem sie offenbar mitmischten.

Er zerbrach sich den Kopf darüber. Es veränderte alles. Wenn die Mutter – eine disziplinierte, aber auch temperamentvolle Frau – sich im Streit zu der Bemerkung hinreißen ließ, dass er zu lange Arme und zu große Hände hätte, dass er überhaupt unansehnlich wäre und später Mühe haben würde, eine Frau zu finden, dann traf ihn das ins Mark. Obwohl ihm klar war, dass sie Blödsinn redete, fürchtete etwas in ihm, zweite Wahl zu sein. Irgendwo gab es noch jemanden, einen gutaussehenden Hans, der Medizin studieren wollte, der nach der Schule nicht sofort in seinem Zimmer verschwand, der nicht dauernd am Antikommunismus seiner Mutter herumnörgelte.

Die Eltern registrierten seine Verwirrung. Sie begriffen, dass sie das neue Auto, den ersten Fernseher der Straße, die ausgetauschte Zentralheizung und die Flut der Westpakete erläutern mussten.

Aber sie waren schlecht in Erläuterungen. Sie redeten um den heißen Brei herum. Er hatte das Gefühl, als sollte er zum zweiten Mal sexuell aufgeklärt werden! Was in Vaters Vortrag über die Fortpflanzung die Fische gewesen waren, diese an Algen und unter Seegras laichenden Kaltblüter, war in den verschleierten Darlegungen der Mutter die Gestalt des Großvaters.

An die Umstände dieses Gesprächs erinnert er sich bis heute. Die Mutter bat ihn in den Garten. Unter einem der ersten Obstbäume setzten sie sich auf eine Bank und sie eröffnete ihm:

»Wir geben Informationen an den Großvater weiter. Wir bitten dich, darüber mit niemandem zu sprechen.«

Im ersten Moment fiel ihm gar nicht auf, dass er keinen Großvater hatte. Auch die Großväter seiner Mutter und die Großväter seines Vaters waren längst verstorben. Als die Mutter den Großvater vom Stapel ließ, blickte er hinauf in die Krone zu den dort baumelnden Äpfeln. Es waren Glockenäpfel – eine massige Sorte, die derart sauer schmeckte, dass man sie kaum essen konnte. Und seine Mutter erging sich in Andeutungen. Dieser Großvater sollte existieren, aber auch nicht existieren. Sie schien es selbst nicht zu wissen. Er sagte ihr das Gleiche, das er dem Vater nach seinem Fische-Gleichnis gesagt hatte. Er sagte: »Mmm.«

Mit dem Vater lief es anders. Sie beide verband – über alle Rätsel hinweg – das Auto. Der Herr Ingenieur war ein miserabler Fahrer! Wenn sie auf der Straße nach Heinersdorf den Bus überholten, unterschätzte der Vater regelmäßig den Gegenverkehr. Und fast nie gelang es ihm, den Wagen ohne Komplikationen in der Garage abzustellen. Nach ein paar Wochen gab er Martin, wenn er nach Hause gekommen war, die Schlüssel und ließ das Einparken seinen Sohn erledigen.

Vielleicht ist das etwas, was ihm bleiben wird. Diese Geste der Gemeinsamkeit und, ja, des Vertrauens, wenn der Vater ausstieg und ihm den Autoschlüssel zuwarf. Dieser Moment zwischen Werfen und Fangen, wenn der Schlüssel in der Luft zu stehen schien und doch auf ihn zuflog – einen 13-jährigen Einparkspezialisten.

Er liebte seinen Vater dafür, mit welcher Leichtigkeit der beiseitetreten konnte, für den Umgang mit Schwächen.

Abgesehen von einer Unterhaltung über die Jastrow'sche Hasenente, dieser Zeichnung einer Ente, die gleichzeitig auch als Hase angesehen werden konnte, hat der Vater sich ihm gegenüber nie darüber geäußert, wie er sein Leben der Täuschung und des Falschspiels bewertete.

Er wies auf diese vergilbte Darstellung.

»Was siehst du?«, fragte er ihn. Erst erkannte Martin den Hasen und nach einiger Zeit auch die Ente. Er begriff, dass in der Zeichnung eine Art Botschaft enthalten wäre.

Aber welche?

Sollte man Ente und Hase zugleich sein? Waren Doppelexistenzen lohnenswerter, opulenter, aufregender?

War es das, was der Vater andeuten wollte?

11   NACHT DER GESPENSTER

Suderoder Straße 97. Martin verharrt noch immer auf der Schwelle und lauscht angestrengt Richtung Keller. Vom Wohnzimmer her fällt ein Streifen Licht quer durch den Flur. Unten, wo der Hausherr sich verkrochen hat, ist es schwarz vor Dunkelheit.

»Herr Glohm, es tut mir leid, wenn ich Sie erschreckt habe. Kommen Sie bitte zurück! Ich verspreche Ihnen, sobald ich Sie gesehen habe, werde ich gehen.«

Er hält den Kopf schräg, um besser hören zu können. Aber er hört nichts. Kein Keuchen mehr. Hoffentlich ist der Alte nicht die Treppe hinuntergestürzt! Er hat das Gefühl, in diese Schwärze möglichst viele aufmunternde Worte schicken zu müssen.

»Geht es Ihnen gut? Machen Sie keinen Unsinn. Die Haustür steht offen, aber ich werde draußen bleiben, ja?! Ohne Ihre Einwilligung gehe ich keinen Schritt weiter. Können Sie mich hören? Verstehen Sie mich? Dies ist und bleibt Ihr Haus, auch wenn drei Generationen meiner Familie hier gewohnt haben. Meine Großeltern. Meine Eltern und ich.«

»Das werden ja immer mehr Leute. Die kann ich auf keinen Fall alle reinlassen.«

»Natürlich nicht!«

Froh über die Rückmeldung, lacht er in sich hinein. Glohm bemerkt es:

»Das Haus wurde 1911 gebaut. Aber es existiert keine Bauakte!«

»Was wollen Sie damit sagen?«

»Wie ich schon gesagt habe: Es existiert keine Bauakte.«

»Aha.«

»Der Landwirt K. Giese hat das Grundstück 1906 verkauft. Aber erst 1925 taucht ein E. Schmidt im Adressbuch auf.«

»Das sind interessante Informationen, Herr Glohm. Ich bin nicht sicher, ob ich die Tragweite erfasse.«

»Jede Besiedlung beginnt im Zentrum und setzt sich fort zum Rand.«

Soll das ein Trick sein? Aber die sich über Bauakten verbreitende Grabesstimme klingt zu schauerlich. Zu psychotisch. Er hockt im Türrahmen und rauft sich die Haare. Was soll er tun? Fortgehen und den Verwirrten zurücklassen wie eine Puppe, die in ihrer Schachtel weiter vor sich hin plappert?

»Wollen Sie nicht heraufkommen? Machen Sie sich wenigstens Licht!«

Da klickt es und wird hell. Er sieht die kalkweiße, schräg nach unten führende Wand und glaubt zu wissen, wo Glohm ist.

Der kauert in dem alten, von seinem Großvater in den Raum unter der Treppe eingepassten Eisschrank. In diesem Kasten aus Eichenholz, in seinen geräumigen, tiefen Fächern hat er sich früher selbst gern verkrochen.

»Unser Eiskeller«, sagte die Großmutter dazu. Es ist einer der Hohlräume im Haus, die einen Menschen ganz in sich aufnehmen können.

Und jetzt steckt dieser Kerl darin. Martin bleibt höflich, aber tief in seinem Inneren findet er es unangemessen. Am liebsten würde er nach unten stürmen, den Denunzianten am Kragen packen und hinauswerfen. Aber er hat den Bogen überspannt. Er muss sich JETZT SOFORT beruhigen, seiner zerrenden Wut ein Schnippchen schlagen und verstehen, unbedingt verstehen, dass es den Postboten von damals nicht mehr gibt!

Er weiß noch, wie in der Zeit, bevor die Kühlschränke elektrisch wurden, das Eis angeliefert wurde. Die Blöcke waren im Winter aus gefrorenen Seen der Umgebung gesägt worden. Ein Umstand, der ihn als Kind faszinierte. In den glasigen Stangen suchte er nach eingeschlossenen Fischen, was die Transporteure amüsierte. Lachend setzten sie ihre Last für ihn ab. In seiner Erinnerung trugen sie Schiebermützen und selbst bei größten Anstrengungen wippten ihnen Zigaretten im Mundwinkel. Sie schleppten das Eis mit großen Zangen in den Keller und wuchteten es in die Fächer, wo es wochenlang kühlte. Unter dem Schrank war eine Rinne angebracht. Dort hinein tropfte das Schmelzwasser und wurde in den Garten geleitet, bis nichts mehr da war.

Vielleicht ist Glohm Ähnliches widerfahren. Mit der Zeit schmolz er dahin. Tropfen um Tropfen, Jahr um Jahr hat er Kälte abgegeben und Form verloren.

Der Stolz, zur Ergreifung gemeingefährlicher Nachbarn beigetragen zu haben, kam ihm abhanden. Selbst im Dorfkrug, wo er sich anfangs mit der Geschichte brüstete, biss er sich in späteren Jahren auf die Lippen. Der Triumph, den Ahnungslosen auch noch ihren Besitz abgeluchst zu haben, könnte etwas anderem gewichen sein: Müdigkeit und Enttäuschung. Einem bis in die Träume, in die ärztlichen Befunde reichenden Unbehagen darüber, in einem Haus zu leben, das einmal Verdammten gehört hatte und womöglich selbst verdammt war.

»Herr Glohm, eine letzte Frage. Wissen Sie noch, dass Sie geholfen haben, meine Eltern zu überführen?« … Er horcht in die Stille …

»In Ordnung, ich werde gehen. Alles Gute für Sie!«

Nun lacht es im Keller, rau und scheppernd, und er hält inne.

»Was ist so lustig, wenn ich fragen darf?«

»Nichts.«

»Worüber lachen Sie dann?«

»Über Sie, Herr Schmidt! Über wen sonst?! Und nun verschwinden Sie!«

Erst als er zurückgeklettert ist und auf der Straße steht, spürt er den Tritt. Ein Brennen wandert durch seinen Körper. Er schämt sich, derart verwundbar zu sein. Wie ein Schuljunge hat er sich hinters Licht führen lassen! Wieder zu nachsichtig, zu weich ist er gewesen. Als ob er es nicht besser wüsste! Als ob er es nicht besser wissen müsste!

Er bildet sich ein, im Schlafzimmerfenster die Mutter zu erkennen, die ihm von dort oft gewunken hat. Schon frühmorgens war sie perfekt zurechtgemacht mit hochgesteckten Haaren, der Perlenkette, einem Kleid mit Rüschenkragen und rot lackierten Fingernägeln an der flatternden Hand. Sie warf ihm Küsschen zu, mahnte, das Schulbrot aufzuessen und auch ja den halben Apfel nicht zu vergessen, der extra verpackt war.

Wozu der Aufwand? All diese Gesten!? Was waren das für Eltern, die zur Straße hin Fürsorge demonstrierten, sich als Vertraute aufspielten, die Familie aber benutzten wie ein Alibi und sie geradewegs in die Panne steuerten:

> in einen Vorgang mit nachteiligen Folgen für die eigene Arbeit, bei dem Maßnahmen der gegnerischen Exekutive gegen eigene V-Leute eintreten,

wie es nachrichtendienstlich hieß.

Er würde Ruin dazu sagen.

Auf Wunsch von Friedrich Kappelhoff, der sich als

Honorarprofessor mehrerer Universitäten bevorzugt mit dem Thema »Geheimdienste und Demokratie« beschäftigt, hat er ausgewählten Zuhörern einmal zu erläutern versucht, wie der Alltag des Agentenlebens beschaffen ist. Kappelhoff hatte ihn darum gebeten, weil »leidvolle Erfahrungen des persönlichen Umfeldes« nicht unterschlagen werden dürften, weil es »Lernvorlagen« wären.

Nach längerer Bedenkzeit stimmte er zu.

Bei dem Auftritt sollte es weniger um die Beschaffung, Übermittlung oder Auswertung geheimer Nachrichten gehen, über die er auch wenig hätte sagen können. »Sprich bitte über deinen konkreten familiären Hintergrund. Über das, was du als Kind von Agenten erlebt hast«, ermutigte ihn Kappelhoff, dem daran gelegen ist, potentielle Zielpersonen, wie es Studenten nun einmal sind, frühzeitig über die in der Regel unterschätzten Risiken des Gewerbes aufzuklären.

Die Veranstaltung geriet zum Drama. Wie er Kappelhoff kennt, war das gewollt und konnte deshalb als Erfolg gewertet werden. Ein Drama war es vor allem für ihn, der einen Bungee-Sprung aus dem inneren Gefängnis hinlegte. Zum ersten Mal schilderte er einem Auditorium ihm fremder Personen, was er bislang weitgehend unter Verschluss gehalten und auch vor sich selbst als verjährt und unerheblich angesehen hatte.

Dem war nicht so!

Zu seiner Bestürzung musste er während des Vortrags mehrfach weinen. Immer wieder tropfte es auf die vorbereiteten Stichpunkte, aber er durfte sich nicht unterbrechen lassen! Vor diesen Studenten allmöglicher Fachrichtungen, die ihm mit großen Augen folgten und überaus taktvoll reagierten, war ihm, als würde er sich eine Narbe aufreißen, um sie von allen Seiten betrachten zu lassen. Obwohl er sich an die Fakten hielt, nichts als Fakten, keine Wertungen wollte er präsentieren, rief er diesen angehenden Informatikern, Physikern, Medizinern, Historikern und Juristen mit jeder Faser zu: Wenn auch nur ein Zipfel eures Ichs in Erwägung zieht, eine Familie zu gründen und ein normales Leben zu führen, schickt die Werber samt ihren Verheißungen zum Teufel!

Über Kappelhoffs Lehrziel schoss er damit hinaus, aber es war ihm egal. Er kannte nur diese Wahrheit, diesen Schmerz.

Auf seiner Reise, nichts anderes begann für ihn nach jenem Vortrag, jenem Aufbruch, gab es keine Gefälligkeiten, schon gar nicht nachrichtendienstliche!

Er geht zurück zu seinem Auto, durch die Nacht, die in Blankenburg immer stiller war als anderswo. Kein Brausen liegt in der Luft. Keine Posaune bläst, keine unerlösten Seelen jagen über den Dorfanger. Autos folgen dem Straßenverlauf. Flugzeuge und Satelliten blinken. Der Wind bläst geruchlos und feucht.

Auf der Holzbrücke über den Fließgraben bleibt er stehen. Vor sechzig Jahren ist er hier mit ausgebreiteten Armen übers Geländer balanciert und hat damit zehn Pfennige eingeheimst. Kurz darauf ist er mit seinem Wettgegner aneinandergeraten und samt umgeschnallter Schulmappe doch noch ins Wasser gefallen. Er ist die Böschung wieder hinaufgekrochen, hat sich Blutegel von den Waden gestreift, die Mappe zu Hause geleert und an der Heizung getrocknet, sich in das Mädchen Angelika Walder verliebt und sie sich zum Glück auch in ihn. Er hat hier gelebt und ist schließlich fortgegangen ...

Gedankenreihen wie diese spülen durch seinen Kopf. Er ist erschöpft. Zugleich kocht die Vergangenheit in ihm hoch. Wo hat er, verdammt noch mal, das Auto geparkt?

Auf dem Weg, der einmal der Arbeitsweg des Vaters war, quietscht hinter ihm ein Fahrrad. Wer damit fährt, weiß er, bevor er sich umdreht. Auf der Stange hockt der Vater und hinter ihm, im Sattel, tritt die Mutter ächzend in die Pedale.

Die Eltern gleiten vorüber. Mit verzerrtem Gesicht schaut der Herr Ingenieur auf die Uhr, hält Aktentasche, Hut und sich selbst im Gleichgewicht. Und seine Gattin mit ihren langen, fein bestrumpften Beinen strengt sich an, damit er die nächste Bahn erreicht. Die beiden sehen ihn nicht. Nur er kann sie sehen.

Normales Laufen ist dem Vater nicht möglich, nur stöhnendes Vorwärtsschleichen. Mit entzündeten Venen sollte er sich schonen. Aber wer ist er, wer soll er sein, wenn er für die Kollegen nicht Verantwortung empfände. Am S-Bahnhof quält er sich die graue Steintreppe hinauf wie ein Kriegsinvalide, den Kopf voller Materialanalysen, Winkelberechnungen, Zahlenreihen. In ihm rattern die Daten. Das Rattern wirkt effektiver als Tabletten. Routinierte Abläufe schieben sich vor Fragen, auf die es keine Antworten gibt. Routinierte Abläufe helfen bei Bürolügen, Außenterminlügen und Dienstreiselügen.

In dieser Nacht der Gespenster quälen Schmidt senior wieder die kranken Beine. Er sollte den Arzt aufsuchen, sich pflegen lassen, zu Hause bleiben, aber das bringt er nicht über sich. Ein deutscher Spion bezwingt seinen Schmerz. Er begibt sich zur Beschaffungsarbeit, um den von ihm Betrogenen pflichtschuldigst beizustehen, selbst wenn das Gehen schwerfällt. Er kann seine Gefühle – die des Schmerzes und auch alle anderen – säuberlich abspalten, nicht zuletzt deshalb, weil sie sowieso nicht zusammenpassen.

12 SWEET LOVE

Zurück in Bayern schläft er schlecht. Er schiebt es auf die viertelstündlich läutende Kirchglocke, an die er sich wieder gewöhnen muss. War er Jahre unterwegs oder Tage?

Ende April ist es warm geworden. Der Föhn lässt die Berge zum Greifen nah erscheinen. Gleißendes Licht überflutet die Felder. Der Staub von den Kieswegen pudert die Schuhe.

Bevor die Praxis öffnet, schwimmt er im nahen See. Unter Wasser öffnet er die Augen. Das Türkisblau umfängt ihn wie einen lange Vermissten. Er taucht hinab, was an der Färbung nichts ändert. Es wird nur eisiger.

Pünktlich um acht ist er wieder am Haus und wird von Frau Lohmaier begrüßt. Während seiner Abwesenheit sei die Festnetzverbindung unterbrochen gewesen. Aber sie hätte den Schlawinern per Mobiltelefon Beine gemacht. »Über eine Stunde hing ich in der Warteschleife!« Die Nachbarin läuft vor Empörung rot an. Er bemüht sich, kann ihr aber nicht folgen. Während sie redet, trudeln Reste eines Traums heran. In der vergangenen Nacht wollte er dem Vater zum Geburtstag gratulieren. Nur nahm dieser die Glückwünsche in einem Becken voller Haie entgegen. Er erinnert sich an die Angst. Und daran, dass er unbedingt gratulieren wollte. Ob er es getan hat, will ihm nicht einfallen.

Erste Klienten sammeln sich vor dem Eingang. Kläglich miaut es aus einer Tragebox. Mitzi und ihre Besitzer kennt er seit sechzehn Jahren. Beim Ultraschall zeigt sich diesmal ein Fleck im Bauchraum, der beim Umdrehen wandert. Vorsichtig zieht er der Katze Flüssigkeit aus der Harnblase und bittet, auf das Laborergebnis zu warten. Es folgen ein Labrador zur Kastrationsnachsorge, eine Dackelhündin, deren Augen tränen, und eine Maus mit Atemgeräuschen. Er hört sich das zarte Röcheln eine Weile an und verordnet ein Antibiotikum.

Die Sprechstunde verfliegt. Trotz des Andrangs herrscht Routine. Die Assistentin lässt ausrichten, dass Dr. Koslowski von der Nachmittagsrunde später zurückkäme. Fäden müssen gezogen, Verbände gewechselt, Impfungen und Computereinträge vorgenommen werden.

Am Abend trinkt er Tee in seiner Küche. Er überlegt, ein Bad zu nehmen. Sich im Schaum zu aalen und zu dösen, das hatte er schon in Berlin vorgehabt und war nicht dazu gekommen.

Er will nur noch den Müll wegbringen.

Vor dem Haus kommt ihm eine Frau entgegen. Er will auf die Öffnungszeiten der Praxis verweisen, da erkennt er sie. Fünfzig Jahre konnten ihrer Attraktivität nichts anhaben. Es ist das Erste, was er denkt. Wenn von Denken die Rede sein kann.

»Angelika«, sagt er mit brüchiger Stimme.

»Hallo, Martin! Störe ich?!«

»Nein, nein.«

Er weiß nicht, wie er reagieren soll. An seiner Hand schlenkert der orangefarbene Beutel.

Sie tritt näher, unternimmt Anstalten, ihn zu umarmen. Er riecht ihr Parfüm. Zu seinem Schrecken könnte es aber auch die Duftfolie des Müllsacks sein.

»Augenblick!«, nuschelt er und taucht unter ihrem Arm hindurch. Er schämt sich in derselben Sekunde. Aber was soll er tun? So ausgestattet kann er sie nicht umarmen!

Die paar Meter bis zum Tonnenhäuschen kommen ihm wie eine gepflasterte Ewigkeit vor. Er spürt Angelikas Blicke im Rücken, ihre Verwunderung, und tastet sich Schritt für Schritt voran, als würde er ein Hochseil überqueren.

Und die ganze Zeit dieses verfluchte Rascheln!

Auf dem Rückweg gewinnt er die Fassung zurück. Er staunt erneut, wie schön sie ist, durchaus gealtert, aber zugleich wie von Zauberhand frisch gehalten. Als er sie umarmt, klingeln ihre Armreifen.

Beide sagen nichts. Mit abgewandten Köpfen lehnen sie aneinander und lösen sich dann voller Verlegenheit. Seine Nase ist nicht besonders fein, aber er glaubt, dass das eben ihr Duft war und nicht diese scheußlich parfümierte Tüte.

Sie verlieren kein Wort über den peinlichen Moment.

»So lebst du also. Hübsch. Ein kleiner Palast«, stellt sie drinnen fest. Er lacht los. Welche Freude, dass sie da ist, auch wenn alles kompliziert scheint. Unübersichtlich. Zur Beruhigung beginnt er, über große Räume und Umbauten zu reden.

»Platz kann man nie genug haben, hatten wir gedacht! Vor der Renovierung war das ein Ziegenstall. Schau mal, dort drüben ragen noch die Ringe zum Anbinden aus der Wand.«

Ziegenstall? Anbinden? Unter den Worten lauern Fallklappen, bildet er sich ein. Wenn er könnte, würde er nichts sagen. Vorsichtshalber hält er sich die Hände vor den Mund, aber er lacht nicht mehr. Angelika steht am Küchentisch, dreht sich in ihrem schicken, gepunkteten Kleid, spielt am Verschluss ihrer Handtasche, setzt sich nicht hin.

»Entschuldige bitte, Martin, dass ich bei dir reinplatze.«

»Das macht nichts. Ich ... ich wollte sagen ...«

»Nein, ich hätte nicht kommen sollen.«

»Aber warum? Sag nicht so etwas!«

»Unangemeldet, meine ich.«

Sie schüttelt den Kopf. Nach dem Telefonat hatte

sie die Website der Praxis besucht und sein Bild gefunden. In der laufenden Version gefällt er ihr weniger. Sie mustert ihn – die müden Augen, die spärlichen Haare, die sparsamen Bewegungen – und verliert den Glauben, jemandem begegnen zu können, den sie für die Liebe ihres Lebens gehalten hatte.

»Beim Lachen versteckst du deine Zähne wie früher, weißt du das?«

»Aber es sind die dritten.«

Die Teekanne dampft so stark, als wäre er inzwischen nicht draußen gewesen und wie eine Romanfigur von Stanisław Lem durch die Zeiten gerast.

»Magst du eine Tasse?«

»Was ist es denn?«

»Pfefferminze und Birkenblätter aus dem Garten, dazu etwas Ingwer.«

»Originelle Mischung.«

Zögernd sagt er:

»Sie stammt von Emma, meiner Frau.«

»Ach so. Ja. Probiere ich mal.«

Sie stolpern durch ein Dickicht von Zweideutigkeiten. Sie stolpern vor allem, weil sie Gepäck mitbringen. Verbindendes und Trennendes. Jeder rätselt, was er dem anderen zumuten oder lieber weglassen und weiter mit sich ausmachen soll.

Er starrt auf Emmas Teebüchse. Angelika kramt einen Stapel Fotos hervor. Von wenigen Ausnahmen abgesehen sind es die gleichen, die auch bei ihm in den Kisten lagern.

Sie legt ihm Strandaufnahmen vor, Schnappschüsse in Faschingskostümen, Innenansichten des Blankenburger Hauses, auch das anrührende Doppelporträt, auf dem sie sich aneinanderdrücken und die Finger verschränken. Darunter kommen Aktbilder von ihr zum Vorschein, die er in den Monaten nach der Verhaftung der Eltern gemacht hat, in deren Schlafzimmer. Angelikas Nacktheit blitzt auf, in Schwarzweiß. Sie verdeckt sie und fragt:

»Fällt dir auf, dass du nie in die Kamera siehst?«

»Aber du auch nicht!«

Er zupft die Aktbilder wieder nach oben und breitet sie aus. Es sind keusche Posen, zarte Erinnerungen an etwas, wofür ihnen die Worte fehlen.

»Martin, ich war sechzehn. Du warst mein erster Liebhaber und hast mich mit deiner Verehrung, mit deinen Bedürfnissen überschüttet und überfordert. Woher sollte ich auf solchen Bildern einen offenen Blick nehmen?«

Der Einspruch kommt unerwartet.

»Verstehe«, lenkt er ein und bereut die kleine Frechheit, aber Angelika ist nicht aufzuhalten.

Wahrscheinlich besucht sie ihn deshalb. Nicht im Überschwang. Eher aus Neugier, um etwas geradezurücken. Sie ist hier, denkt er, um das Kapitel endgültig abzuschließen und sich von ihm zu erlösen. So wie er sich vorwirft, sie auf Wunsch der Mutter damals zurückgelassen zu haben, beschuldigt sie sich, vor seiner Ausreise in eine Affäre geschlittert zu sein, mit einem Blender und Leichtfuß, der sie gleich schwängerte und in Ostberlin festhielt. Beim Tee in der oberbayrischen Küche hadern sie, jeder für sich, mit ihren Entscheidungen.

»Und die Sache vorhin, weißt du, woran mich das erinnert hat?«

Ihm ist sofort klar, was sie meint. Die orangefarbene Rolle liegt noch auf der Spüle.

»Na?«

»An deine Anrufe. Erinnerst du dich? Um 15 Uhr hast du mich angerufen, um mir ›I love you‹ zu sagen oder ›Sweet love I love you so much‹. Immer auf Englisch. Weil ich Englisch lernen sollte. Überhaupt sollte ich lernen, Allesmögliche lernen, und mich vorbereiten auf die Zeit später im Westen. Jeden Tag war das so. Punkt 15 Uhr musste ich am Telefon sein und du hast mir deine Liebe gestanden, du kleiner Pedant.«

Sie amüsiert sich. Das »I love you« zelebriert sie wie einen köstlichen Spaß, und schubst ihn, lässt ihre Hände auf seinem Oberarm liegen.

»Siehst du, wieder schaust du zur Seite! All die Regeln und Abfolgen und Listen. Bist du noch so? Hat das geklappt mit der biographischen Struktur? Wie hast du das genannt. E-H-K – richtig?! Erst Existenz sichern, dann heiraten, dann Kinder. Puh!«

Er zwingt sich, ihr ins Gesicht zu sehen. Brutal kommt ihm das vor. Unausweichlich. Mit den Augen zeichnet er die Fältchen um ihren Mund nach, ihre spöttisch blitzenden Augen, die feine, wie von einem Kitschmaler entworfene Stupsnase, ihre Wangen, ihre glatte Stirn und die verzottelten, nicht mehr naturblonden Haare.

All das ist ihm vertraut und völlig unbekannt.

Ihre Stimme sitzt tiefer. Die entschiedene, fast ruppige Art, wie sie sich ihre Armreifen nach oben streift, ist auch bemerkenswert. Noch immer scheint sie zerbrechlich. Ihr Äußeres kann allerdings nicht darüber hinwegtäuschen, welch souveräne und starke Frau vor ihm sitzt.

»Was bist du eigentlich von Beruf?«, möchte er wissen und wäre nicht erstaunt, wenn sie Akrobatin im Zirkus geworden wäre. Oder Kosmetikerin. Oder Rettungsschwimmerin.

»Diätköchin. In den letzten Jahren habe ich als Ernährungsberaterin gearbeitet. Mit Kursen, Vorträgen und eigener Homepage.«

Das scheint ihm ebenso passend.

Er erinnert sich, dass er auf sie zählen konnte. Im Winter 1965, als Idioten aus seiner Schule, für die er ein »Agentenbastard« war, ihn in Blankenburg angriffen, hielt sie zu ihm. Im Unterschied zu jemandem, den er bis dahin als Freund angesehen hatte, rannte sie nicht weg, als die Meute auf ihn losging. Sie hatten nur Schlittschuh laufen wollen. Auf den zugefrorenen Teichen am Ortsrand. In kalten Wintern waren Rieselfelder gute Rieselfelder, man durfte nur nicht auf dem

Eis hinfallen. Er konnte ihr noch seine Armbanduhr zuwerfen, dann wurde er verdroschen und drosch so gut es ging zurück. Er erinnert sich an Gebrüll, die blutigen Gesichter, den Mief in der Kleidung und vor allem an Angelikas Ausharren, an ihre wütenden Flüche und Anfeuerungsrufe, an die Selbstverständlichkeit, mit der sie ihm hinterher die Uhr zurückgab.

Es stimmt, unter den gegebenen Umständen schätzte er Regeln. Wo alles zusammenbrach, war er um Ordnung bemüht.

Hatte sich seine Liebe für sie angefühlt wie eine Hausaufgabe?

Als der zwei Jahre Ältere hielt er es für angebracht, die Rechtschreibung ihrer Briefe zu korrigieren. Er maßte sich an, ihr das wahre Gesicht dieses Staates erklären zu wollen. Obwohl sie einen Bruder hatte, der bei seiner Flucht beinah erschossen worden war. Und nachdem sie miteinander geschlafen hatten, überprüfte er am Morgen ihre Basaltemperatur – mit dem Familienthermometer. Plötzlich glich er seinem Vater, der auch immer rechnend um den Monatskalender der Mutter geschlichen war.

All das schwebt zwischen ihnen. Es führt dazu, dass sie sich vom Tisch erheben und verabschieden. Als wäre der Besuch etwas, dass abgebrochen werden muss. Als wirke die Gegenwart des anderen, dieses vertrauten Unbekannten, wie eine Überdosis.

Auf dem Weg nach draußen sind sie erleichtert. Sie wollen sich nicht trennen. Doch sie tun es. Es spendet ihnen seltsame Hoffnung: Selbst wenn sie etwas nicht wollen, wollen sie es offenbar beide.

Aus dem Auto ruft sie ihm zu, dass sie Navigationsgeräte verabscheue und jedes Mal gespannt sei, wo sie landen würde.

Nachts huscht er aus dem Haus. Darauf bedacht, nicht bemerkt zu werden, holt er die Mülltonne aus dem Unterstand und rollt sie neben die Eingangstür. Dabei fällt ihm plötzlich ein, dass die Mülltonnen in seiner Kindheit keine Räder hatten, sondern über den Bodenrand mühsam vorwärts gedreht werden mussten. Die Kühlbox mit der Aufschrift »Labor« schiebt er zur Seite. Danach leert er im Haus und in der Praxis die Abfallkörbe, auch den Eimer im Behandlungszimmer, und tritt wieder vor die Tür.

Mit einem Ruck aus der Hüfte, wie ein sich duellierender Cowboy, reißt er den Deckel der Tonne auf und versenkt den Beutel.

Die Zusammenhänge des Lebens sind bizarr, denkt er. Besonders jene des Gefühlslebens. Etwas in ihm möchte die gesamte Simulation, also mit dem Müllbeutel das Haus verlassen, auf Angelika treffen und das Ding möglichst rasch und diskret entsorgen, weiter üben und perfektionieren.

Aber er kann sich bremsen.

13   MORGENS NACH PULLACH

Nicht zum ersten Mal. Trotzdem ist er nervös. Wegen Angelika hätte er den Termin fast verschwitzt. Sie haben am Dienstag telefoniert und auch am Mittwoch. Den Donnerstag haben sie ausgelassen.

Auf dem Weg zur S-Bahn springen Kröten vor ihm her. Gern würde er es ihnen gleichtun, wagt aber nur diskrete Hüpfer. Diese Tiere sind so winzig, dass er sie anfangs für Käfer hält. Ihr »oäck« klingt wie ein Knurren oder Bellen.

Beim Umsteigen in der Stadt denkt er an Kappelhoff. Vor vielen Jahren hatte er ihm die Abstufungen zwischen X-, Y- und Z-Personal erklärt, zwischen denen also, die täglich durchs Rolltor kommen und ihren Ausweis mit dem Tarnnamen vorzeigen; anderen, die ebenfalls hauptamtlich, aber abgesetzt von der Zentrale arbeiten; und schließlich Z-Leuten wie ihm, keine Bedienstete des Bundes, sondern Honorarkräfte. *Nicht ganz so vertrauenswürdig und charakterlich wertvoll und nachrichtendienstlich bewährt* – heißt es in den entsprechenden Richtlinien.

»Für unsere Agenten«, sagte Kappelhoff, »die ja

ihre Selbstständigkeit aufgegeben und dem Dienst ihre Seele verkauft haben, bleibt Pullach das Muttertier. Dorthin sehnen sie sich zurück, auch wenn sie abgeschaltet wurden.«

Martin ging es anders.

Auch jetzt geht es ihm nicht so.

Im Strom der Angestellten, die den S-Bahnhof verlassen und in den ominösen Gelenkbus mit der Zielangabe »Betriebshof« steigen, sich aufs Rad schwingen oder wie er die anderthalb Kilometer zu Fuß gehen wollen, sieht er das Unspektakuläre, Alltägliche.

Die Gespräche um ihn herum drehen sich um Fußball, das Wetter, Ausflugsziele.

Er bewegt sich in dem Grüppchen, das mit ihm ausgestiegen ist. Sie passieren das Viertel der Einfamilienhäuser, dann die Parkanlage und – bereits in der Nähe des von Mauern und Stacheldraht umgebenen Areals – auch den Spielplatz mit dem Schild, dessen Bigotterie ihn jedes Mal anspringt: »Hier der Jugend frohes Lachen, soll uns allen Freude machen.«

Der Herr neben ihm steckt in einem braunen, etwas zu kurz geratenen Anzug, so dass unweigerlich die Schuhe auffallen. Es sind Mokassins mit Lederbommeln, ein typisches Modell aus der Bundeswehrkleiderkammer. Der Kollege dahinter trägt eine Pilotenbrille. Will er sich vor dem Nieselregen schützen? Und die drei vorauslaufenden Frauen wirken, als wären sie zum Wandern oder Zelten unterwegs:

Goretexjacken, robuste Stiefel und Rucksäcke mit reflektierenden Streifen.

Ohne Emma, ohne die Aussprachen mit ihr, könnte er sich dort einreihen. Er würde morgens zum Dienst erscheinen, irgendein naturwissenschaftliches Fachgebiet betreuen, Fleißpunkte sammeln, Initiative zeigen und die nächsthöhere Besoldungsstufe anstreben.

»Bist du verrückt, dich mit denen einzulassen?! Jemand wie du müsste es besser wissen!«, schimpfte sie, als er in eine bedrohliche Lage geschlittert war.

Er versuchte, es ihr zu erklären, versuchte zu sagen, dass es für ihn als ehemaligen Ostberliner durchaus Gründe gab, sich zu engagieren.

Emma war sein Ankerplatz, seine Vertraute. Aber er konnte ihr nicht alles sagen, weil sie nicht alles verstand. Weil sie in Bad Kissingen aufgewachsen war und nicht in Ostberlin. Weil ihre Eltern Oberstudienräte an einem Mädchengymnasium gewesen waren und keine Spione. Sie hatte nie das zweifelhafte Vergnügen gehabt, von Stasi-Mitarbeitern vor die Wahl gestellt zu werden, entweder mit konspirativem Auftrag ausreisen und studieren zu können oder im Arbeiter- und Bauernparadies zu bleiben und dort versauern zu müssen.

Er war kein Märtyrer. Er wollte den ganzen Dreck hinter sich lassen und redete sich ein, dass es nur eine Unterschrift wäre. Nach der Übersiedlung, bei den üblichen Befragungen, vertraute er sich Kappelhoff an. Er hoffte, dass die Ledermäntel jenseits der Grenze ihn in Ruhe lassen würden. Er wollte diesen Schutzwall beim Wort nehmen und dahinter abtauchen. Für immer verschwinden.

Aber es kam anders.

Emma und er bezogen eine Wohnung in München-Schwabing. 35 Quadratmeter, Erdgeschoss. Für mehr reichte es nicht. Sie arbeitete als Sekretärin. Er schrieb an seiner Doktorarbeit und bekam eine Stelle im Labor eines Pharmakonzerns, wurde »Versuchstierleiter«. Neben der Betreuung und Überwachung aller Versuchstiere hatte er dafür zu sorgen, Antiseren und Antikörper für verschiedene Forschungsprojekte und Medikamente zu gewinnen. Es ging um Immunisierung, um die Herstellung von Immunugen-Emulsionen für den weltweiten Vertrieb, um Blutanalysen und Plasmaphorese. Eigentlich waren das nicht seine Themen, aber ein Kommilitone, mit dem er als Fleischbeschauer auf den Schlachthöfen gearbeitet hatte, schwärmte vom Umfeld und der Bezahlung.

Seit sieben Jahren lebte er im Westen. Er hatte das Staatsexamen abgelegt, seine Approbation als Tierarzt und die Promotion in der Tasche. Und Emma hatte irgendwann »Ja!« gesagt. Bei einem Frühstück hatte er Rosen aus der Vase gefischt und ihr in den Schoß gelegt. Welchem Ritual sie folgten, welche Kraftquelle sie anzapften, ging ihm erst auf, als er vor ihr kniete und nichts sehnlicher wünschte, als sich dieser Frau würdig zu erweisen. Töchterchen Mona war unterwegs, aber das wussten sie in diesem Moment nicht. Nach dem jahrelangen Büffeln wollte er für seine kleine Familie nun Geld verdienen.

Kappelhoff mahnte Vorsicht an: »Die Stasi operiert auch im Westen. Umfangreicher, als viele wahrhaben wollen. Für diese Herren bist du interessant, nicht zuletzt wegen deiner Forschungen für die Pharmaindustrie.« Er hatte ihm von Fällen erzählt, in denen über Verwandte oder ehemalige Schulkameraden versucht wurde, einen Kontakt herzustellen. Eine gängige Methode, an persönliche Daten zu gelangen, bestände darin, Auffahrunfälle zu inszenieren. Es könnte darum gehen, war er von Kappelhoff gewarnt worden, seine Lebensgewohnheiten auszukundschaften. »Wenn sie an jemanden heranwollen, sammeln sie alles. Für sich genommen sind es Belanglosigkeiten: Tagesrhythmus, Freizeitbeschäftigungen und Hobbys bis hin zu laufenden Krediten oder abgeschlossenen Versicherungen. Zusammengesetzt aber ergibt sich ein komplexes Bild der Zielperson. Vorlieben, Sorgen, Ängste, Schwachpunkte und ambivalente Gefühle, bei denen sie dann ansetzen können.«

»Das sind doch Räuberpistolen«, entgegnete Martin. Er konnte sich nicht vorstellen, wie weit diese Leute gehen würden. Aber Kappelhoff insistierte: »Falls sie tatsächlich auf dich zukommen und Druck ausüben, müsstest du zu eurem Schutz unter Umständen sogar den Pharmajob kündigen und abtauchen. Wolltest du nicht mal eine Praxis eröffnen?«

Eines Abends klingelte es. Da Martin neben dem Telefon saß, hob er ab. An den Anruf erinnert er sich wie an einen Tornado im Wohnzimmer.

Eine sonore, männliche Stimme sagte: »Herr Schmidt, schön, Sie am Apparat zu haben. Wir wollten uns bei Ihnen melden. Sie wissen, weshalb.«

»Mit wem spreche ich?«

»Das tut nichts zur Sache.«

»Doch, tut es. Wer sind Sie? Ich kenne Sie nicht.«

»Aber wir kennen Sie. Das sollte reichen. Mir liegt hier eine Erklärung vor. Ist ein paar Jahre her, aber ich glaube, dass ist Ihre Handschrift. Übrigens auch Ihre Unterschrift. Martin Michael Schmidt, richtig? Geboren und aufgewachsen in Berlin-Blankenburg. Haben Sie uns etwa vergessen? Wie geht es Ihnen? Und vor allem, wie geht es Ihrer hübschen Freundin?«

Er krachte den Hörer auf die Gabel.

Emma rief aus der Küche:

»Alles in Ordnung? Wer war dran?«

»Jemand hat sich verwählt.«

Die Worte Handschrift und Unterschrift schwelten im Raum. Dazu diese wohlmeinende Stimme. Um nicht loszubrüllen, stopfte er sich, das weiß er noch, eine Faust in den Mund.

Die Ostberliner Genossen.

Sie waren für ihn nie ganz aus der Welt gewesen.

Mit dem Körper, vor allem mit dem Körper, hatte er ihre Ankunft erwartet. An miesen Tagen, wenn er sich nicht anders zu helfen wusste, nahm er Tabletten. Um die Privatadresse zu schonen und Lebensspuren einigermaßen zu verwischen, ließ er sich Briefe nicht nach Hause, sondern an ein Postfach schicken. Außerdem brachte er, gegen Emmas Protest, an der Wohnungstür einen Vorhang an. »Unser Flur ist so klein und du verstopfst die Nische noch mit diesem Ungetüm!«

Sie schüttelte den Kopf. Sie schüttelte auch den Kopf über die Vorstellung, dass jemand im Treppenflur stehen sollte, um ihre Gespräche zu belauschen. Ebenso wenig konnte sie nachvollziehen, weshalb er Telefonen misstraute, weshalb manche Unterredungen besser auf dem Hinterhof stattfanden, weshalb ihm vor Uniformträgern der Schweiß ausbrach, selbst im Zug, wenn ein Schaffner nur die Fahrscheine kontrollieren wollte, weshalb er sich schwertat, Freundschaften zu schließen, weshalb er anderen wenig von sich erzählte und dieses Eine, über das Emma immerhin Bescheid wusste, schon gar nicht.

Das fand sie traurig. Sie wollte es nicht wahrhaben, obwohl es zu ihm gehörte. Obwohl es ihn zu dem gemacht hatte, der er war.

Mit ihrer Hilfe kämpfte er dagegen an. Er mühte sich um Normalität und mit den Jahren wurde es besser.

Während er vor der Zentrale in Pullach wartet, denkt er an Emma, an ihr festes, letztlich den Ausschlag gebendes: »Nein!«

Der Archivmitarbeiter, mit dem er telefoniert hatte, führt ihn durch eine elektronisch gesicherte Schleuse in ein Studierzimmer. »Sie sind der einzige Besucher.«

Der Raum ist kahl. Ein paar Tische und Bänke, das Porträt des Bundespräsidenten und Fenster, die den Blick auf eine Rasenfläche freigeben.

Er nimmt fünf Ordner mit jeweils fünfhundert Seiten entgegen. Quittiert dafür. Auch hier wird das Material auf einer Art Servierwagen hereingerollt.

»Wir haben eine Auswahl zusammengestellt. Ihnen gegenüber muss ich nicht betonen, dass wir ein aktiver Dienst sind. Es gibt Grenzen der Transparenz«, belehrt ihn der Beamte und schaut dabei auf die Uhr.

»Darf ich fragen, welche?«

Er möchte loslegen, sich hineinwerfen ins Familienlabyrinth. Aber das Wort Transparenz macht ihn neugierig.

»Denken Sie an die Quellen, die für uns arbeiten. Wir können nicht riskieren, auch nicht im Rahmen von wissenschaftlichen oder anderweitigen Aufarbeitungen, dass bestimmte Details publik werden. Dazu sind wir als Nachrichtendienst verpflichtet.«

»Was für Details?«

Die Akten liegen vor ihm. Er kann das Papier riechen, aber dieser Archivar, scheint es, will etwas loswerden.

»Schützenswerte Details. Details, die unsere Quellen verraten würden. Herr Schmidt, wir kommen Ihnen hier heute sehr entgegen. Als Bearbeiter dieses Vorganges muss ich jedoch darauf hinweisen, dass Sie zu den Hintergründen einiger Personen keine weiteren Informationen erhalten werden. Nur für den Fall, dass Sie erwägen sollten, Folgeanträge zu stellen. Dies würden wir aus Gründen des Staatswohls ablehnen.«

Der Mann verzieht keine Miene. Er gestattet das Fotografieren der Dokumente. Dann ersetzt ihn eine junge Frau, die sofort ihre Illustrierten auspackt.

Vor ihm fünf Ordner.

Er kennt das Gefühl aus Berlin, aber es wühlt ihn auf wie beim ersten Mal. Als würde er den Boden halbwegs sicherer Erkenntnisse mit etwas sehr Instabilem tauschen.

Wie verrückt muss man sein, wie begierig, die alten Schalen platzen zu lassen, denkt er und beginnt zu blättern.

Zunächst findet er Briefpässe, also nachrichtendienstliche Expertisen der von den Eltern geschickten Geheimbriefe. Es geht um die Beschaffenheit von Papieroberflächen, um die Art der Klebstoffspuren, um die Suche nach Aufrauungen, Flecken oder Verfärbungen, also um Anzeichen, die auf eine eventuelle Öffnung durch die Staatssicherheit hindeuten könnten.

Es sind Seiten füllende Analysen zu jedem einzelnen Brief.

Die Lage des Papiers im Umschlag wird beurteilt, nach Stempeldurchdrucken gesucht, auf verlaufende oder heller getönte Tinte, Schriftarten, Schreibeindrücke und das verwendete Schreibgerät geachtet, die Schrift des Tarntextes mit der Schrift auf dem Umschlag verglichen, UV- und andere Proben vorgenommen sowie untersucht, ob die Freilegung des Geheimtextes mit den verwendeten Entwicklungsverfahren (zumeist: Palermo) gut funktioniert hat.

Nicht nur die übermittelte Nachricht, auch der Tarntext darüber wird unter Sicherheitsaspekten bewertet. Wirkt das Geschriebene echt oder konstruiert, unglaubwürdig oder zu kurz?

Die sich mit enormer Sorgfalt um jedes Detail kümmernden Gutachten, die Außenstehende leicht langweilen könnten, langweilen ihn überhaupt nicht. Er schwelgt darin, weil sie ihm ins Gedächtnis rufen, wie er seine Eltern vor einem halben Jahrhundert belauscht hat, weil ihm die Konzentration des Vaters auf den »Lieber Onkel Walter. Wie geht es dir?«-Quatsch klarer wird, weil sich ein Kindheitsrätsel in etwas anderes verwandelt.

Er würde es die Technik der Täuschung nennen. Diese Belege scheinen sagen zu wollen, dass es ein Handwerk wie jedes andere sei. Hier und da sind die abgehefteten Nachrichten auch von ungewollter Komik. Etwa wenn die Zentrale eine dem Vater zugespielte »Anleitung für den Geheimschriftverkehr« mit den Worten beendet:

> Lieber Freund! Wir haben Ihnen nun, in einer bewusst ausführlichen Darstellung gezeigt, wie Sie ohne Gefahr geheime Botschaften an uns übermitteln können. Wenn Sie sich den Inhalt unserer Anleitung nochmals vergegenwärtigen, werden Sie feststellen, dass keine Lücken offen geblieben sind. Wir haben für Sie an alles gedacht.

Dann stößt er auf die eigentlichen Meldungen des Vaters, also unverschlüsselte Informationen zur sowjetischen Stahlindustrie, Berichte über die Errichtung eines Fleischkombinates in Ulan-Bator, einer Druckvergasungsanlage in Plovdiv, Daten zur wirtschaftlichen Lage und den Lebensverhältnissen in Albanien, zum Export von Produktionsanlagen nach Ägypten, vertrauliche Mitteilungen über Fehlplanungen auf Ostberliner Baustellen.

Es sind mehrere Hundert Seiten, in denen der Vater als Ingenieur, so wie er ihn kennt, in die Welt blickt und liefert.

Auszüge davon fotografiert er. Ebenso Schaltskizzen, also schematische Darstellungen der Verbindungswege zwischen den verschiedenen Kontaktleuten. Wie in anderen Dokumenten wird der Vater dort als V-800,101 geführt. Sein Verbindungsführer ist V-832,3 – das kann nur Albert Klackert, der Schwager der Eltern in Westberlin, sein.

Mittlerweile arbeitet Martin sich durch die vierte Mappe.

Es geht um Reisen des Vaters nach Albanien, wo eine Anlage zur Erzaufbereitung projektiert werden sollte. Beim Studium der fast vierhundert Seiten, die größtenteils aus dem Jahr 1961 stammen, bekommt er eine Ahnung von den Zweifeln der Vaters. Wie viel Kraft es ihn gekostet haben musste, seine verschiedenen Rollen zu spielen.

Auf den ersten Blick sind es die üblichen Berichte. Erwin Schmidt, Leiter einer ostdeutschen Expertengruppe, beliefert seine Abnehmer in Pullach: Reisedaten, Flugrouten mit Angabe der überflogenen Orte und Zwischenlandungen (zumeist Budapest und Belgrad), Umfang der Pass- und Gepäckkontrollen, behördliche Formalitäten, Eindrücke aus den Hotels und der Werkssiedlung im Gebirge, Schilderungen der Infrastruktur, Einschätzungen der jeweiligen Verhandlungspartner in den Ministerien für Bergbau und Außenhandel.

Das alles ist solide Agentenarbeit. Nach dem auch Martin bekannten Klassifizierungssystem würde er für diese Meldungen eine C3 geben. Das ist gutes Mittelmaß und für eine Reisequelle ideal. Auffällig hohe Bewertungen würden in der Zentrale nur störende Rückfragen vorgesetzter Stellen hervorrufen.

Während er dem Vater sozusagen posthum auf die Finger sieht, erinnert er sich, wie Kappelhoff ihm das Bewertungsschema des Dienstes erklärt hat: »A1 gibt es, wenn der Präsident der USA Akten aus dem Weißen Haus liefert und mindestens drei seiner Staatssekretäre oder der CIA-Chef die Echtheit bestätigen. Und F6 am anderen Ende der Skala ist anzugeben, wenn ein unheilbar Geisteskranker über seinen Flug zur Venus berichtet.«

Solche spaßhaften Zuspitzungen, spürt er beim Lesen, lagen seinem Vater fern. Er schildert die katastrophalen hygienischen Zustände im Hotel »Donika«. Selbst abgehärtete Bergbauingenieure aus Freital und Leipzig legten mit ihm Protest ein und sie erreichten eine Umquartierung. Die Delegation konnte auf den unbefestigten, außerhalb der Städte nur mit Jeeps befahrbaren Schlammpisten »weder Wegweiser noch andere Schilder, geschweige denn Fahrbahnmarkierungen« ausmachen. Seltsam ausführlich werden durch Tirana streunende Hunde oder die Taktiken bettelnder Roma beschrieben. »Junge Frauen, das habe ich selbst im Regierungsviertel beobachtet, überkleben ihre Babys mit rot verschmierten Pflastern und halten sie dann den Passanten entgegen.«

Selbst das linientreue Personal vor Ort kapituliert vor dem Niedergang. »Am Rande eines Empfangs in der DDR-Botschaft erklärte mir der zweite Sekretär, dass man in diesem Land nicht spazieren gehen könnte. Vor allem nicht zu zweit oder zu dritt, da die

Gehwegplatten überall locker und schief lägen und dadurch jedes Beisammenbleiben unmöglich wäre. Zudem würden ungesicherte Baugruben lauern, in denen man sich den Hals brechen könnte. Nicht zuletzt wüchsen die Bäume hier an den ungünstigsten Stellen, wie der Diplomat sich ausdrückte. Ständig müsse man zickzack laufen. Seine Frau und er würden sich nur noch chauffieren lassen.«

In der Aktensammlung findet sich unter dem Punkt »Stimmung in der Bevölkerung« auch die Beschreibung einer Sympathiekundgebung für Fidel Castro: »Die Einwohner Tiranas waren aufgefordert, sich auf dem Marktplatz zu versammeln und den kommunistischen Führern zuzujubeln. Wie mir auffiel, geschah dies keineswegs freiwillig. Viele versuchten, die Veranstaltung vorzeitig zu verlassen. Doch dies war unmöglich, da sämtliche Straßen und Gassen von der Polizei abgeriegelt waren.«

Es kommt ihm vor, als hätte der Vater durch den albanischen Spiegel über sich selbst berichtet. Er erinnert sich, wie dieser sonst so zurückhaltende Mann zu Hause fluchen konnte, wenn die Partei, der er übrigens nie angehörte, ihn wieder einmal zum Ernteeinsatz oder in die sozialistische Produktion abkommandierte und er deshalb Termine und Reisen absagen musste.

Er findet eine sich über Wochen hinziehende Korrespondenz über die Startbahn von Tirana. Der Vater meldet: »Betonpiste«. Die Zentrale dementiert: »laut unserer Kenntnis nur Schotterpiste«. Aber V-800,101 beharrt auf Richtigkeit seiner Angaben. Seitenlanges bürokratisches Hickhack!

Im Ernst, Papa – mit solchen Kinkerlitzchen hast du dich beschäftigt? Wo bleiben deine Millionenverbrechen?

Martin durchstöbert weitere Mappen, Mappen über Mappen, und stößt auf Erstaunliches.

Aus dem Wust von fast dreitausend Seiten, aus der Amtsmaschine Pullach ertönt so etwas wie ein gellender Pfiff.

Februar 1965: V-800,101 und dessen Ehefrau sind in Ostberlin verhaftet worden.

Das schlimmstmögliche Ereignis, die Panne, ist eingetreten.

Es muss Fehler, Nachlässigkeiten und Auslöser, irgendeine Gelegenheit für das Eindringen des Gegners in die Verbindung gegeben haben.

Vor ihm liegt der sogenannte PANNENBERICHT.

Es ist ein umfangreiches Dokument mit vielen der üblichen Stempel, Chiffren und Abteilungskürzel auf der Frontseite. Den Text durchziehen rote Filzstift-Markierungen. Neben einigen Passagen prangen Ausrufezeichen, zum Teil in dreifacher Ausfertigung.

Er kann nicht glauben, was er da liest.

14 DORADE AN FELDSALAT

Wenig später erreicht er die Wohnanlage seiner Mutter. Er stürmt durch den Vordereingang und kollidiert beinahe mit der Glastür. »Wohin, junger Mann?«, erkundigt sich die Dame vom Empfang. Sie umrundet ihre Theke und betrachtet ihn so prüfend, dass sie den »jungen Mann« eigentlich zurücknehmen müsste.

Als er oben den Lift verlässt, kommt ihm seine Mutter entgegen.

»Was machst du hier?«

»Ich muss mit dir reden.«

»Wie wäre es, wenn du vorher Bescheid gibst? Man besucht eine 90-Jährige nicht, ohne sich anzumelden!«

Sie ist herausgeputzt, trägt ein grünes, wie eine Trachtenjacke geschnittenes Oberteil, dazu einen roten Rock und Lackschuhe.

»Bist du verabredet?«

»Wonach sieht es aus, hmm?«

»Dann werde ich warten.«

»So dringend? Du machst mich ja richtig neugierig!«

Sie rauscht an ihm vorbei, hält dann inne.

»Was soll's. Ich speise mit einer Bekannten. Wie ich sie einschätze, wird ihr deine Gesellschaft gefallen.«

»Bist du sicher?«

Sie hält es nicht für nötig, darauf zu antworten, möchte allerdings wissen:

»Was gibt es so Unaufschiebbares? Hast du Angelika getroffen? Bekommt sie ein Kind von dir?«

»Hör auf, Mutter! Wenn das Essen nicht ewig dauert, kann ich dir Erstaunliches berichten.«

Sie dinieren, wie seine Mutter es nennt, im hauseigenen Restaurant, in einer Nische mit Blick auf den Park. Höfliche Kellner servieren Dorade an Feldsalat, dazu einen Chablis. Es könnte entzückend sein, ein Plauderstündchen mit der Mutter und ihrer bevorzugten Bridgepartnerin. Wenn er nicht wie auf heißen Kohlen sitzen würde.

Nach fünfzig Minuten fahren sie zurück in den achten Stock.

Kaum dass sie das Appartement betreten haben, sagt er:

»Wie gesagt, ich bin aus einem bestimmten Grund hier.«

»Und der wäre?«

»Ich war in Pullach, im Archiv.«

»Ach, Gott. Bist du auf etwas gestoßen?«

»Kann man wohl sagen.«

Sie sinkt in ihren Sessel und blinzelt.

»Worum geht es? Ich höre!«

»Es geht um Onkel Albert. Laut der Akten soll er an eurer Verhaftung schuld gewesen sein.«

Ihr Gesicht wird hart.

»Also bitte! Deshalb schneist du hier rein?! Um zu e n t h ü l l e n, dass unser Albi zu dämlich war, Agenten zu führen? Das ist nicht gerade neu für mich. Der Berliner würde olle Kamellen dazu sagen.«

»Vielleicht habe ich mich nicht klar genug ausgedrückt, Mutter. Ich wollte keineswegs sagen, dass er dämlich war. Eher das Gegenteil. Schau mal hier –«

Er holt sein Smartphone hervor. Fotos flitzen über das Display.

»Das sind Passagen des internen Untersuchungsberichtes. Und Kommentare aus dem dienstlichen Briefverkehr. Ich würde gern wissen, was du davon hältst. Ist die Schrift groß genug? Kannst du das entziffern?«

»Nein, meine Brille liegt nebenan auf dem Nachttisch. Im Etui.«

Er bringt ihr das Etui, aber sie öffnet es nicht, sondern presst es krampfhaft zusammen. Also zoomt er in das Schriftstück und liest vor:

Betreff: ehem. V-800,101 – vorläufiger
Pannenbericht / Frage Sparguthaben
Bezug: 1) 918/Zv Az.: 08-30-04 Nr. 50 /67
2) 918/Zv Az.: 08-30-04 Nr. 468 /67

268 begrüßt die Absicht, die restlose Aufklärung des Sachverhaltes in die Wege zu leiten.
Hiesiger Ansicht nach hat ehemaliger V-832,3 in sträflicher Weise die für V-800,101 bestimmten Gelder fortlaufend unterschlagen. Als er sich einer Überprüfung durch den Führenden nicht mehr entziehen konnte, hat er die Verhaftung des V-800,101 verursacht. Offenbar in der irrigen Annahme, sich so als Quellenführer wieder ins Gespräch zu bringen.
Weitere Klärung, vor allem die Vernehmung der inzwischen nach Westberlin entlassenen Ehefrau des V-800,101, ist unabdingbar, kann aber von hier nicht erfolgen.

Ein weiteres Dokument gefällig?

Betreff.: Streichung des V-832,3
Es ist beabsichtigt, den V-832,3 abzuschalten und ihn von der Versorgungsliste BERLIN zu streichen

Begründung:
V-832,3 hat mit an Sicherheit grenzender Wahrscheinlichkeit durch undiszipliniertes, eigensüchtiges und kriminelles Verhalten die Verhaftung des V-800,101 verursacht. Er ist damit selbst in das Blickfeld des Gegners gerückt und es muss jederzeit mit Überwachung gerechnet werden.
Die Vernehmungen des V-832,3 haben gezeigt,

dass er als chronischer Lügner bezeichnet werden muss.

Seine Mutter sitzt vor ihm. Er studiert ihr Gesicht. Eine Regung kann er nicht ausmachen.
»Ja«, sagt sie nach einer Weile.
»Was ja? Kannst du mir das erklären?«
»Nein, Martin, kann ich nicht.«

Eisiges Schweigen. Zugleich hat er das Gefühl, als würde unter dem Eis etwas vorübergleiten. Was es ist, kann er nicht sagen.

Er rückt den Stuhl heran und beugt sich vor, um nichts zu verpassen.
»Kommt das für dich überraschend? Was denkst du darüber?«

Sie blickt durch ihn hindurch, aber er hat seine Bresche gefunden und lässt nicht locker.
»Ich begreife das nicht! Ihr wart vor dem Mauerbau jedes Wochenende bei ihnen drüben. Danach die Geschenkpakete, die Briefe, die Unterstützung nach der Ausreise. Hilf mir, Mutter! Vielleicht stimmt es ja nicht? Vielleicht sind die Akten frisiert, aber wer sollte das tun und warum? Haben Kappelhoffs Leute dich dazu vernommen? Onkel Albert und Tante Trude haben dich doch nach Papas Tod oft besucht. Eure gemeinsamen Reisen, die Ausflüge und Feiern! Dir wäre etwas aufgefallen, oder?«

Er redet gegen ihr Schweigen an. Und es scheint

schwächer zu werden. Ihre Augen füllen sich mit Tränen.

»Kannst du bitte aufhören?«

»Aber warum?«

»Warum?«

Mit einem Mal packt sie seine Hände und beginnt zu schreien! Sie rüttelt an ihm und stößt einen Ton hervor, der durchs Zimmer schwirrt, als wollte er alles zerschneiden.

Mit Mühe kann er sich losmachen.

Er springt auf, völlig konfus, stolpert über die eigenen Beine. Im ersten Moment möchte er sich nur die Ohren zuhalten. Er hat ihren Mund dicht vor sich, ihr verzerrtes Gesicht. Dazu diese schrecklich ruckende Bewegung, auf und nieder. Als würden ihre Wangen flattern, denkt er und versucht, sie zurück in den Sessel zu drücken. Das schafft er. Aber sie schreit weiter.

»Beruhige dich! Beruhige dich doch!«

Er fürchtet, dass man in den Nachbarwohnungen oder im Flur etwas mitbekommen könnte. Als sie nicht aufhört, beginnt er darauf zu hoffen. Er hofft, dass besorgte Mitbewohner an die Tür klopfen und den Notdienst alarmieren, denn er schafft es nicht bis zum Telefon, muss die Mutter vor sich selbst schützen.

Die Gewalt, die er anwenden muss, ist das Schlimmste.

Er drückt sie nach unten, versucht, sie mit ganzem

Körper zu bändigen. Kann sie nicht endlich still sein? Das Schreien wühlt ihn auf. Er versteht überhaupt nicht, was vor sich geht.

»Ist ja gut!«, murmelt er, als ihr Schreien in Weinen übergeht. Er beugt sich über sie und spürt, wie sie unter ihm zittert.

Als er sie vor Jahren so weit hatte und in diesem Heim unterbringen konnte, als er sie in ihrer Wohnung abholte und herfuhr, wäre sie ihm unterwegs beinahe gestorben. Daran muss er denken. An ihre Hustenanfälle, während sie auf die Autobahn bogen. Wie sie über Schmerzen im Brustkorb klagte und immer weniger Luft bekam.

Wenn ihm nicht klar gewesen wäre, dass es bei akuten Lungenödemen lebenswichtig ist, aufrecht zu sitzen, hätte er bestimmt auf sie gehört. Er hätte ihrem Eigensinn nachgegeben. Weil sie es »bei dieser Abschiebung wenigstens bequem haben wollte«, hätte er ihr die Lehne zurückgestellt und sie auf dem Beifahrersitz liegen lassen. Sie wäre erstickt.

Dass er es nicht getan hat, war in gewisser Weise genauso verrückt wie das Gegenteil. Aber er würde wieder so handeln. Weil, ... weil sie seine Mutter ist und er das nachtragende Kind in sich lächerlich findet.

Zuwendung ist der einzige Weg.

Er reicht der Schluchzenden ein Taschentuch und tätschelt ihre verschwitzten, kalten Arme.

Was eigentlich passiert ist, wie sie in diesen Zustand geriet, bleibt offen. War es die Nachricht aus dem Archiv? Aber zunächst schien sie gar nicht erstaunt?

Der Notarzt, den er schließlich herbeiruft, spricht von einem Nervenzusammenbruch. Er spritzt fünf Milligramm Diazepam und lässt sie auf die Krankenstation verlegen. »Zur Beobachtung«, wird ihm erklärt, während er das Protokoll unterschreibt. Er trottet neben der Transportliege her, begleitet seine Mutter bis zum Fahrstuhl, wünscht ihr von Herzen »Gute Besserung!«.

Sie reagiert nicht, hat die Augen geschlossen. Aus unerfindlichen Gründen hält sie immer noch ihr Brillenetui in den Händen. Allerdings ist es offen und leer.

Auf der Heimfahrt kreisen seine Gedanken um Albert. Wenn er sich an den Mann seiner Tante Trude erinnert, wenn er versucht, Dinge wachzurufen, die weit zurückliegen, harmlose Episoden, unwesentliche Details eigentlich, die nur deshalb aufschlussreich sein könnten, weil dieser Verdacht im Raum steht, dann fällt ihm etwas Merkwürdiges ein.

Albert bot oft an, sie nach den Besuchen in der Bamberger Straße mit dem Auto bis zur U-Bahn zu fahren. Die Station Augsburger Straße lag zwei Straßenecken entfernt. Drei Minuten zu Fuß. Aber Albi, wie er genannt werden wollte, war sein Limousinen-Service ein Herzensbedürfnis.

Er sieht den Onkel vor sich, im Flur der Charlottenburger Wohnung, wie er sich lachend den Hut aufsetzt und betont, wie selbstverständlich es für ihn sei, wie gern er das tue. Man kam nicht umhin, das Angebot anzunehmen.

Mit den Eltern hat er nicht darüber gesprochen. Soweit er weiß, war Albis Um-die-Ecke-bring-Tick für sie kein Thema. Warum auch? Ein insbesondere am Vater und dessen Ingenieursarbeit Anteil nehmender Verwandter, dem eine Ähnlichkeit mit Heinz Rühmann nachgesagt wurde und dem die Ähnlichkeit, diese lausbubenhafte Leichtigkeit, wohl selbst am besten gefiel, der sie kultivierte, warum sollte man ihm einen Gefallen – noch dazu einen gegenseitigen – abschlagen?

Er kann sich erinnern, wie ihn Albert zur U-Bahn brachte. Das Auto war eine Knutschkugel, also eine Isetta, in die man durch die Fronttür krabbeln musste, um dann neben dem Fahrer direkt vor der Frontscheibe zu sitzen. Das Auto hat er vor Augen. Den Mann am Steuer ebenso. Stolz führte der alles vor, ließ sich aber auch darüber aus, dass eine studierte Fachkraft wie er sich nur diese winzige Knatterkiste leisten konnte.

Bei ihrer Übersiedlung besaß Albert einen 1600er BMW. Und mit diesem Wagen, das war ihm zwar aufgefallen, aber er hatte damals andere Sorgen, waren Mutter und er nie mitgefahren. Sie hatten die Neuanschaffung nicht einmal zu Gesicht bekommen. Eigenartig! Zumal Onkel Albert ein Autonarr geblieben war und den »entlaufenen Zonis«, wie er zu scherzen pflegte, sonst mit großem Eifer alles Mögliche zeigte und erklärte.

Der BMW, vermutet er nun, war ihnen aus ganz bestimmten Gründen vorenthalten worden.

Er kennt Albert kaum. Offiziell arbeitete der Onkel als Ingenieur in einem Baubetrieb. Er war mit Trude, der jüngeren und einzigen Schwester der Mutter, verheiratet. 1956 hatte er den Vater zur Spionage überredet. Er liebte Autos, aß bevorzugt Rinderroulade und war ein Lebemann. Nach ihrer Übersiedlung in den Westen half er ihnen, eine Bleibe zu finden. Später als Rentner besuchten Trude und er die Schwester bzw. Schwägerin Hedda häufig in Bayern. Während eines dieser Besuche starb Albert bei einem Verkehrsunfall.

Soweit Eckdaten, die ihm spontan einfallen.

Seine Mutter weiß mehr.

Die Frage bleibt bestehen. Warum hat sie zu schreien begonnen, als er ihr von ihm erzählte?

Zu Hause blinkt der Anrufbeantworter. Es ist eine Begrüßung, an die er sich noch nicht gewöhnt hat. Ein rotes Flackern, sobald er die Tür aufgeschlossen hat. Die Stille in den Räumen macht ihm zu schaffen.

Überhaupt steht er da und weiß nichts mehr.

Das Familienprojekt, die Suche in den Archiven, scheint nur in Verrat und Enttäuschung zu enden.

Braucht er das?

So müde und elend hat er sich lange nicht mehr gefühlt.

»Du bist ein hoffnungsloser Fall!«, konnte Emma ihm vorwerfen, wenn seine akkuraten Planungen, seine Kalkulationen ihr gegen den Strich gingen. Aber anders wusste er sich nicht zu helfen.

Er weiß es noch immer nicht.

Auf den Dielen sitzend, starrt er auf das blinkende Telefon und fragt sich, wie es weitergehen soll.

Als Kind hat er in solchen Momenten gesungen. Er dachte sich Lieder aus, in denen Fuhrleute mit ihren Pferdewagen durch die Lande zogen. Leiernde Gesänge waren das, unter der Bettdecke oder in Großmutters Schuppen gesungen. Immer ging es ums Abschiednehmen, ums Ankommen.

»Wo willst du hin, Martin Schmidt?«, murmelt er.

Er kommt sich verrückt vor, zumindest halbverrückt. »Die Gefühle von euch Technikern«, hat Emma behauptet, wenn sie mal stritten, »das sind halbe Sachen. Daran kann sich niemand festhalten!«

Sie lag falsch. Sie hat es auch nicht wirklich geglaubt. Wenn sie ihn jetzt sehen könnte, ein Häufchen Elend im Flur ihres Hauses, kurz davor, loszuheulen und zugleich verärgert darüber, wenn Emma ihn so sehen könnte, dann würde sie es sich vielleicht anders überlegen. Sie käme ins Grübeln, weil der Verstandesmensch, den sie an jenem Morgen sich selbst überließ, nicht weiß wohin mit seinen Gefühlen.

Zu spät, denkt er.

Er hat es oft gedacht, seitdem ihr die Zahnbürste für immer aus der Hand fiel. Vom Denken wird die Verzweiflung nicht kleiner.

Die Sehnsucht auch nicht!

Ihm krampft sich alles zusammen. Mein Herz ist ein Blasebalg, sagt er sich und wischt die Tränen weg.

Neben Gesang oder resolutem Zusammenkauern gäbe es Medikamente dagegen. Das Sedativum, das sie der Mutter gespritzt haben, lagert auch bei ihm im Schrank. Aber er will keinen tröstlichen Cocktail. Er will es selbst schaffen.

Mit einem Ruck steht er auf und geht zum Telefon.

Hinter dem Blinken steckt Kappelhoff, der nimmermüde Diensthai. Er hat es befürchtet.

»Martin, du musst mit Klaus Pehlert sprechen!«

15   KNABBERSPUREN

Er steht im Münchner Süden vor einem Zaun. Dahinter ein Reihenhaus aus den siebziger Jahren, schlicht und unauffällig. Drum herum Büsche, Bäumchen, eine schmale Rasenfläche. Vögel zwitschern so laut, wie es nur im Mai vorkommt. Das Gartentor ist verschlossen.

Er hat Pehlert noch nie zu Hause getroffen. Sie kennen sich aus Büros, belebten Biergärten oder Cafés. Was erwartet er? Dass der langjährige Chef der deutschen Abwehr residiert wie ein Filmmogul? Dass er ihm morgens um neun mit einem geschüttelten Martini in der Hand aus dem Pool winkt und noch rasch eine Bahn zieht?

Er weiß es nicht.

Es sind unsinnige Überlegungen.

Von der Forsythie neben dem Briefkasten fallen ihm Spinnweben ins Gesicht. Feine, silbrig glänzende Schnüre, die auf der Haut kleben und kribbeln. Unangenehm, aber diese Netze lassen sich wenigstens abwischen.

Er drückt auf einen verwitterten Klingelknopf, der

sich prompt verkeilt. Umständlich puhlt er ihn zurück in die Ausgangsposition.

Dann hat er minutenlang Zeit, darüber nachzudenken, was ihn eigentlich von seinem Vater unterscheidet.

Schmidt Senior wurde von seiner Ehefrau und dem Schwager einst in die Zange genommen. Am Berliner Halensee, im Restaurant mit den abgestuften Terrassen, drückten sie ihn mit vereinter Kraft über die Hemmschwelle. Die lieben Verwandten, sie wollten es besser haben, wollten an ihrem Experten verdienen. Dazu kamen politische Gründe.

Hatte der Umworbene eine Wahl?

Wie es letztlich zur Einwilligung gekommen ist, weshalb ein so genügsamer Mensch wie sein Vater alles aufs Spiel setzte, weshalb er gegen jedes von seinen Eltern gelebte Prinzip verstieß und Spion wurde, darüber kann er nur spekulieren. Auch die Verhörprotokolle der Staatssicherheit, die er im Berliner Archiv gelesen hat, verraten wenig. Sie umstellen das Problem, liefern aber keine Erklärung.

Vernehmer: Sie waren Abteilungsleiter des VEB INEX. Wie schätzen Sie Ihre Arbeitsleistung dort ein?

Erwin Schmidt: Für mich bestand von jeher ein Grundsatz in der fachlichen Arbeit. Und zwar Pünktlichkeit, maximale und qualitätsmäßig gute Arbeitsleistungen zu vollbringen und zu

Beanstandungen in der Arbeit und in den Beziehungen zu Kollegen und Vorgesetzten niemals Anlass zu geben. So habe ich meiner Einschätzung nach stets gehandelt. Ich bin bisher in keiner Weise gerügt oder anderweitig disziplinarisch zur Verantwortung gezogen worden.
Im Gegenteil, in Anerkennung meiner Leistungen wurde ich beim VEB INEX laufend, in der Regel vierteljährlich, mit Summen von etwa 200,– bis 300,– MDN prämiert. Darüber hinaus wurde ich während meiner Tätigkeit beim Ministerium für Industrie im Jahre 1951 mit der »Medaille für ausgezeichnete Leistungen« und 1956 beim VEB INEX als »Aktivist des Fünfjahrplans« ausgezeichnet.
Eine weitere Auszeichnung erhielt ich 1957 im Auftrag des Ministerpräsidenten der Volksrepublik Albanien, in Form der albanischen Freundschaftsmedaille, für meine anerkannten Leistungen bei der Projektierung einer Anlage zur Kupfererz-Aufbereitung.
Soweit ich mich entsinne, wurde ich beim VEB INEX auch dreimal mit einem Buch prämiert und habe –

Vernehmer: Genug! Sie sitzen hier nicht wegen Ihrer Medaillen und Prämien.

Erwin Schmidt: Ich möchte nur unterstreichen, dass meine Arbeitsleistungen stets Anerkennung fanden.

Vernehmer: Beschreiben Sie Ihr Eheverhältnis!

Erwin Schmidt: Ende 1943 habe ich meine Ehefrau Hedda Schmidt, geborene Wiesengut, in Brandenburg

(Havel) kennengelernt. Dorthin war ich nach dem Fronteinsatz zurückbeordert worden und als Entwicklungsingenieur der Luftwaffe bei den Arado-Flugzeugwerken tätig. In einer Zeitung – ich glaube es war der »Brandenburger Generalanzeiger« – gab ich eine Heiratsannonce auf. So kamen wir zusammen. Am 18. März 1944 wurde die Ehe geschlossen, aus der ein Kind hervorgegangen ist.

Vernehmer: Antworten Sie auf die Frage! Wie waren Ihre Beziehungen?

Erwin Schmidt: Unsere Beziehungen waren im Großen und Ganzen gut. Bei unserer Heirat war meine Ehefrau neunzehn Jahre alt, also erheblich jünger als ich. Mir ist jedoch nicht erinnerlich, dass wir außer den Streitigkeiten, wie sie in jeder Ehe vorkommen, ernsthafte Auseinandersetzungen gehabt hätten. Trotz unseres Altersunterschiedes erwies meine Frau sich von Anfang an als sehr selbstsicher. Zum größten Teil wurde ihre Meinung durchgesetzt. Praktisch war sie in fast jeder Hinsicht der Initiator unseres Zusammenlebens. Alles für den Haushalt und die tägliche Versorgung Notwendige regelte sie selbstständig. Auch ist meine Ehefrau materiell überaus interessiert, zumal sie sich gern exklusiv kleidete und Besucher empfing, mit denen sie sich unterhalten konnte. Ich selbst bin ein eher stiller Mensch und bevorzugte das Alleinsein. Auch deshalb gab es gelegentlich

Differenzen, die unsere Partnerschaft gleichwohl nie gefährdeten.

Martin kennt seine Mutter. Wenn es darauf ankommt, wenn es *ihr* darauf ankommt, ist sie unerbittlich. »Knallhart!«, würde sie sagen.

Während er geduldig wartet, dass Pehlert herauskommt, steigen Erinnerungen auf, die er lieber verdrängt hätte.

Hat seine Mutter, wenn er als Kind wieder einmal Tränen vergoss, wirklich das Zeitungsfoto eines weinenden Jungen hervorgeholt und gedroht, »Reiß dich zusammen, Martin! Sonst wirst du beim Weinen fotografiert werden wie diese Memme hier!«

Kann man sich so etwas einbilden?

Und den Vater, diesen einsamen Hund, sieht er wieder vor ihrem Regelkalender grübeln. Ein Sohn kann darüber kaum etwas wissen, aber hat sich die Mutter dem Vater vielleicht verweigert, solange er nicht einlenkte? *Nachrichtendienst! oder! Liebesentzug!*

Zuzutrauen wäre es ihr.

Er steht vor diesem unscheinbaren Haus im Münchner Süden und aus den Tiefen der familiären Verstrickung tritt eine simple Wahrheit zutage.

Er ist es, der hergekommen ist.

Es mag Herleitungen geben, gewisse Familientraditionen, aber als Rechtfertigung für dieses Treffen taugen sie nicht.

»Mensch, Schmidt, klingeln Sie schon länger? Ich war hinten Holz holen. Schön, Sie zu sehen!«

Pehlert kommt näher. Er geht am Stock, quält sich bei jedem Schritt, aber der Blick unter den buschigen Augenbrauen ist hellwach.

»Ganz meinerseits«, reicht Martin das Kompliment zurück. »Aber wo haben Sie Ihren Hund?«

Schlüssel klappern. Nach etwas umständlicher Suche findet Pehlert den richtigen und tippt mit seinen langen, feinnervigen Fingern auf das am Zaun befestigte Warnschild.

»Es gibt keinen Hund. Nur eine Hundefiktion, verstehen Sie?«

Sie schütteln sich die Hände, einvernehmlich grinsend.

Martin entdeckt die über den Rasen verstreuten Kauspielzeuge. Holzknochen, Giraffen aus Gummi, ein ausgelegtes Spieltau. Mit solchen Utensilien kennt er sich aus, wenn auch nur in der ursprünglichen Verwendung.

»Um die Fiktion perfekt zu machen, fehlen Knabberspuren!«

Der Alte schwenkt herum.

»Knabberspuren? Oh ja, guter Tipp!«

Wie lange haben sie sich nicht gesehen – fünf Jahre? Was ihn an diesem Pullacher Urgestein – er war nicht nur Sicherheitschef, sondern leitete davor auch die sogenannte Beschaffungsabteilung – immer gefallen hat, ist der Drang, dazulernen zu wollen.

»Wie geht es Ihnen?«, erkundigt sich Martin im Flur. Pehlert war einige Male sein Ansprechpartner. Integer. In Sachfragen unnachgiebig. So kennt er ihn. Ihn privat zu erleben, im nachrichtendienstlichen Ruhestand, ist etwas, wofür ihm nur das Wort »gewöhnungsbedürftig« einfällt.

»Ja, wie schon. Ich versuche, den körperlichen Verfall aufzuhalten.«

Er sieht, wie er in der Küche vorsichtig den Stock gegen die Wand lehnt und Tee zubereitet.

Vor allem riecht er Katzengeruch.

Mit der sich aus Futteraromen, dem Duft der Streu und den Ausdünstungen der Tiere ergebenden Mischung ist er von Berufs wegen vertraut. Hier allerdings kommt eine durchdringende, in der Nase stechende Komponente hinzu. Er kann schlecht danach fragen.

Zur Einstimmung Smalltalk. Er erwähnt das Vorhaben, die Praxis aufzugeben und den Beruf an den Nagel zu hängen, mag aber nicht über die wahren Gründe sprechen. (Emma gehört hier nicht her!) Rasch kommen sie auf Kappelhoff, den sie gleichermaßen schätzen. In den achtziger Jahren, erfährt er, als die Herren direkt zusammenarbeiteten, wären sie nach Dienst regelmäßig an der Isar gejoggt.

»Damals hieß das noch Dauerlaufen!«

Er wird ins Wohnzimmer gebeten. Die Einrichtung erinnert an einen englischen Club. Kolonialmöbel, Ledersessel, eine Standuhr. An den Wänden dunkel gerahmte Kupferstiche, Jagd- und Naturszenen.

Als sie Platz nehmen, rutscht ein Löffel vom Tablett und kracht auf den Tisch.

»Macht nichts. Die Platte ist mit Acrylharz beschichtet.«

Acrylharz, das klingt wie ein Code. Sie rühren in ihren Tassen, lauschen dem Ticken des Pendels.

Pehlert oder »Big Klaus«, wie ihn Kollegen nannten, hat die Aura eines Schachchampions. Mit seiner, nun ja, leichten Verwahrlosung geht das durchaus zusammen. Die Hosen hängen voller Katzenhaare. Wenn er sitzt, sind die Hausschuhe zu einem verträumten X gestellt. Dennoch wirkt dieser mittlerweile gebeugte Mann kultiviert und ganz auf der Höhe. Es ist unglaublich.

»Könntest du das b i t t e s c h ö n lassen!«, rügt er mit seiner tiefen, heiseren Stimme eine der Katzen, die ihre Krallen am Sessel schärfen will. Das Tier erstarrt und dreht ab.

Dann strafft er sich. Soweit unter diesen Umständen möglich, wird Pehlert amtlich.

»Danke noch einmal, dass Sie gekommen sind!«

»Kein Problem.«

»Hat Kappelhoff etwas angedeutet?«

»Nein.«

»Ich benötige Ihre Hilfe.«

»Wobei? Wie Sie wissen, bin ich raus. Schon seit Jahren und endgültig.«

»Ach, lieber Herr Dr. Schmidt, mit der Endgültigkeit ist das in unserer Branche so eine Sache.«

Die Vereinnahmung ärgert ihn. Zuallererst ist er Tierarzt!

»Sparen wir uns das Vorgeplänkel. Verraten Sie, worum es geht. Dann sehen wir, ob ich etwas für Sie tun kann.«

»Ich muss Ihnen nicht erläutern, was los ist. Wir haben massive Sicherheitsprobleme. Wie überlastet der Apparat ist, sehen Sie daran, dass Klappergreise wie ich reaktiviert werden.«

Pehlerts Lachen ist animierend, aber Martin lässt sich nicht anstecken.

»Bei allem Respekt – was hat das mit mir zu tun? Zählen Haustiere jetzt auch zu den Gefährdern?«

Pehlert legt den Kopf schief. Als beobachte er etwas Drolliges.

»Es gibt Hinweise, dass eine unbekannte Gruppe ein Projekt vorbereitet. Vermutlich Giftgas. Wir haben kaum Ansätze, keine Verdächtigen, aber die Quelle hat noch nie danebengelegen.«

»Wenn der Informant so toll ist, weshalb liefert er keine Details?«

»Er ist ... endgültig verhindert.«

Pehlert nickt betrübt. Martin bleibt nichts anderes übrig, als zurückzunicken.

»Warum ich?«

»Es hat mit dem Wenigen zu tun, das wir wissen.«

»Sagen Sie's mir.«

»Sarin.«

»Verdammt!«

»Ganz Ihrer Meinung.«
»Irak?«
»Ja, wir haben weiter Samarra im Blick, unser Pilgerstädtchen mit dem Spiralminarett. Die Depots der ›Al-Muthanna‹ verrotten. Das Gelände wechselte mehrfach den Besitzer und scheint sich zu einem Selbstbedienungsladen für toxische Munition zu mausern. Das Material soll sich bereits in Deutschland befinden.«
»Wie viel?«
»Rund hundert Liter, jeweils von beiden, in den alten Granaten getrennten Komponenten.«
»Und Sie wollen wissen, wie das technisch zu bewerkstelligen wäre?«
»Das ist klar. Auch die Möglichkeiten zur Herstellung wurden unter die Lupe genommen. Meine Frage an Sie lautet diesmal nicht wie, sondern wer?! Sie waren damals bei den Inspektionen dabei, kennen Leute und wissen Dinge, die in keiner Akte stehen. Wir sind durch. Rückkehrer-Checks. Täterprofile. Auffälligkeiten im Netz und so weiter und so fort.«
»Gibt es irgendwelche Anhaltspunkte, wie dieses *Projekt* aussehen könnte?
Pehlert schüttelt den Kopf, mustert ihn prüfend.
»Und, fällt Ihnen dazu etwas ein?«
»Ich muss nachdenken.«

Er geht auf die Toilette, schüttet sich kaltes Wasser ins Gesicht. In dem kleinen, gekachelten Raum frönt der

Gastgeber seinem Sinn für Humor. Die Wände sind von Sprüchen, Zeitungsausschnitten und Karikaturen bedeckt. Martin ist zu angespannt, um die Kollektion gebührend zu würdigen. Im Gedächtnis bleibt ihm der Slogan eines Schützenvereins: »Schießen lernen – Freunde treffen!«

Nach seiner Rückkehr haben die Katzen das Wohnzimmer erobert. Sie spazieren über Tische, Stühle und Fensterbretter, reiben sich an Hosenbeinen und Bücherstapeln, wollen gekrault werden und treiben die Zerstörung der Sessel voran.

Ihr Besitzer schaut zu.

»Nur das Sofa hält stand«, meint er resigniert oder auch belustigt.

Bei jemandem wie ihm lässt sich das schwer unterscheiden. Zwischentöne und Andeutungen führen ein Eigenleben. Unvermutet können sie sich in den Vordergrund schieben und alles auf den Kopf stellen.

Sobald das Dienstliche abgehakt ist, wird Pehlert locker und auch ironisch. Umso mehr, wenn das Gespräch auf ihn selbst kommt. Das macht ihn sympathisch und den Austausch mit ihm unterhaltsam.

Er deutet an, an einem Roman über deutsche Spione zu schreiben. »In der Art von le Carré: *Der ewige Gärtner*«, fügt er augenzwinkernd hinzu. Er zaubert Anekdoten über seine Anfänge bei der *Org* aus dem Hut, die er plant in das Buch hineinzunehmen. Etwa, wie er im Berlin der fünfziger Jahre mit seiner

Zimmerwirtin in einem Café am Kurfürstendamm saß und sie ihn warnte: Die vielen Geheimagenten in der Stadt könnten einen jungen Mann wie ihn anheuern und ins Verderben stürzen.

Auch die »Stasi-Kundschafterin« Beate Such, die in seinem Referat gearbeitet hatte und mit Hilfe der Amerikaner überführt worden war, treibt Pehlert um. »Der Verdacht gegen sie verstärkte sich, weil sie in den Lagebesprechungen oft zusätzliche Fragen stellte, um die Debatte anzuregen und dadurch mehr zu erfahren. Das war ihre Technik.« Ärger wird spürbar, unterdrückte Wut über die Jahrzehnte funktionierende Irreführung. Als wolle er das Närrische all dieser Spiele hervorheben, berichtet Pehlert, dass Frau Such seit ihrer Entlassung aus dem Gefängnis bei ihm um die Ecke wohnt. »Manchmal begegnen wir uns im Supermarkt. Wir füllen unsere Einkaufswagen und warten an den Kassen. Tun aber so, als würden wir uns nicht kennen.«

Bald darauf verabschiedet sich Martin.

Draußen empfängt ihn die Frühlingssonne. Zarte Wölkchen schweben unter einem tiefblauen Himmel. Trotzdem wirkt die Straße mit den leeren Bürgersteigen und den kurz geschorenen Hecken trostlos. Wie ein Museum der Stille. Ausharrende Kranke und Alte können in ihren Wintergärten besichtigt werden.

Er weiß nicht recht, wie er helfen kann. Seine Reisen in den Irak, aber auch nach Afghanistan und in andere

Krisenregionen liegen Jahre zurück. Sie kommen ihm unwirklich vor.

In diesem Brei soll er rühren und nach Gesichtern suchen?

Wenn er an Bagdad denkt, fällt ihm zuerst der Flughafen ein. Wie er mit einem Wissenschaftler-Kollegen in der Abflughalle saß und hoffte, noch wegzukommen. Am Stadtrand wurde bereits gekämpft.

Vor allem an die extremen Begleitumstände solcher Touren erinnert er sich. So sieht er sich an diesem Flughafen, im größten Tumult, wie ein wildgewordener Affe über einen Abflugschalter klettern. Er packte den Angestellten der Airline am Kragen und schrie ihn an, sofort die Tickets herauszurücken.

In solchen Momenten, nahe am Durchdrehen, lernte er sich anders kennen. Er sammelte Erfahrungen, die ihm sein Leben mit Emma und Mona, die vergleichsweise überschaubaren Aufregungen des Jobs als Landarzt in neuem Licht erscheinen ließen.

Friedrich Kappelhoff, der als Mann von Welt auch ein überzeugter, um nicht zu sagen: eingefleischter, Großstädter war, erkundigte sich manchmal, wie er diese engen Verhältnisse, dieses bayrische Provinznest, wie er meinte, ertragen könnte. Das müsse doch furchtbar für ihn sein.

Im Gegenteil!

Das Pendeln zwischen zwei Daseinsformen, so gegensätzlich sie auch waren, empfand er als bereichernd. Es schärfte die Sinne, ließ ihn den Alltag zu Hause nicht selbstverständlich nehmen. Er fing an, sich für Rosen zu begeistern und stellte fest, wie gern er dem Regen zuhörte. Wenn es in den Fallrohren rauschte und auf die Einfahrt prasselte, ging er vors Haus. Unter dem Vordach stehend, war er auf eine beinahe kindliche Weise zufrieden.

Er musste nur darauf achten, dass beide Sphären sich nicht »falsch vermischten«, wie er es vor sich selbst nannte. Manche seiner Mitbringsel ließen sich nicht schönreden. Sie störten das heimische Wohlfühlklima, zumindest für Martin.

Emma, die über seine Reiseziele immer Bescheid wusste, hatte ihn einmal gebeten, die Ruinen von Babylon zu besuchen. Er sollte dort fotografieren und ihr vielleicht, wenn es keine Umstände bereitete, »eine Kleinigkeit« mitbringen. Also mietete er einen Jeep nebst Fahrer und machte im Irak zwischen den Kriegen Sightseeing. An der Ausgrabungsstätte in der Nähe von Bagdad angekommen, erstand er eine blaue Kachel mit dem berühmten Babylon-Löwen. Dann marschierte er auf Ruinen zu, die etwas abseits standen. Sie ragten aus der Wüste wie riesige, zugewehte Schildkröten. Auf halber Strecke dorthin hörte er hinter sich plötzlich laute Rufe. Leute schwenkten aufgeregt die Arme – er hatte ein Schild übersehen und war in ein Minenfeld geraten. In der folgenden halben Stunde konnte er nur versuchen, seine Spur im Sand behutsam zurückzuverfolgen. Leider war es an diesem verflixten Tag sehr windig ...

Emma, der er solche Kapriolen verschwieg, war von der Kachel begeistert und hängte sie ins Wohnzimmer. BABYLON IRAQ stand über dem Löwen und erinnerte ihn unübersehbar an seine Dummheit.

16 ANGELIKA

Sie sind am Bahnhof verabredet. Er steht draußen vor der Unterführung. Sie auf dem Bahnsteig zu empfangen, so weit möchte er sich nicht aus der Deckung wagen. Welche Deckung?

Der etwas erhöhte Platz am Kiosk ist zu exponiert, findet er. Aber wo soll er sonst warten? Drüben am Metzger, vor dem neuerdings aufgestellten »Fleischomat« vielleicht?

Dieses Rendezvous kann überall, aber nicht an einem 24-h-Fleisch- und Wurstautomaten beginnen.

Er zerrt das Einwickelpapier von den Ranunkeln, weiß nicht, wohin damit. Ihre Lieblingsblumen! Er knüllt das Papier, wringt es aus, tropft sich die Jacke voll. Wie er sich freut, sie wiederzusehen. Ach was, er fiebert ihr entgegen, hat sich den Tag freigeschaufelt.

Die ersten aus ihrer Bahn biegen um die Ecke. Ein Fahrradfahrer, dem eine Klammer das Hosenbein strafft, ein telefonierendes Mädchen ... ein Schwarzer mit großen Kopfhörern ... und ...!

Sie sieht ihn nicht gleich. Einen Moment lang kann er ihren Gang bewundern. Welch ein Schwung, und alles so leicht! Er hatte befürchtet, dass ihr umwerfender Besuch eine Ausnahme bliebe, dass sie seinem Bild nicht entsprechen könnte. Aber er ist hingerissen, winkt mit den Blumen, bis die Blütenbälle knicken, ruft laut »Angelika!«, dass alle herschauen und er erschrickt.

Kein betretenes Schweigen. Sie fangen sofort an zu reden. Wie gesichtslos dieser Bahnhof doch wirke, dass es ab Mittag regnen solle, wo sich der Parkplatz befände.

Im Auto sagt sie unvermittelt:
»Du standst immer zwischen meinem Ex-Mann und mir.«
»Aha.«
Es könnte sich wie ein billiges Geständnis anhören, wie etwas Abgeschmacktes, vor dem man zurückzuckt. Aber so ist es nicht. Nach fünfzig Jahren, so geht es ihnen beiden, wollen sie keine Zeit verlieren.
»Ich habe mir vorgenommen, das zu sagen, also sage ich es auch. Ich war glücklich mit dir! So glücklich bin ich später nie mehr gewesen. Mit keinem, verstehst du! Dieses Foto am Brunnen, das du auch hast, auf dem wir uns mit allem, was wir haben, umarmen. Das ist die Wahrheit über uns. So hat es sich angefühlt. Für mich jedenfalls. Und so etwas habe ich weggeworfen. Mich stach der verdammte Hafer!«

Sie sitzen auf ihren Sitzen, sind angeschnallt. Er weiß nicht, ob er den Motor starten soll.

»Was heißt … Hafer? Meine Mutter mochte dich nicht. Aber sie saß dann ja im Gefängnis. Wir hätten es hinbekommen. Der Anwalt war informiert. Wir hätten heiraten und zusammen ausreisen können.«

»Ach, Martin. Wer waren wir denn damals? Wer war ich? Du kamst aus gutem Hause, du konntest –«

»Aus gutem Hause?«

Er muss lachen.

»Ja! Du warst mit achtzehn so … vergeistigt. Hast mir Vorträge gehalten, im Keller deines Vaters herumexperimentiert, schriebst irgendwelche Fachartikel und hast doch diese Unterwasserkamera gebaut, weißt du noch?!

»Das war nur ein Gehäuse aus Messing, damit die Kamera beim Tauchen trocken blieb.«

»Ich idealisiere natürlich. Aber so kam es mir vor. Für Klein Angelika aus Treptow wusstest du alles, konntest du alles. Du warst gebildet, nachdenklich, verantwortungsbewusst. Als die Sache mit deinen Eltern passierte, bist du mit der Stasi klargekommen. Du hast deine Großmutter gepflegt, bist zur Schule gegangen, hast das Haus verwaltet. Du warst auf jedem Gebiet super. Und ich dachte, nee, da passe ich nicht rein.«

»Unsinn.«

»Kein Unsinn.«

Er sucht nach Worten, möchte richtigstellen, lässt es aber. Bei dem, was dann über seine Lippen geht, gelingt es ihm, nicht zu stammeln.

»Und was ist … heute?«

Sie schaut ihn an, zutiefst verwundert.
»Na, Happy End!«

Sie fahren ins Voralpenland, wollen um einen See wandern. Angelika trägt weiße Hosen, eine kurze rote Jacke und Sneakers. Auch weil sie diese Breitseite ehrwürdiger, nicht unbedingt schmeichelhafter Adjektive auf ihn abgeschossen hat, kommt er sich neben ihr alt vor. In seinen schweren braunen Wanderschuhen wuchtet er einen Schritt vor den nächsten. Sie hüpft über Wurzeln, stellt sich auf einem Bootssteg herausfordernd in Pose und will überhaupt gern fotografiert werden. Sie reckt ihr Gesicht und wirkt bei alldem nicht kindisch.

Nur ansteckend fröhlich.

Irgendwann fassen sie sich an den Händen. Angelikas Finger fühlen sich glatt an. Wie warme Fische kommen sie ihm vor.

Sie landen auf einer Bank am Ufer. Auf dem Hang hinter ihnen wachsen Kiefern. Kieselsteine liegen im glasklaren Wasser. Was immer ihn in den letzten Tagen beschäftigt hat, es rückt von ihm ab. Er denkt an die lichtdurchflutete Landschaft seiner Kindheit, an den Liepnitzsee, an den Werbellinsee.

Dann küssen sie sich.

Im Überschwang stößt er gegen ihre Zähne, nuschelt eine Entschuldigung, und wird wieder eingesogen. Er schließt die Augen, möchte nur empfinden, aber es klappt nicht.

Im »Twistkeller« des Treptower Kulturhauses, wo sie sich im September 1964 kennenlernten, hörten sie nach der dritten, vierten Runde auf zu tanzen. Auf dem Hof gab es den Raucherbereich und die gegenüberliegende Seite, wo »geknutscht« wurde. Zwischen all den beschäftigten Paaren schien es das Beste, es ihnen gleichzutun.

So begann es.

Sie legt ihre Beine über seinen Schoß. Er denkt an die Hausflure, die ihnen in ihrem ersten Winter Unterschlupf boten. Hausflure in Treptow, in Pankow und in Blankenburg, in denen sie nur voneinander abließen, wenn jemand hereinkam, der auf den Lichtschalter drückte, am Briefkasten klapperte und sich mit einem Seufzer an ihnen vorbei treppauf bewegte.

Wie vorhergesagt, beginnt es zu regnen, erst tropfenweise, dann stark. Angelika spendiert die Hälfte ihrer roten Kapuze. Das ist etwas, nach dem er greifen, mit dem er umgehen kann. Spitzbübisch fragt sie:

»Wollen wir zu dir?«

»Na los!«

Wegen des Regens müssen sie rennen. Aber der Parkplatz ist nahe.

Unglaublich, wie die alten Fragen sie einholen. Freche, sehnsüchtige Fragen nach erwünschten und unerwünschten Berührungen, jene Fragen aus den Hausfluren, aus der Schönholzer Heide, aus zugigen Heinersdorfer Bushaltestellen oder dem nach

Kartoffelschalen riechenden Schuppen der Großmutter.

Mit einem Mal ist auch er trotz seiner Wanderstiefel leichtfüßig. Durch den Regen laufend, fürchtet er keinen Schnupfen, sondern springt und drängelt, will das Auto als Erster erreichen.

Er hat Erinnerungen an Angelika, die er in all den Jahren nie angerührt hat.

Während sie zu ihm fahren, in das renovierte Bauernhaus mit der integrierten Praxis, muss er daran denken. Er hat das Gefühl, sie zurückzubekommen, sie nach Hause zu holen. Als würde sich ein Lebenskreis schließen.

Als wäre alles ganz einfach.

Wegen der Nachbarn, der Klienten und überhaupt nimmt er die hintere Zufahrt, vorbei an der Scheune, und parkt im hohen Gras hinter dem Brennholz.

Bei aller Freude, allem Liebeshunger – wie sie damals auseinandergingen, hat er nicht vergessen.

Angelika hielt es nicht mehr aus. Möglicherweise liebte sie ihn, liebte sie ihn auch nach zwei Jahren des Zusammenseins noch innig, aber sie ertrug das Blankenburger Haus nicht mehr. Sie ertrug ihn nicht mehr, der darin gefangen war wie ein Sklave, wie ein mittlerweile zwanzigjähriger Sklave wohlgemerkt, der seine Fron auch noch verteidigte. Seine ewigen Erledigungen, seine psychotischen Ersatzhandlungen.

Als ließe sich in diesem Haus etwas reparieren! In diesem Familiengrab, dieser Spionageruine, das musste er doch einsehen, war und blieb alles kaputt und würde immer kaputt bleiben, selbst wenn er es schaffte, mit den Reparaturen hinterherzukommen: Wasser im Keller, die anfällige Heizung, der vom Sturm lädierte Schornstein, das morsche Dach, vom ausgedehnten Garten mit den vielen Obstbäumen ganz zu schweigen.

Und erst seine Großmutter! Sie lag im Zimmer neben der Eingangstür, in ihrer »Kemenate«, wie sie sagte, und rief nach ihm. Und der Enkel musste und wollte springen. In den unmöglichsten Momenten verlangte sie mit hoher, krähender Stimme nach Butterbroten, ihren Tropfen, ihrem Johanniskrauttee. Sie wollte, dass ihr vorgelesen wurde, wollte nachts um zwei mit Kampfer eingerieben werden – lauschend, vor sich hin dämmernd, scheinbar nie schlafend.

Deshalb verließ Angelika ihn. Musste sie ihn verlassen!

Für einen anderen. Irgendeinen normalen Zwanzigjährigen, einen Nicht-Martin, der sie auch sofort schwängerte.

Wenn er seine inhaftierte Mutter besuchte, konnten sie aufhören, über »diese Göre« zu streiten, die er sich um Gottes willen aus dem Kopf schlagen sollte, die er doch nicht etwa heiraten und in den Westen mitnehmen wollte?!

Ja. Er schlug sie sich aus dem Kopf.

Es gab eine Übergangszeit. Sie hatten sich getrennt, schliefen aber noch miteinander. Erbärmliche Monate waren das, in denen er abends im elterlichen Wohnzimmer auf dem Teppich lag und sich krümmte vor Begehren.

In seiner Erinnerung herrschte Sommerhitze. Nebenan schnarchte die kranke Großmutter. Der Wein war kalt gestellt, zuckersüßer rumänischer Dessertwein, den er sich eigentlich nicht leisten konnte. Er wartete auf sie, seine verflossene Geliebte, die mit ihm spielte, die ihren Besuch vage angekündigt hatte.

Die Linden der Suderoder Straße rauschten.

Durchs offene Fenster, vorbei an den träge schlappenden Gardinen, sah er der Nacht beim Dunkelsein zu.

»Alles in Ordnung?«

Angelika berührt seine Schulter.

»Ja, klar.«

Sie stehen im Flur, schütteln sich, ziehen die pitschnassen Schuhe und Jacken aus. Geradeaus geht es in die Küche. Links ist das Bad, rechts das Schlafzimmer.

Sie legt ihre Hand auf seine Wange, streichelt über die Bartstoppeln.

»Du bist Teetrinker, habe ich gemerkt. Könntest du auch heißen Kaffee machen?«

»Kann ich. Und Kaminfeuer auch.«

»Phantastisch!«

Also ins Wohnzimmer, auf die Couch. Angelika klammert sich an ihren Becher, pustet hinein. Er schaut sie an, dann wieder ins flackernde Feuer.

»Seltsam, das alles. Findest du nicht?«
»Doch.«
»Kneif mich mal!«
Sie kneift ihn.
»Und?«
»Keine Veränderung. Du bist da.«
»Nur etwas entfernt, oder?!«

Sie rutscht heran. Er spürt die Wärme ihres Rückens, auch den BH-Verschluss unter ihrem Pullover, der auf seinen Arm drückt, als wollte er bemerkt werden. Angelika streckt ihren Kopf nach hinten, möchte weiterschmusen, aber er zögert.

»Entschuldige. Aber könntest du ...?«
»Hier mit dir, also ... du und ich?«
»Mmm.«
»Ich glaub schon.«

Dies ist der Moment, wo er loslässt. Sie umschlingt ihn und er umschlingt sie. Sie fliegen durch den Raum und sehen sich von oben. Ein Chaos aus Armen, Beinen, Haaren.

Emma tritt aus dem Bad, möchte sehen, was da los ist, wirkt interessiert und freundlich. Sie putzt sich die Zähne, hat weißen Schaum vor dem Mund und verschwindet wieder, winkend.

Er ist hin- und hergerissen. Das Haus, in dem er seit Jahrzehnten wohnt, in dem Mona aufwuchs, in dem Emma starb, es verwandelt sich und wird fremd. Wie nach der Berührung mit einem Zauberstab.

Ich bin zu alt für die Liebe, denkt er.

Aber nicht für die Jugendliebe, hält er dagegen.

Er wird zum Flugsubjekt, zum Hinterbliebenen, der die Kurve kriegt, der sich aufrafft und eine Frau kennenlernt. Er kennt sie zwar schon, aber nicht so.

Er ist verwirrt. Er wühlt sich in eine Phantasiewelt, in der es weder Nöte noch Kummer gibt, kein böses Erwachen mit achtzehn, kein Zurückbleiben mit der Großmutter, kein Auf-einen-Schlag-Erwachsenwerden, keine Staatssicherheit, kein Glohm, kein Albert und auch kein Kappelhoff. Keine Nebenjobs, keine obskuren Arrangements, um die Praxis abzubezahlen, und auch keine Emma, die sich bis in alle Ewigkeit die Zähne putzt, kein Sammeln und Ordnen ihrer Sachen im Keller, keine Geburtstage, die sich anfühlen wie Todestage, sondern einfach nur diese Lippen, diese Haut.

Komisch, wie die Liebe von Mensch zu Mensch variiert, denkt er, ein wenig durchatmend.

Diese Frau ist sein Meer, sein schönstes lebendes Gewässer. Er schwimmt jetzt hinaus.

17 VERMUTUNGEN

Das Telefon klingelt, als er im Begriff ist, das Haus zu verlassen.
»Papa, ich kann Oma nicht erreichen!«
»Mona, hallo erst mal.«
»Grüß dich. Entschuldige, aber was ist los? In ihrem Zimmer hebt keiner ab und an der Rezeption wollen sie nichts sagen.«
»Beruhige dich. Sie haben sie auf die Krankenstation verlegt, zur Beobachtung.«
»Krankenstation? Was hat sie?«
Für Monas Besorgnis, die er aufrichtig teilt, sind Tausende Kilometer Entfernung nur ein Katzensprung. Er hat das aufgeregte Mädchen im Ohr, das ihn früher, wenn er verschnupft im Bett lag, mit ihren Kräutertees und eiskalten Wickeln fast umgebracht hätte.
»Töchterchen, es war ein Schwächeanfall. Gestern und auch vorgestern habe ich mit dem Arzt gesprochen. Ich werde sie heute besuchen und dir Bescheid geben.«
»Schwächeanfall? Wieso denn? Und nenn mich

nicht immer Töchterchen! Ich bin über vierzig, okay?!«

»Ist ja gut. Moni.«

Er kann es nicht lassen!

Danach gönnen sie sich ein paar Sekunden, in denen es nur in der Leitung knistert.

Er möchte wegen der Praxis fragen. Zum allerletzten Mal. Aber er traut sich nicht. Zu oft haben sie deswegen heftig gestritten.

»Ruf mich bitte an, wenn du bei ihr warst! Und sag mir beim nächsten Mal gleich Bescheid, ja?«

»Versprochen!«

Vorm Haus trifft er Koslowski. Sie vereinbaren einen Termin für das nächste Abendtreffen. Seit Monaten knien sie sich in Details des Verkaufs, vom Arbeitsvertrag der Sprechstundenhilfe bis zum geleasten Röntgengerät, und bereiten das Ganze mit Hilfe eines Anwalts vor.

Sein sächselnder Juniorpartner, der nicht nur für zwei schuftet, sondern auch ein netter Kerl ist und nie Druck machen würde, wohnt mit Frau und Kindern fast dreißig Kilometer entfernt.

Am liebsten würde er nicht nur die Praxis, sondern auch gleich die angrenzenden Wohn- und Stallgebäude erwerben, aber so weit ist es noch nicht.

So weit ist Martin noch nicht.

Koslowski muss zum Hollinger, einem Stallbesitzer im Nachbarort, um dessen Kühe zu enthornen. Sie verabschieden sich per Handschlag. Jeder steigt in sein Auto und sie brausen davon, als wäre alles besiegelt, als würden sich ihre Wege schon endgültig trennen.

Auch das Anliegen von Klaus Pehlert geht ihm durch den Kopf, obwohl er sich dagegen sträubt. Kann er helfen? Verbirgt sich in den Erinnerungen an diese Reisen eine brauchbare Information?
　Was hatte der greise Abwehrmann gesagt?
　Er hatte ihn gebeten, über seine Kontakte vor Ort nachzudenken. In dem Zusammenhang war etwas erwähnt worden, das ihn aufmerken ließ. Aber was? Er kann es nicht greifen. Zwischen Tür und Angel schon gar nicht.

Auf dem Weg zu seiner Mutter stoppt er an einem Waldstück, das sich wie eine dunkelgrüne Strickmütze über einen Hügel stülpt.
　Früher ist er hier fast jede Woche spazieren gewesen. Auch Emma mochte den atemberaubenden, bis zu den Alpen reichenden Blick und war oft mitgekommen.
　Seitdem ein Windrad aufgestellt wurde, hatte er den Ort gemieden.
　Er lässt das Auto auf dem Parkplatz des neuen Supermarktes und wandert hinauf. Es regnet. Der schneidige Westwind bläst ihm die Tropfen von den Wimpern.
　Je höher er kommt, desto durchdringender wird

das Geräusch der rotierenden Flügel. *Whoom Whoom Whoom.* Es klingt wie in Teile geschnittenes Meeresrauschen.

Unter dem Turm warnt ein Schild vor Eisschlag im Winter.

Genau dort stellt er sich auf einen Baumstumpf und schaut ins Land. Aus den Wolken, die der Wind vor sich hertreibt, stürzen Wasserwände. Vereinzelt sticht aber auch die Sonne durch. Nur hundert Meter entfernt wandert das Ende eines Regenbogens über die Felder. Wie ein krummer Buntstift, der etwas aufschreibt, das unsichtbar bleibt. Gottes Geheimschreibmittel gewissermaßen.

Er versucht sich zu konzentrieren, denkt an seinen Job für die »Unscom«, eine Untersuchungskommission der Vereinten Nationen. Zuallererst fällt ihm das Katz-und-Maus-Spiel ein, zu dem die irakischen Sicherheitsdienste sie gezwungen hatten. Wie andere Inspektoren auch war er gemäß UN-Beschluss als Naturwissenschaftler eingereist. Sie sollten herausfinden helfen, ob das Land über B- und C-Waffen verfügte.

Permanente Beobachtung und Störung ihrer Arbeit durch die einheimischen »Partner« war die Folge.

Wenn sich ihr Konvoi aus dem Camp in Bewegung setzte, um eine mögliche Produktionsanlage, einen in Frage kommenden Ort anzusteuern, dann trafen die Iraker in der Regel vor ihnen ein und versuchten, Beweise zu vernichten, Spuren zu verwischen und Dokumente fortzuschaffen.

Das Ganze war abstrus, als würden Erwachsene Verstecken spielen. Wäre der Anlass nicht so ernst gewesen – immerhin ging es um Sarin, Senfgas oder Tabun, die tödlichsten Gase, die von Menschen je synthetisiert worden waren –, man hätte sich auf diesen slapstickreifen Jagden amüsieren können.

Einmal kontrollierte er zusammen mit englischen und polnischen Kollegen die Nationale Behörde für Lebensmittelsicherheit in Bagdad. Kurzerhand umgingen sie die Begrüßung und stürmten in die Labore. Dort überraschten sie irakische Beamte, die mit Aktenkoffern voller Beweismittel gerade durch die Hintertür entwischen wollten.

Eigentlich beschäftigte er sich mit Methoden, um Giftgase nachzuweisen. Er analysierte Bodenproben, Wischproben oder Oberflächenproben unterschiedlichster Materialien.

Bei dieser Gelegenheit konnte er sich dabei zusehen, wie er einen dicken, schnurrbärtigen Mann, der die Hände nicht frei hatte und nach ihm trat, an der Jacke zerrte und versuchte, ihm seine Taschen zu entreißen.

Er starrt auf die Nabe des Windrades. Sie kreist und scheint gleichzeitig stillzustehen. Er muss Belangloses ausschließen und das wirklich Wichtige erkennen.

Bei seinem zweiten Aufenthalt in Bagdad hatten ihn Einheimische zu einem Grillfest am Tigris eingeladen. Es war nichts Offizielles. Vielleicht hatte jemand Geburtstag. Er erinnert sich, dass neben Dolmetschern und Fahrern auch Universitätsmitarbeiter dabei waren. Es gab Masgouf, am offenen Feuer gegrillte und danach in einer riesigen Pfanne fertig gegarte Barben, eine lokale Spezialität, die großartig schmeckte, dazu eiskaltes Büchsenbier.

An diesem Abend kam er mit Professor Aziz ins Gespräch, einem auf synthetische Gase spezialisierten Chemiker, der später nach Hamburg übersiedeln sollte. Sie tauschten sich über dessen Forschungen aus. Irgendetwas an dem, was Aziz sagte, fiel ihm auf. Schon damals. Es war eine Randbemerkung. Zu wenig, um darüber zu berichten. Er würde es als »stachelig« bezeichnen.

Während sie am Tigris fachsimpelten und aßen, drehte er sich einmal in Richtung Flussufer um. Was er erblickte, hat anderes überlagert. Auf der neben dem Feuer abgestellten Pfanne tummelten sich Ratten. Langschwänzige Schatten, die denselben Fisch fraßen, den er gerade im Mund hatte …

Stopp!

Während er unter diesem Windrad in den Regen starrt und sich noch immer ekelt, fällt ihm ein, dass nicht Professor Aziz seltsame Reden geführt hatte, sondern dessen Sohn (oder Neffe?). Der hatte auch an der Feier teilgenommen! War er Schüler oder Student? Begeisterte er sich nicht für die Aum-Sekte, die mit Sarin die Tokioter U-Bahn attackiert hatte?

Den Hinweis auf Aziz' Sohn oder Neffen könnte er an Pehlert weitergeben, schon um Ruhe zu haben.

Eine Stunde später steht er am Bett der Mutter.

»Komm her, Junge«, sagt sie mit dünner Stimme. Sie liegt in diesem Einzelzimmer wie aufgebahrt. Bleich und durchscheinend. Er sieht das Geflecht der Äderchen auf ihrem Kinn.

Zögernd tritt er näher.

»Ja?«

Ehe er zurückweichen kann, legt sie ihre Hand auf seine Wange. Wie Angelika, denkt er, um sich abzulenken, um sich herauszukatapultieren aus dieser für sie beide untypischen Intimität.

»Ich ...«, hebt sie an.

Seiner Meinung nach stellt dies ihre Kernaussage dar und bedarf keiner Ergänzung.

Er legt ihre Hand zurück aufs Laken und ringt sich ein Lächeln ab.

»Geht es dir besser?«

»Sicher. Morgen Mittag soll ich die Station wieder verlassen können.«

»Bestens. Das wird auch Mona freuen. Als ich anzudeuten wagte, dass es nur ein Schwächeanfall gewesen sein könnte, hat mich deine Enkelin am Telefon fast gesteinigt.«

»Sie ist sehr besorgt um mich.«

Er überhört den mitschwingenden Vorwurf.

Wie alt sie geworden ist!

Er hat es gewusst, aber selten so deutlich empfunden. Ihr Eigensinn, ihre Härte liegen vor ihm wie platt gewalzt. Noch ist genug vorhanden. Du wirst mich nicht los, scheinen ihre Augen sagen zu wollen. Aber das Funkeln darin, die ätzende Giftigkeit sind verschwunden.

Oder schauspielert sie? Nimmt sie an, dass Berührungen und ausgestellte Entkräftung Mittel sind, sich ihm zu entziehen? Das kann man bei ihr nicht wissen. Auch er weiß es nicht, obwohl er sie sein Leben lang kennt. Manchmal glaubt er, dass sie sich in ihren Labyrinthen selbst verirrt. Nur um sicherzugehen, dass niemand ihr folgt.

Deshalb zögert er. Er fragt sich, wie viel er ihr zumuten kann.

»Meinst du«, tastet er sich vor, »wir könnten noch einmal reden?«

»Worüber, über dein schauderhaftes Museumshobby?«

»Über mein Museumshobby, genau.«

»Was soll ich sagen. Du wirst kein Einsehen haben, bringen wir es hinter uns.«

Sie fährt ihre Rückenlehne höher. Das Surren wirkt angriffslustig. Als brächte sie sich mit der gewohnten Energie in Stellung.

Und das freut ihn! Geradezu übermütig setzt er sich zu ihr ans Fußende.

»Was denkst du eigentlich, weshalb ich diese Dinge wissen möchte?«

Sie strahlt ihn an, gefährlich heiter.

»Ja, Martin, du wühlst alles auf und willst mir meinen Frieden nicht gönnen, weil du offenbar annimmst, dass es einfache Lösungen gibt.«

»Dann erklär's mir!«

»Was erklären?«

»Du weißt genau, wovon ich spreche! Warum hast du so heftig reagiert, als ich Onkel Albert erwähnte?«

»Keine Ahnung. Frag die Ärzte. Mein Schwager jedenfalls war ein Aufschneider, ein großspuriges Miststück, aber kein Agentenführer. Wir hätten ihm nie vertrauen dürfen.«

Angewidert presst sie die Lippen aufeinander. Er hört sie schlucken.

»Aber hat er nicht auch geholfen?!«

»Klar hat er das. Nach der Freilassung kam ich bei ihnen in der Bamberger Straße unter. Trude räumte ihr fensterloses Ankleidezimmer. Dafür hatte ich mich dann dreimal am Tag zu bedanken. Und Albert besorgte das Quartier am Tegeler See. Er hatte Beziehungen zum Versorgungsamt und zur ›Neuen Heimat‹ spielen lassen. ›Jetzt wohnst du im schönsten Neubaublock Westberlins‹, tönte er. Und weil er den Bauleiter kannte, durfte ich im September 1967 vor allen anderen dort einziehen. Bis auf diese eine Wohnung war das praktisch ein Rohbau. Ich sollte einfach mal nach vorn schauen und den herrlichen Blick auf den See genießen, sagte mir dieser Trottel, während Papa im Gefängnis saß und die Stasi deine Ausreise blockierte!«

»Ich hatte immer den Eindruck, dass ihr euch blendend verstanden habt.«

»Mein Sohn, so ist das mit den Eindrücken.«

»Und was hältst du von dem ... ich meine, hattest du damals schon einen Verdacht?«

»Nein.«

»Du hast dich nie gefragt, ob er etwas mit eurer Verhaftung zu tun haben könnte?«

»Wie käme ich dazu?«

»Und jetzt, nachdem du es weißt?«

»Ich weiß gar nichts! Du schleppst irgendwelches Zeug aus Pullach an, interne Berichte, Beamten-Blabla. ›Nach hiesiger Ansicht hat XY in sträflicher Weise‹ und so weiter und so fort. Was beweist das? Gar nichts! Außerdem interessiert es mich nicht! Das ist fünfzig Jahre her. Dein Vater ist tot. Albi ist tot. Ich werde die nächste sein. Also lass mich in Ruhe damit, hörst du!«

Sie ist zurück im Rennen, denkt er. Wieder einmal wundert er sich, wie jemand so Unpässliches, jemand mit zerzausten, an den Schädel gekleisterten Haaren es schafft, derart aufzutrumpfen.

Für ihre Steherqualitäten während der Haftjahre hat er sie bewundert. Bei den Begegnungen im Besucherraum sah sie nicht viel anders aus. Totenblass hockte sie auf einem Schemel, im Hintergrund der zerschrammte Ölsockel der Wand. Und zwischen ihnen diese Glasscheibe.

Aber sie war nicht kleinzukriegen. Sie lauerte auf Momente, in denen der Wärter abgelenkt war oder kurz den Raum verließ, was durchaus vorkam. Dann rückte sie rasch mit dem Mund an die Sprechmuschel und redete wegen Angelika auf ihn ein. Sie vermutete in seiner Freundin einen Spitzel und ließ sich von ihrer Meinung auch nicht durch die Erwähnung des republikflüchtigen Bruders abbringen.

In abgehackten Sätzen, immer wieder zur Tür horchend, berichtete sie ihm auch von den Vernehmungen. Eingesperrt und im Ungewissen darüber, wie lange es noch dauern würde, machte sie sich mit ungeheurer Bissigkeit über ihre Widersacher lustig.

»Der eine Vernehmer brüllte mich an: Ist Ihnen klar, dass es im Westen Leute gibt, die sich überlegen müssen, ob sie eine Briefmarke oder eine Schrippe kaufen?«

Ich sagte: »Wissen Sie, dann begreife ich nicht, warum diese Leute nicht zu Ihnen ins Arbeiter- und Bauernparadies kommen? Sie nehmen doch Arbeitskräfte mit Kusshand. Warum kommen die nicht? Die sind lieber drüben arbeitslos, als dass sie bei Ihnen arbeiten.«

Oder:

»Stell dir vor, die wollten mich umdrehen! Ich musste zu einem der Vernehmer ins Zimmer. Er bot mir eine Zigarette an und meinte:
›Frau Schmidt, Sie haben eine gewisse Intelligenz bewiesen. Wollen Sie früher entlassen werden? Wollen Sie sich arrangieren und für uns arbeiten?‹ –
Aber nicht mit mir!«

Die Heizung knackt. Draußen, auf dem Flur der Krankenstation, quietschen Schritte des Pflegepersonals.
Beide hängen ihren Gedanken nach und rühren sich nicht. Was seine Mutter über ihn denkt, wird ausgesprochen:
»Isst du wieder regelmäßig?«
»Wieso?«
»Dein Gesicht sieht voller aus. Überhaupt, du wirkst irgendwie …«
»Fetter?«
»Nicht doch. Wohliger, würde ich sagen.«
»Mmm.«
»Ist das wegen Angelika?«
»Wie Angelika?«
»Ja, du triffst sie doch, oder? Tut sie dir gut?«
»Ich glaube schon.«
»Gratuliere! Da konnte dein greises Mütterlein ja mal was für dich tun. Genieße es! Ein Mann ohne Frau ist auf Dauer ungesund.«
»Mutter, gut jetzt.« Er runzelt die Stirn »Und

hör auf, die ganze Zeit mit dem Brillenetui rumzufummeln!«

»Ich würde gern Zeitung lesen!«

»Dann tu es.«

»Und wie?«

Sie klappt das leere Etui auf und hält es ihm demonstrativ vor die Nase.

»Wo ist deine Brille?«

»Verloren gegangen. Wahrscheinlich ist der Notarzt draufgetreten.«

»Unsinn. Gib mir den Wohnungsschlüssel. Ich hole sie dir!«

Im Appartement seiner Mutter ist es stickig. Außerdem schwebt Desinfektionsmittelgeruch in der Luft. Er reißt das Fenster auf und durchsucht die beiden Zimmer. Die Brille ist unversehrt. Sie liegt neben einem Stapel mit Klassik-CDs.

Allein zu sein, sich ohne seine Mutter zwischen ihren Möbeln, ihren Büchern und Zimmerpflanzen aufzuhalten, findet er eigenartig. Das ist so noch nie vorgekommen. Er sinkt auf die Couch und lässt das Gefühl ihrer Abwesenheit auf sich wirken.

Er betrachtet eine vergilbte Strickarbeit über dem Fernseher, die Darstellung einer Sonnenblume. Und er hat vor Augen, wie sie diesen bespannten, etwas wackeligen Rahmen von der Wand nimmt. Einmal im Jahr, während des Besuches der amerikanischen »Mischpoke«, wie sie zu sagen pflegt, hängt an dieser

Stelle der Kalender mit den Fotos der Urenkel, den Mona immer zu Weihnachten verschenkt.

»Wenn ich hier allein im Sessel sitze, möchte ich auf etwas schauen, das ich selbst gemacht habe«, hört er seine Mutter sagen. Auch, dass sie keinen Zugang zu ihren Urenkeln fände. »Bei Mona war es anders. Da hatte ich mehr Kraft und sie wohnte in der Nähe. Außerdem spricht sie korrektes Deutsch.«

Sein Blick wandert über das Regal. Der Brockhaus, eine lange schwarze Formation mit Goldrand. Die französischen Klassiker. Und Theodor Storm in der Werkausgabe, vier Bände Briefe und ein Dutzend Einzeleditionen aus der Reihe »Dichter über ihre Dichtungen«.

Er weiß noch, wie sie beim Einzug in das Appartement geweint hat. Tränen von oben herab, kann es das geben? Erst nachdem alle Kisten ausgeräumt waren, als die Bücher an ihrem Platz im Regal standen und die gestickte Sonnenblume über dem Fernseher hing, begann sie sich heimisch zu fühlen.

Manchmal passt keine Facette zur anderen, denkt er grimmig.

Er kann sehen, wie sie in ihrem Sessel sitzt, Debussys *Romanzen* lauscht oder Theodor Storm liest. Und dann ist er dabei, wie sie an der Tür jemanden abfertigt. Eine aufdringliche Mitbewohnerin beispielsweise, die glaubt, sich mit Konfekt und einer Flasche Sherry Eintritt verschaffen zu können. Dazu noch unangemeldet! »Wer in meine Wohnung kommt, entscheide ich immer noch selbst. Daran wollen sich manche Herrschaften einfach nicht gewöhnen.«

Er weiß, wie sparsam sie im Kreis ihrer Bridgepartnerinnen und Tischgenossinnen mit Nähe umgeht, mit Freundschaft – wie mit einer selten verliehenen Auszeichnung. »In meiner Generation wird das ›du‹ bevorzugt nach dem vierten Glas Rotwein angeboten. Und wenn der Kater verflogen ist, dann bereuen alle!«, erklärt sie ihm.

Die Erklärung ist unnötig. Wie es sich anfühlt, wenn sie auf Distanz geht, gehört zu seinen ersten und einprägsamsten Erfahrungen.

Er nimmt sich ihr Telefon, um wie versprochen Mona Bescheid zu geben. Meist telefoniert seine Mutter mit ihrer Enkelin über Skype, aber sie hat auch eine Flatrate, um nach Amerika anrufen zu können. »Wenn ich am Bildschirm nicht aussehen möchte, als wäre ich bereits gestorben, muss ich mich vorher Ewigkeiten schminken!«, argumentierte sie und bestand darauf, beide Varianten anzulegen.

Er scrollt durch ihre letzten Anrufe und stößt zu seiner Verwunderung auch auf Kappelhoff.

Friedrich K steht da nur, aber es ist seine Nummer. Vor drei Tagen haben die beiden *17,53 min* telefoniert. Elf Tage davor waren es *26,02 min*. Dann endet die gespeicherte Statistik.

Hatte Kappelhoff bei dem Treffen in Berlin nicht darüber geklagt, dass die Mutter sich rarmachen würde? War nicht sogar von »Funkstille« die Rede gewesen?

Er wiegt das Gerät in der Hand. Eine plausible Erklärung will ihm nicht einfallen. Sollte der Betreuer der Familie seine Aufgabe ein wenig zu persönlich genommen haben? Das kann er sich nicht vorstellen.

Andererseits hat er sich abgewöhnt, seine Vorstellungskraft als Maßstab zu betrachten.

Er starrt auf das gepixelte *Friedrich K.* Eine Weile widersteht er der Versuchung, dann drückt er die Rückruftaste. Kappelhoff hebt sofort ab.

»Hedda, welche Freude!«

»Nein, hier ist Martin.«

»Äh ... Hallo.«

»Ich benutze nur ihr Telefon.«

»Ach so, ... ja.« Die Stimme am anderen Ende der Leitung fängt sich wieder.

»Ich wollte Bescheid geben, dass sie wegen eines Schwächeanfalls auf die Krankenstation überwiesen wurde. Aber sie soll morgen entlassen werden.«

»Das ist gut. ... Ich meine natürlich, es ist gut zu hören, dass es ihr wieder besser geht.«

»Natürlich.«

Der Meister wirkt irritiert. Zur Abwechslung scheint er sich über sich selbst zu ärgern. Wie lautet noch eine Maxime professioneller Täuschung: *Du musst es ehrlich sagen können, nicht lügen.* Kappelhoff versucht, das Thema zu wechseln.

»Und wie war es bei Klaus Pehlert? Kannst du ihn unterstützen?«

»Mal schauen. Vielleicht.«

»Halte mich bitte auf dem Laufenden!«

»Das mache ich, Friedrich!«

Als er seiner Mutter die Brille gibt, muss er immer noch schmunzeln.

»Was ich total vergessen habe. In Berlin hatte Kappelhoff mir herzliche Grüße für dich aufgetragen.«

»Danke.«

Keine Rückfrage. Kein Kommentar. Sie vertieft sich in ihre Zeitungslektüre, ohne aufzublicken. Er verabschiedet sich. Mona muss er auch noch anrufen.

18   DER MOND ÜBER BERLIN

Der Zug rast. Landschaften und Orte flitzen vorüber wie Kulissen im Zeitraffer. Angelika schmiegt sich an ihn. Zur Begrüßung hat er sie in die Arme geschlossen und gestanden, wie sehr er sich freut, mit ihr zu verreisen. Jetzt streichelt er ihre Hände, verstohlen unter der Armlehne. Es kommt ihm manchmal so vor, als müssten sie etwas verbergen, als könnte jemand an ihrer Beziehung Anstoß nehmen.

In diesem Großraumabteil beachtet sie niemand. Nicht einmal die russisch telefonierende Frau, die beim Einsteigen in München Angelikas Platz belegte. Erst nach Vorweisen der Reservierung war sie bereit, samt ihrer Zimmerpalme durchzurutschen. »Bitte schen. Deitsche Ordnung, ja?!«, giftete sie.

An sein Schulrussisch ist er auch durch Klienten in der Praxis mitunter erinnert worden. In seinen Ohren klingt diese ihm allzu vertraute Sprache derb und bedrohlich. Zu allem Überfluss wird das R im Bayrischen ähnlich gerollt. Wenn die Vergangenheit ihm zusetzte, konnte er sich darüber bei Emma sinnlos beklagen. »Mein lieber Scholli, du und dein Osttrauma!«

»Wollen wir im Bistro einen Kaffee trinken?!«

Angelika muss sich bewegen. Er genießt jeden Tag mir ihr, aber wirklich begreifen kann er das Ganze nicht. Er erhebt sich und taumelt voran. Mit artigen Entschuldigungen nach rechts und links hangeln sie sich von Sitzreihe zu Sitzreihe.

Vor einer Schiebetür zwischen zwei Wagons ist Schluss.

»Was ist los?«, erkundigt sie sich von hinten.

»Die Tür geht nicht auf.«

»Quatsch.«

»Aber wohl.«

Er schaut nach oben, dorthin, wo er den Sensor vermutet, und fuchtelt mit den Armen wie ein Clown. Die Tür bleibt verschlossen.

»Lass mich mal!«

»Was soll bei dir anders sein?«

Im selben Moment weiß er es. Er sieht sein verwackeltes Spiegelbild auf der Scheibe und möchte diese Tür eintreten, sozusagen den schlagenden Beweis liefern, dass Martin Schmidt davorsteht.

Aber Angelika vollführt schon eine Art Sonnengruß und dem Sensor bleibt – »Siehst du!« – nichts anderes übrig, als zu reagieren.

Im Hotel hängt er das rote »Bitte nicht stören!«-Kärtchen an den Türknauf, prüft das Zimmer bei einem Rundgang auf Überwachungsanlagen und lässt Wasser in die Wanne.

Während sie sich ausziehen, jeder vor einem der

beiden Sessel am Fenster, scheint sie ihm plötzlich fremd. Wie die Zwillingsschwester einer Geliebten. Irritiert starrt er auf den vor ihm liegenden Kleiderhaufen. Im nächsten Moment dreht sie sich zu ihm und lächelt, wie nur Angelika lächeln kann.

Und die Anwandlung verfliegt.

»Wie oft badest du eigentlich?«, möchte sie wissen. Behaglich stöhnend platziert sie ihre Beine auf seine Schultern.

»Viel zu selten. Als ich es zu Hause das letzte Mal vorhatte, wollte ich vorher nur noch den Müll rausbringen. Dann tauchte eine unangemeldete Besucherin auf.«

Sie kreischt. Er spritzt ihr Wasser ins Gesicht.

Vor Hitze wird ihnen schwindlig. Die Haut an den Fingerkuppen wellt sich. Angelikas dampfende Waden rubbeln an seinen Wangen.

»He, Martin, nicht einschlafen. Wir sind in Berlin, unserer Stadt!«

Er taucht unter, schiebt sein Becken gegen das ihre. Rührt diese Unbefangenheit daher, dass sie sich von früher kennen?

Es ist dasselbe, wieder vom Museum gebuchte Hotel. Übermorgen wird Manfred Findeisen, der am heftigsten berlinernde Kurator der Welt, ihn vor den grünen Vorhang bitten. Dann soll er Zeitzeuge sein, der souverän plaudernde Sohnemann des Agentenehepaars Schmidt.

Gemeinsam nach Berlin zu reisen, hielten Angelika

und er für eine prima Idee. Vor dem Interview durch die Stadt zu bummeln, im Luxus des Hotels zu schwelgen, miteinander einmal auszuschlafen und lange zu frühstücken, um dann gestärkt nach Blankenburg aufzubrechen, das klang spannend.

Hier zu sein ist etwas anderes.

Das Kingsize-Bett hängt durch und quietscht. In ihren mit den Initialen des Hotels bestickten Bademänteln liegen sie ausgelaugt Seite an Seite. Wie zwei aus dem Kochtopf geholte Würstchen. An die mit Rosen bedruckten, erdfarbenen Übergardinen kann er sich entsinnen.

»Alles sehr braun hier, oder?«
»Beige.«
»Ist das nicht dasselbe?«
»Nicht ganz.«
»Aber die Rosen sind braun.«
»Die schon.«
»Und warum? Solche Rosen gibt's doch gar nicht.«
»Sie passen ins Raumkonzept. Wenn sie ins Raumkonzept passen, dürfen Rosen braun sein.«

Er möchte *Nazirosen* sagen, beißt sich aber auf die Zunge. Stattdessen fragt er:

»Passen wir denn ins Raumkonzept?«

Worauf sie kichert.

Nachdem sie sich erholt haben, bringen sie das Bett fast zum Einsturz. Von weit oben müssen sie wie frisch Verliebte wirken, obwohl dieses *frisch* ihm seltsam vorkommt. Sie sind beide beweglich und schlank geblieben. Wenn sie sich winden, scheint die Illusion perfekt. Nur ihre Vertraulichkeiten danach sind nicht gerade jugendlich. Angelika führt die Orangenhaut ihrer Schenkel vor. »Mit mir kannst du einen Obsthandel aufmachen!«

Zwei Endsechziger führen sich auf wie Liebeskinder. Das Wort fällt ihm ein, als sie ein Kissen nach ihm wirft. Zeichen ihres Austauschs, ja ihrer Vermischung, ist auch, dass er mit ihr fröhlicher wird. Und sie mit ihm ernster.

Sie beginnt von ihren Eltern zu erzählen.

»Wir waren ja meist bei dir. Kannst du dich überhaupt an sie erinnern?«

»Ja doch«, beteuert er, hat aber eher vor Augen, wie es bei den Walders morgens an die Tür hämmerte und er zum Verhör einkassiert wurde. Die dunkle Hinterhofwohnung in der Beermannstraße bot dafür eine Bühne, die an Zeichnungen von Käthe Kollwitz oder Heinrich Zille erinnerte. Er versucht, sich Angelikas Eltern, diese freundlichen Menschen, in ihrer Küche vorzustellen, wo sie das »junge Paar« gern zu einer Tasse Kaffee einluden. Aber statt Gesichtern sind Martin nur Schemen geblieben.

»Übrigens hat meine Mutter deine Briefe gesammelt. Sie hat sie mit einem Bindfaden zusammengeschnürt und aufgehoben. Vermutlich für mich.«

»Wieso vermutlich?«

»Das Bündel habe ich erst in ihrem Nachlass entdeckt.«

Angelika kriecht unter die Decke, zieht sie hoch bis zum Hals. Auch ihm wird langsam kalt.

»Ehrlich gesagt habe ich Mühe, mich an deine Eltern zu entsinnen. Ich sehe, wie die Stasi-Leute deine Mutter gegen die Wand drücken. Aber das will ich gar nicht sehen, verstehst du?! Habe ich mich nach dieser Aktion eigentlich noch einmal zu euch getraut?«

»Ich glaube nicht«, flüstert sie. Er merkt, dass sie mit den Tränen kämpft.

»Wie kommst du jetzt darauf?«

»Weiß nicht. Vielleicht, weil meine Mutter über uns glücklich wäre. Sie hat mir damals geraten, dass ich dich in den Westen begleiten sollte. Auch mit dem Baby eines anderen! Ich habe das schon gebeichtet, darauf kannst du dir meinetwegen etwas einbilden: Wen immer ich später anbrachte, er wurde mit dir verglichen. Auch von meiner Mutter. Aber keine Angst, sie ist seit fünfzehn Jahren tot.«

Nachts träumt er vom Elternhaus. Emma kniet im Wohnzimmer und zeigt ihm, wie man das Parkett herausnehmen kann. »Wenn du den langen Stift herausziehst, können die Musterplättchen abgeräumt werden«, erklärt sie. Musterplättchen, murmelt er ratlos. Es sieht aus wie auf einer Baustelle. Er streift auf Socken durch die Räume. Im Bad bleibt er am frisch lackierten Boden kleben und zerrt so lange, bis ein Teil der Socken abreißt. Den ganzen Traum über verspürt er große Trauer. Heimweh.

Am Morgen regnet es fürchterlich. Den Plan, mit Leihrädern an den Stadtrand zu fahren, können sie vergessen.

Er beschwört Angelika, bei diesem Sauwetter im Hotel zu bleiben, in der Berlin-Mall shoppen zu gehen, sich in eine Ausstellung, ein Café zu verkrümeln, aber sie lässt sich nicht abwimmeln.

»Ich möchte dich begleiten. Deswegen bin ich hier!«

Gegen Mittag stapfen sie durch die Gernroder Straße und biegen ein in die Suderoder Straße. Die alte, untergegangene Welt, zusammengedrängt auf neunhundert Meter. Zäune. Gartentore. Aufgeweichte Bürgersteige, so dass jeder Schritt platscht. Häuser, die neu gebaut wurden. Grundstücke, die ihm bekannt vorkommen.

Der Abstand zur Nummer 97 wird kleiner. Niemand zu sehen, aber mit dem im Hotel geliehenen orangefarbenen Regenschirm müssen sie furchtbar auffallen.

An einem der Alleebäume pinnt ein mit Filzstift geschriebener und danach in eine Folie gesteckter Hinweis: »Achtung, Nachbarn. Der Klau geht um! Haltet die Augen offen!«

Noch immer besteht die Fahrbahn aus holprigem Kopfsteinpflaster. Deswegen ist er damals mit dem Bäckermeister am anderen Ende der Straße aneinandergeraten. Wenn der jemanden mit dem

Fahrrad auf dem Gehsteig erwischte, brüllte er wie von Sinnen: »Runter! Aber dalli!« Dass der Weg fast immer menschenleer war und man die Straße faktisch nicht befahren konnte, stellte für diesen Kontrollfreak keine Begründung dar, die Straßenverkehrsordnung zu missachten. Selbst die Großmutter nannte ihn den »Stasi-Bäcker« und kaufte ihre Brötchen woanders, obwohl der Mann eher psychisch krank und kein inoffizieller Zuträger gewesen sein dürfte.

In den Wochen nach der Abholung seiner Eltern konnte es vorkommen, dass man vor ihm, »dem Sohn«, ausspuckte. Trotzig ging er durchs Dorf. Trotzig fuhr er auch mit dem Rad auf dem Bürgersteig. Erst recht, wenn der Bäckermeister ihn entdeckte und aus seinem Laden gesprungen kam. Sollte er brüllen. Sollte er drohen. Kopf hoch und weiter! Darauf kam es an.

In der Schule traf ein Brief ein, mit der Empfehlung, die Personalakte des betreffenden Schülers zu ergänzen. Der Direktor, ein eher verständnisvoller, zurückhaltender Mann, gab ihm das Schreiben. Zur Vernichtung. So blieb es ihm in Erinnerung.

Martin Schmidt, wohnhaft in Berlin-Blankenburg, Suderoder Straße 97, ist arrogant und überheblich. Er geht nur westlich gekleidet. Eine sozialistische Schülerpersönlichkeit sieht anders aus! Kürzlich wurde bekannt, dass seine Eltern vom Ministerium für Staatssicherheit inhaftiert worden sind. Wie kann so jemandem gestattet werden, das Abitur abzulegen?

Sie erreichen Haus Nummer 97. Es macht denselben Eindruck wie beim letzten Mal. Hilfesuchend grau, mit einigen backsteinroten Aufhellungen. Er will ihr erklären, dass aus dem Fenster im ersten Stock immer seine Mutter geschaut und ihm gewunken hat, wenn er morgens zur Schule ging – so als wäre Angelika nie hier gewesen, als wüsste sie nicht Bescheid –, da öffnet sich die Haustür.

Eine Frau dreht ihnen den Rücken zu. Sie ist füllig und klein, trägt eine durchsichtige Regenpelerine, ruft irgendetwas in den Flur. Über ihrem angewinkelten Arm schaukelt ein Regenschirm.

»Das ist sie«, flüstert er.

»Wer?«

»Na, die Tochter!«

Angelika und er fassen sich unwillkürlich an den Händen. Unter dieser halben Apfelsine von Schirm müssen sie aussehen wie Versicherungsvertreter.

Die Tür wird abgeschlossen. Glohms Tochter dreht sich um und stutzt. Zögernd nähert sie sich dem Zaun. Aus unerfindlichen Gründen schweigt er und wartet. Angelika genauso. Ein Hund kläfft. Auf dem Nachbargrundstück baumelt Folie von der Dachrinne und raschelt. Der Regen hat etwas nachgelassen.

»Sie schon wieder!«

»Ja. Guten Tag!«

Er räuspert sich, möchte etwas hinzufügen. Sie kommt ihm zuvor:

»Was wollen Sie?«

»Entschuldigung, darf ich vorstellen, das ist meine ... äh ... Angelika. Ich wollte ihr das Haus zeigen. Sie kennt es von früher.«

Angelika tritt einen Schritt zurück. Der unter der Kapuze dieser Person hervorschießende Blick spricht Bände.

»Schön«, brummt sie ihnen entgegen. Es klingt wie: »Verschwindet!« Die Hand mit dem Schlüssel streckt sich zum Schloss. Dann realisiert sie, wer dort steht. Und die Tür bleibt zu!

»Wie geht es Ihrem Vater?«

Er hofft nur, dass der nichts über den denkwürdigen Besuch mit der Kellerflucht erzählt hat. Dem scheint so zu sein, denn Frau Glohm wird zugänglicher.

»Mein Vater lebt. Aber schön ist es nicht mehr. Das kann ich Ihnen versichern. Zweimal am Tag muss ich herkommen.«

»Oh, den Stress kann ich nachvollziehen. Meine Mutter ist auch über neunzig ... Darf ich trotzdem fragen, ob es möglich wäre, ins Haus zu schauen? Ich hatte, glaube ich, schon zu erklären versucht, wie viel mir daran läge.«

»Hatten Sie.«

»Und?

»Das ist leider nicht organisierbar.«

»Wie meinen Sie das?«

»Ja, wie wohl? Mein Vater ist krank. Eigentlich gehört er in ein Heim und müsste rund um die Uhr betreut werden. Aber er weigert sich. Da können Sie nicht durchs Haus marschieren und irgendwelche Erinnerungen auffrischen. Das kann ihm nicht zugemutet werden. Sie müssten warten, bis er mal unterwegs wäre. Und das kommt nie vor.«

»Schade!«

Er sackt zusammen. Vielleicht erweckt er Mitleid oder sie möchte ihn zappeln lassen.

»Würden Sie denn Fotos machen? Sie hatten so was erwähnt.«

»Ja, vielleicht. Muss aber nicht sein.«

»Muss aber nicht sein?«

Als wäre ihr die Verstiegenheit seines Anliegens endgültig klargeworden, schüttelt sie den Kopf.

»Ich begreife nicht, was Sie hier eigentlich wollen!«

Angelika spürt seine Erregung und zieht ihn am Ärmel, aber Martin ist nicht mehr zu bremsen:

»Was ist daran so schwierig, Frau Glohm? Dies ist mein Elternhaus. Mein Großvater hat es 1911 bauen lassen. Unsere Familie hat bis 1967 darin gewohnt. Es ist der Ort meiner Kindheit und Jugend. Und 1967 habe ich es Ihrem Vater verkauft. Rechtmäßig. Vor allem aber, weil ich musste. Weil meine Eltern im Gefängnis saßen. Weil meine Großmutter gestorben war. Weil niemand mehr da war, der außer mir darin hätte wohnen sollen. Ich war zwanzig Jahre alt und konnte mir dieses Haus nicht länger leisten. Ich wollte es mir auch nicht leisten, sondern nur noch weg in den Westen. So schnell wie möglich, verstehen Sie?!«

Er ist immer lauter geworden. So lässt Frau Glohm nicht mit sich reden.

»Keine Ahnung, was Ihr Problem ist. Aber Sie können hier nicht auftauchen und so tun, als wäre es die normalste Sache der Welt, unser Haus zu inspizieren. Das werde ich nicht zulassen!«

Es ist aussichtslos und sie drehen ab. Nach ein paar Schritten will er den Regenschirm einklappen. Er plagt sich mit dem Verschluss und möchte alles in den Dreck werfen.

Glohms Tochter eilt vorbei, spöttischer Blick.

»Wenn Ihnen an dem Haus so viel liegt, kaufen Sie es doch.«

Er meint sich verhört zu haben. Der Schirm verdeckt ihm die Sicht.

»Wie bitte?«

Sie überquert die Straße und setzt sich in einen Kleintransporter.

»Ich sagte, wenn diese Bruchbude Ihnen so viel bedeutet, können Sie sie gern zurückhaben. Mein Vater wird demnächst sterben. Dann ist das nur noch eine Immobilie.«

Sie macht sich über mich lustig, denkt er.

»Soll das ein Scherz sein?«

»Herr Schmidt, ich scherze nicht. Rufen Sie an. Unterbreiten Sie mir ein Angebot. Die Telefonnummer hatte ich Ihnen schon gegeben. Ansonsten steht sie hier.«

Sie weist auf die Beschriftung des Wagens:

> Glohm & Co. Chemische Reinigung.
> Abholservice.
> Schnell. Zuverlässig. Sauber ...

Angelika und Martin sitzen in der Hotelbar. Polstersessel und flache Tische auf weißem Marmorboden. Über ihren Köpfen Kristallleuchter, die sich wie gewaltige Spinnen in den Raum abseilen.

»Ich dachte, du bist Tierarzt?!«

»Bin ich ja auch.«

»Das verstehe ich nicht.«

Es ist früher Abend. Er hat anderthalb Stunden geschlafen, trägt die von zu Hause mitgebrachten, auch wegen der nackten Füße etwas unpassend wirkenden Sandalen. Angelika ist Schwimmen gewesen. Energiegeladen, aufrecht wie eine Tänzerin schreitet sie zur Theke und bittet, die eingespielte Musik leiser zu stellen.

»Was verstehst du nicht?«, hakt er nach.

Das Gespräch stockt. Sie nippt am Orangensaft, er an seinem Sodawasser. Als wären sie auf einer viel zu schmalen Bank gelandet und hätten genug voneinander. Dabei hat er nur laut darüber nachgedacht, was morgen im Museum auf ihn zukommen könnte.

Hätte er sein kleines, im Grunde aufgegebenes Extraleben vor ihr verheimlichen sollen?

»Hej!«, versucht er es wieder, »nachrichtendienstliche Arbeit ist nicht mehr das Gleiche wie früher, in den miefigen, ideologisch vernagelten Zeiten unserer Jugend.«

Sie zieht die Brauen hoch.

»Ich bin ... überrascht.«

»Worüber?«

»Fragst du mich das wirklich?«

Sie fährt sich mit beiden Händen durchs Haar, lässt die Armreifen klirren. Er entdeckt plötzlich Emma in ihr – die gleiche, nur mit Mühe unterdrückte Empörung.

»Jemand wie ich, meinst du, jemand mit diesen Eltern, sollte es besser wissen?!«

»Ja, mein Lieber, das meine ich. Du warst doch dabei, als meine Mutter und ich in der eigenen Wohnung herumgeschubst wurden! Und später, unsere gemeinsame Vernehmung, schon vergessen? Am Bahnhof Blankenburg haben sie auf uns gewartet. An meinem Geburtstag! Sie brachten sogar Blumen mit und fuhren mit uns in eine konspirative Wohnung. Natürlich nur, um sich zu unterhalten. Um mal zu hören, wie es läuft. Mit solchen Kanaillen, habe ich mir geschworen, sitze ich nie wieder zusammen!«

»Mmm«, brummt er.

Am Nachbartisch nimmt eine Halbwüchsige Platz,

die ihre Leggings verkehrt herum angezogen hat. Das weiße Schildchen mit den Pflegehinweisen leuchtet von ihrem Hintern.

Er ist kurz davor, zur Toilette zu gehen und mit gleichfalls gewendeter Hose zurückzukehren. Ihm wäre jedes Mittel recht, wenn Angelika nur aufhören würde, ihn abschätzig zu mustern.

»Martin, wir hatten so lange keinen Kontakt. Es ist dein Leben. Aber wie man sich für *so etwas* hergeben kann, will nicht in meinen Kopf! Als Ostlerin bin ich bestimmt voreingenommen. Wenn ich von Geheimdiensten höre, kommt alles wieder hoch! Solche Leute haben meiner Meinung nach ein zutiefst gestörtes Verhältnis zum Recht und zum Rechtsstaat. Sie scheinen anzunehmen, dass Gesetze nur für Normalbürger gelten. Dauernd wird behauptet, dass Geheimdienste nötig sind, weil sie für unsere Sicherheit sorgen. In Zeiten des Terrors will ich das gar nicht bestreiten. Aber wenn man sich einmal anschaut, was Spione während des Kalten Krieges getan haben – war das sinnvoll?! Hat es geholfen, den Weltfrieden zu sichern? Eher im Gegenteil! Du weißt selbst am besten, wie viel Lebensglück, wie viel Leben dabei zerstört wurden! Und genau das, finde ich, der konkrete Schaden für einzelne Menschen, für die Demokratie, sollte einmal ins Verhältnis gesetzt werden zu dem, was effektiv erreicht worden ist!«

Angelika hat sich in Rage geredet. Er möchte sich nicht rechtfertigen. Er bezweifelt auch, dass er das könnte. Selbst sein Schweigen scheint sie anzustacheln.

»Nicht zuletzt bin ich überzeugt, dass eher charakterlich zwielichtige Typen überhaupt ein Interesse daran haben, in solchen Organisationen mitzuwirken.«

»Zwielichtige Typen wie ich?«

Ein Lächeln huscht über ihr Gesicht.

Nach längerem Schweigen stellt sie klar, dass sie ihn nicht ins Museum begleiten wird.

Damit haben sie es geschafft und können sich versöhnen. Weil ihnen so viele neue und verbindende Themen noch gar nicht zur Verfügung stehen, kommen sie auf die Offerte zurück, vielleicht das Haus zu kaufen und nach Berlin zu ziehen.

»Warum nicht? Ich bin für alles offen«, gibt sie ihm zu verstehen. Wohlwissend, denkt er bei sich, dass diese Variante in etwa so realistisch ist wie ein gemeinsamer Umzug auf den Mond.

19   MUSEUM ZUM ZWEITEN

Berliner Innenstadt, morgens halb neun. Leise vor sich hin murmelnd, geht Martin zum Spionagemuseum. Schritt für Schritt versucht er sich zu überzeugen, dass er als Agentensohn eine gute Figur machen wird und etwas beitragen kann.

Dass es zu schaffen ist.

Mitten in der Nacht ist er aufgewacht. Wegen eines bitteren Geschmacks im Mund hat er sich die Zähne geputzt und dabei an Emma denken müssen. Kein Zähneputzen ohne sie. Jeder Spiegel bietet Platz für ihr Gesicht, ihr liebes, verlorenes Gesicht. Manchmal wünscht er sich, dass die Trauer sich abschalten ließe wie das Licht im Bad. Klick und auf Wiedersehen, bis später.

Im Hotelzimmer hat er lange am Fenster gestanden, auf den Gendarmenmarkt hinuntergestarrt, auf diesen weitläufigen Platz mit den altmodischen, mehrarmigen Laternen. Dann belauschte er Angelikas Schlaf. Ihr Atem blubberte zart und mit rhythmischen Pausen.

Manfred Findeisen empfängt ihn in seinem Büro. Helle Möbel, Parkett, Bücherregale. Die Tür zu einem Dachgarten voller Bambusstauden ist weit aufgeschoben.

Dass Martin nicht umarmt werden möchte, sondern zurückweicht und versteift, scheint den Hausherrn nicht zu kümmern.

»Grüße Sie, mein Gutster!«

Er pflückt seinen Besucher aus dem Türrahmen und klopft ihm auf die Schulter, als wären sie beste Freunde.

Martin muss sich beherrschen, ihn nicht wegzustoßen. Dynamik hin oder her. Aber ohne Einverständnis berührt ihn niemand. Er benötigt Abstand, konzentrierten Abstand zu sich selbst. Zweifel kommen auf, ob er ihm Rede und Antwort stehen soll.

Wie durch Watte hört er Hinweise zum Ablauf: »Bevor die journalistische Ebene dran ist, sollten wir die Privatsphäre absprechen. Da möchte ich negative Überraschungen auf jeden Fall ausschließen.«

Er verfolgt Lippenbewegungen, ohne viel mitzubekommen. Was ist los mit ihm?

»Negative Überraschungen?«, rafft er sich auf, nachzufragen.

Findeisen merkt, dass etwas schiefläuft, dass sein Charme nicht verfängt, und korrigiert sich. Er rollt den Sessel heran, lässt den Kaffee diesmal von einer Assistentin servieren und möchte Martin aufmuntern.

»Geht es Ihnen gut? Sie sehn blass aus.«

»Ja, ja. Alles bestens.«

Dann ist von »bewährter Routine«, vom »täglich Brot der Museumsmacher« die Rede. Findeisen schildert Erfahrungen mit den Protagonisten der Branche, mit Geheimdienstexperten, mit Politikern, mit den Akteuren an der unsichtbaren Front selbst, legendären und weniger legendären, die hier, betont er mit vielsagendem Lächeln, durchaus nicht immer »dicke Dinger hingelegt haben«. Sie mussten mitunter erst provoziert, also bewusst mit falschen Fakten ihrer Geschichte konfrontiert werden. Selbst dann ließen sich manche nicht aus der Reserve locken und lieferten keine Analyse, keine Selbstreflexion oder gar Selbstkritik, sondern wollten weiter Versteck spielen.

Vom publizistischen, vom wissenschaftlichen Standpunkt aus betrachtet, wird Martin aufgeklärt, hätten solche Interviewpartner versagt. »Natürlich sind das Einzelfälle, das muss ich betonen. Es kam aber vor, dass Leute vom Fach, renommierte Leute, hier einfach mal Schrott laberten«, gibt Findeisen mit hochgezogenen Brauen zu verstehen. Er kann damit kaum Martins Beruhigung im Sinn haben. »Entschuldigen Sie den Ausdruck, aber als Initiator und Manager unserer Datenbank enttäuscht mich solches Verhalten. Weil die Möglichkeit vertan wird, die einzigartige Chance, nachrichtendienstliche Belange glaubhaft zu präsentieren.«

Der Kurator scheint anzunehmen, dass Martin anders reagieren wird. Weshalb eigentlich? Lässt sich über Verrat im Familienzusammenhang leichter sprechen? Soll das nachvollziehbarer und erhellender sein? Ist die Zeugenschaft als Sohn nicht eher zweifelhaft? Welche Anhaltspunkte kann jemand liefern, den die Eltern ja als Ersten im Unklaren ließen und täuschten?

Was soll er zu alldem nur sagen? Worüber besser schweigen?

Er kann vor Mr Datenbank doch nicht sein Innerstes ausbreiten! Soll er vor der grünen Wand über *Selbsterlebtes und Selbsterfahrenes* in die Kamera sprechen wie die Kriegsveteranen im Fernsehen? Will er das? Ist die Inszenierung als Agentenkind Teil seines Befreiungsprogramms, Teil seiner von Emmas Tod ausgelösten Suche nach Klarheit? Absurd scheint es ihm, dafür in einem Museum gelandet zu sein, einfach nur absurd.

Und dieser Dampfplauderer geht ihm zunehmend auf die Nerven, obwohl er sich eigentlich nicht anders verhält als bei ihrer ersten Begegnung.

»Natürlich, lieber Herr Doktor Schmidt, wird es letztlich um die klassische Frage der Moral gehen. Bewerten Sie also, was Ihre Eltern getan oder auch unterlassen haben, als Vertrauensbruch oder gute, lohnende Sache? Auf diesen Glutkern, wenn ich so sagen darf, würde das Ganze hinauslaufen.«

Glutkern? Das Wort kommt ihm in etwa so passend, so authentisch vor wie Kaminfeuer-DVDs aus den Baumärkten, mit denen man sich ein »realistisches Flammenbild« ins Wohnzimmer projizieren konnte.

Das ist unser Problem, denkt er. Dein Problem, Findeisen. Und meins. Wir können uns unterhalten und das auch mitschneiden und aufbereiten, aber was nur aussieht, als würde es brennen, brennt eben nicht. Es bleibt eine *verschleiernde Maßnahme*, um es nachrichtendienstlich auszudrücken.

»Wie lange wird das Gespräch dauern?«

»Ich rechne mit zwei Stunden. Aber keine Sorge, wir drehen nur Rohmaterial. Am Ende verwenden wir zehn Minuten. Im Übrigen könn' Se sicher sein, dass nichts veröffentlicht wird, dem Sie nicht zugestimmt haben.«

Dem ich nicht zugestimmt habe, wiederholt Martin leise. Die Vorstellung, umarmt und betätschelt zu werden, wird er nicht los. Er ruckt auf dem Sessel hin und her, schaut in die Kaffeetasse und sucht einen Vorwand, zu gehen. Aber Findeisen verfügt eben doch über exquisite Antennen. Während er die Schubladen seines Schreibtisches durchwühlt, lässt er Martin nicht aus den Augen.

»Ich gehe gleich rüber ins Studio und richte alles ein. Vor allem das Licht muss stimmen. Dazu würden wir normale Funkstrecke nehmen, Ihnen also, wenn's recht ist, ein Mikro anstecken.«

Martin schweigt. Dass der Computer in seine Richtung gedreht wird, scheint ihn nicht zu interessieren.

»Die technische Vorbereitung dauert ein wenig. In der Zwischenzeit, lieber Herr Doktor, hab ich ein Schmankerl für Sie vorbereitet, ein besonderes Filmdokument. Es zeigt Ihren Vater kurz nach seiner Verhaftung als Zeuge in einem Ostberliner Schauprozess.«

»Wie bitte? Woher haben Sie das?«

»Aus Archivbeständen. Das ist eine sogenannte Ostaufzeichnung, also der Mitschnitt einer DDR-Fernsehsendung, die im Westen vom Bildschirm abgefilmt wurde. Die Qualität ist dementsprechend dürftig. Aber schauen Sie einfach mal rin.«

Er wird allein gelassen. Und schaut einfach mal ›rin‹.

Die Aufnahme stammt vom 3. Juni 1965. Sie dauert 11 Minuten und 47 Sekunden. Es ist der Bericht über einen Prozess gegen »vier Agenten Westberliner Terrorgruppen und Schleuserbanden« vor dem Stadtgericht von Großberlin in der Littenstraße. Man sieht die Beschuldigten auf der Anklagebank, den Staatsanwalt und den Oberrichter in einem mit Zuschauern gefüllten Gerichtssaal. Parolen sind zu hören, abgelesene Floskeln, Kommentare. Der übliche Agitprop jener Zeit in krisseligen Schwarz-Weiß-Bildern.

Martin sitzt davor, lässt es über sich ergehen. Wenn er nicht auf den Vater warten würde, hätte er bald abgestellt. Er kennt das zur Genüge. Die Rituale des

Bescheidwissens. Das Zuweisen einer vorab feststehenden Schuld.

Nach acht Minuten taucht sein Vater im Zeugenstand auf.
Und alles ist anders.
Ihm geht plötzlich auf, dass diese Fernsehsendung das einzige Bild- und Tondokument ist, das vom Vater geblieben ist. Bei dem Gedanken daran, in gewisser Weise auf ein Vermächtnis zu stoßen, wird ihm siedend heiß.
Der aufgerufene »langjährige Agent des Bundesnachrichtendienstes, Erwin Schmidt« hat sich noch nicht geäußert. Er steht da und folgt den Ausführungen des Gerichts – ein schlanker Mittfünfziger in dunklem Anzug mit nach hinten gekämmten Haaren.
Martin hat das eigenartige Gefühl, als würde er ihm begegnen. Er möchte ihn berühren und berührt den Bildschirm. Wie ein Kind kommt er sich vor. Wie der kleine Martin, der im Flur des Elternhauses von einem Bein aufs andere sprang und sehnsüchtig wartete, dass sein Papa nach Hause kam und ihm von der Dienstreise etwas mitbrachte. Einen Karton voller Handpuppen aus Albanien oder eine ferngesteuerte sowjetische Mondraupe.
Es sind verwirrende Momente, und er ist froh, ungestört zu sein. Er stoppt den Film und möchte die Bürotür abschließen – was nicht möglich ist –, um

sicherzugehen, diesen Geist, der ihn besucht, mit niemandem teilen zu müssen.

Einblendung in die Gerichtsverhandlung. Der Vorsitzende ist ein Glatzkopf mit dunkler, eckiger Brille. Selbstbewusst sitzt er da, blättert durch Akten, macht sich Notizen und stellt schnarrende, die Endungen der Worte verschluckende Fragen. Mit dem am Richtertisch vor- und zurückwippenden Oberkörper, mit den effektvollen Pausen und seiner herablassenden Art schüchtert er den Vater ein.

Wenn die Befragung irgendeiner Alltagssituation ähnelt, dann am ehesten dem Ertappen eines Schwarzfahrers. Fahrkartenkontrolleur überführt Betrüger. Die Kamera zeigt den Vater fast ausschließlich von hinten. Er bleibt gesichtslos. Die zwei Sekunden am Ende, in denen er von vorn gezeigt wird, dienen nur seiner Demütigung. Ein Blick in die Tätervisage, bevor der Fall abgeschlossen werden kann.

Die Stimme des Vaters belegt, dass das Konzept aufgeht. Angst, nichts als Angst! Als er ihn anfangs reden hört, kommen Martin Bedenken. Es ist der vertraute und zugleich ein völlig fremder Klang. Er hört vorauseilend gehorsame Antworten wie auf dem Kasernenhof, ein Kleinbeigeben ohne jede menschliche Regung.

Jemand, der sich unter Druck treu bleibt, gewissermaßen eine Persönlichkeit, denkt Martin enttäuscht, hört sich anders an.

Vater: 1963 und 1964 erfolgten je zwei Besuche meiner Schwägerin Trude Klackert aus Berlin-Charlottenburg. Sie kam mit einem westdeutschen Ausweis über die Grenze, um uns geheimdienstliche Mittel und Informationen zu überbringen.

Oberrichter: Das waren also vorgetäuschte, eigentlich der Spionage dienende Verwandtenbesuche im demokratischen Berlin? Noch dazu durchgeführt mit gefälschten Ausweisen.

Vater: Ja.

Oberrichter: Und auf diese Art haben Sie mit Klackert in Verbindung gestanden?

Vater: Ja.

Eingespielter Kommentar:
Albert Klackert übrigens, der seinen Schwager Erwin Schmidt als Agenten angeworben hat, tarnt seine Tätigkeit als Resident des Bundesnachrichtendienstes in Westberlin mit der Beschäftigung bei einer Baufirma.

Oberrichter: Hat Ihre Schwägerin Ihnen auch Geld gebracht?

Vater: Ja. Anlässlich der Besuche, die sie mit einem westdeutschen Ausweis durchführte, hat sie mehrere Tausend Mark der Deutschen Notenbank illegal eingeführt und uns übergeben.

Oberrichter: Dass wir westdeutschen Bürgern mit ihren Ausweisen erlauben einzureisen, ist ja auf die Großzügigkeit unserer Regierung zurückzuführen. Ihre Schwägerin brachte Ihnen also Mark der DDR, unser Geld. Wo bekam sie das denn in Westberlin her?

Vater: Das hat sie von ihrem Mann Albert Klackert bekommen.

Oberrichter: Über den Bundesnachrichtendienst?

Vater: Jawohl. Über den Bundesnachrichtendienst.

Oberrichter: Darüber, was der Bundesnachrichtendienst bezweckt, brauchen wir uns mit Ihnen ja wohl nicht zu unterhalten, oder?!

Vater: Nein.

Oberrichter: Spionage, Sabotage, Diversion gegen die Deutsche Demokratische Republik.

Martin hockt vor dem Computer. Er hat bei der Sequenz angehalten, die den Vater von vorn zeigt.

»Ach, Papa«, flüstert er und reibt sich die Stirn. Ihm fällt wieder auf, wie sehr sie sich äußerlich gleichen. Er rechnet nach, dass er inzwischen dreizehn Jahre älter ist, als der Vater zum Zeitpunkt dieser Aufnahme.

Ihm wird ein bisschen schwindlig und er trinkt einen Schluck aus der Flasche Mineralwasser, die er unter Findeisens Tisch findet.

In Klarsichtfolien hat er Fotos nach Berlin mitgebracht. Fotos der Eltern. Verschiedene Porträts, ein Hochzeitsfoto, Schnappschüsse des Familienlebens. Er weiß nicht genau, weshalb er die Bilder eingesteckt hat. Als Erinnerungshilfe? Als Beleg? Aber wofür?

Vielleicht hat er sie dabei, um jetzt etwas in die Hand nehmen zu können. Welliges Papier mit den Eltern darauf und auch mit ihm selbst. Sendboten der Vergangenheit. Nostalgische Möglichkeiten, sich zurückzuversetzen in die Geschichte der Schmidts. An Stellen, die sich dafür eignen, die weich und porös genug sind, stellt er sich vor, könnte er in eine andere, in eine von Wünschen und Träumen gelenkte Richtung abbiegen.

Er streckt die Arme aus. Links hat er den Vater und rechts die Mutter in der Hand. Er hält sie ins Licht und blinzelt. Er vergleicht die Fotos und holt sie näher heran und bewegt sie wieder von sich weg, als würde er auf diese Weise abwägen können, was sie wohl für Menschen gewesen sein mögen.

Seine Eltern.

Als würde er es nicht wissen. Als könnte darüber noch einmal entschieden werden.

Das Schwindelgefühl wird größer. Bekommt er Fieber? Gierig trinkt er die Wasserflasche des Kurators leer. Die perlenden Bläschen und das Gurgeln im Hals versetzen ihn zurück in einen Ostseeurlaub in den fünfziger Jahren, der erste Urlaub mit seinen Eltern, an den er sich erinnern kann.

Gleich am zweiten Tag erwischte es ihn. Schwere Sommerangina. Während die Eltern am Strand lagen, im Speisesaal zu Mittag aßen oder auf der Uferpromenade spazieren gingen, kämpfte er mit dem Fieber.

Das Bett begann zu schaukeln und ihn herumzuschleudern. Während die Sonne überall helle, heiße Muster hinzeichnete, klammerte er sich bibbernd ans Bettgestell und versuchte, nicht herauszufallen.

Daran kann er sich entsinnen.

An die Angst, von der wogenden See unter dem Bett verschlungen zu werden.

Festhalten oder Fallen? Ertrinken oder Ersticken?

Eher Ersticken, meldete ihm seine dicke Zunge.

Das Fieber würde ihn austrocknen wie eine Qualle, wie einer dieser milchigen Haufen im Sand, die er am Tag der Ankunft untersucht hatte.

Das rundum panierte Tier mit den schlaffen Tentakeln war er jetzt.

Jemand stach ihn mit dem Stock! Jemand stellte ihm Füße auf die Brust und wollte ihn ins Wasser werfen! Wo er auf den Grund sinken würde, den schwarzen, schwarzen Grund.

NEEEIIIN!!

Den Eltern war kein Vorwurf zu machen! Sollten sie ihren Jahresurlaub neben seinem Bett verbringen?

Bevor sie das Zimmer verließen, hatten sie ihm Medikamente verabreicht. In diesem realsozialistischen

Kaff, wie die Mutter schimpfte, war es ihnen sogar gelungen, einen Arzt aufzutreiben.

Die Eltern rochen nach Sonnencreme. Über ihren Schultern hingen Badetücher. Zum wiederholten Male mahnten sie ihn, auch ja viel zu trinken und zu schlafen. Vor allem Schlaf wäre das Wichtigste.

Die Mutter war ein wenig durch den Wind. Mit ihren extra für den Urlaub erstandenen Riemenschühchen stöckelte sie noch einmal zum Fenster und zupfte an den dünnen, das Zimmer kaum abdunkelnden Vorhängen.

Er studiert ihre Gesichter auf einem Foto, das im Blankenburger Garten aufgenommen wurde. Der Vater schaut konzentriert in die Kamera. Den Mund zugenäht wie ein unnützes Knopfloch. Richtig, geht es Martin plötzlich auf. So detailliert die Meldungen des Vaters auch waren – Personen hatte er nicht angeschwärzt. V-800,101 schien eher technischer Berichterstatter als Spitzel gewesen zu sein.

Und die Mutter wirkt auf dem Foto so lebendig, als wollte sie im nächsten Moment jauchzen und in die Luft springen.

Die Bilder der Eltern, die mit den Jahren festgezurrten Bilder in ihm, sind in Bewegung geraten.

Bei welcher Gelegenheit? Wie ist das passiert?

Er hat Aktendeckel gelüftet und Dinge herausgefunden. Er ist nach Berlin gekommen, um das Interview zu geben und einen Schlussstrich zu ziehen.

Trotzdem hat er das eigenartige Bedürfnis, weiterzusuchen. Als würde die eigentliche Entdeckung noch auf ihn warten.

Mit fünf oder sechs Jahren, überlegt er, war die Mutter für ihn eine Göttin. Eine duftende Urvertraute, deren weiche und fließende Formen er für eine Charaktereigenschaft hielt.

Er kann sich an einen Streit erinnern – vielleicht der erste Streit überhaupt –, weil sie sich ihre langen Haare abschneiden wollte. Er sieht sich neben dem Frisierspiegel sitzen und dagegen protestieren und später dann weinend den Haufen Haarbüschel in der Plastiktüte betrachten. Die Mutter war gnadenlos nüchtern. Es dauerte Jahre, bis er diese Tatsache begriff.

Von ihren guten Eigenschaften, ihrer Entschlossenheit, ihrem Unternehmergeist, profitiert er bis heute.

Er musste nur lernen, ihr nicht in die Quere zu kommen.

Wenn er an die Mahlzeiten der Familie in Blankenburg denkt, dann hat er den zweigeteilten Tisch vor Augen. Auf der einen Seite saß seine Großmutter. Für die aus dem Märkischen stammende Bäuerin war es beinah Todsünde, sich an Wochentagen Wurst aufs Brot zu legen oder gar in »eitel Wurst« zu schwelgen. So etwas tat sie als »Veraasung«, also Verschwendung ab. Montags bis freitags gab es bei ihr meistens Quark- oder Marmeladenbrote, wohlgemerkt ohne Butter.

Ihre Brotscheibe rieb sie allenfalls mit Wurst ab, um das Aroma zu verteilen und »Geruch zu essen«, wie sie ungerührt mitteilte.

Auf der anderen Seite des Tisches schüttelte man den Kopf. »Eine Stulle gehört belegt. Mit Butter und Wurst oder Käse. Damit das klar ist!«, hört er die Mutter schimpfen. Wobei sie ihren Sohn ansah, als wäre das nicht auch seine Meinung.

Er war das Medium, ein kauender Puffer zwischen extrem unterschiedlichen Menschen.

Seiner Rolle als Zuschauer und Zuhörer jener Jahre nachspürend, seiner Agentenkindheit, wenn man so will, fallen ihm weitere Geschichten ein.

Aber da kehrt Findeisen zurück. Er klopft an und wartet auf das »Herein«, was angesichts der Tatsache, dass er sein eigenes Büro betritt, bemerkenswert höflich ist.

»Wir wären dann so weit. War das Filmchen hilfreich?«

»Auf jeden Fall.«

»Freut mich! Beim letzten Treffen hatte ich verstanden, dass Sie nur von einer Person interviewt werden möchten.«

»Ja, es wäre mir recht, wenn wir so weitermachen könnten.«

Sie wechseln in ein Kabinett am Ende des Flurs. Ein runder Tisch und zwei Stühle vor einer aufgespannten, grünen Leinwand. Ihm wird der Mitarbeiter an der

Kamera vorgestellt, ein bärtiger junger Mann mit einem Tränen-Tattoo unter dem rechten Auge. Unmöglich, das in die Haut gestochene Tröpfchen zu übersehen.

Sie nehmen Platz und es geht los. Bei offiziellen Anlässen achtet Martin darauf, seine Hände ruhig zu halten. Er nimmt sich vor, so klar wie möglich zu antworten. Als wäre dies ein Gedankenaustausch zwischen Wissenschaftlern.

Findeisen schickt einige Eckdaten des Falles voraus – sozialer und politischer Hintergrund der Eltern, Tätigkeiten während des Krieges, Umstände der Anwerbung, Art und Dauer der Spionagetätigkeit und schließlich Verhaftung und Prozess. Der Kurator bleibt protokollarisch knapp, denn »in diesem Gespräch soll es um die subjektive Seite, nicht so sehr um Fakten und historische Einordnung gehen«. Außerdem berlinert er plötzlich nicht mehr.

»Herr Doktor Schmidt, reden wir über Ihre Eltern!«

»Ja, gern. Deshalb bin ich hergekommen.«

»Zunächst eine einfache, naive Frage. Als Erwin und Hedda Schmidt 1956 Spione wurden, waren Sie selbst neun Jahre alt, also ein Kind. Haben Sie damals etwas bemerkt?«

»Irgendwelche Heimlichkeiten, meinen Sie?«

»Genau.«

»Nein, habe ich nicht. Jedenfalls nicht sofort. Für einen Neun- oder Zehnjährigen sind Eltern Mysterien. Fremdkörper geradezu. In den fünfziger Jahren bestimmt noch stärker als heute. Ein Kind versteht nicht, was die Eltern treiben. Warum sie etwas tun oder nicht tun. Auf der Sachebene ist das jedenfalls so. Ich spreche hier von der Sachebene. Also von Bankauszügen, Hausreparaturen, Urlaubsplanungen. Solche Dinge werden normalerweise über die Köpfe des Nachwuchses hinweg geregelt. Für die Eltern-Kind-Beziehung ist das egal. Emotional sieht es natürlich anders aus. Ich kann als Kind durchaus feststellen, dass sich etwas verändert und komisch wird, auch wenn ich die Gründe nicht kenne, auch wenn ich es mir nicht erklären kann.«

»Bleiben wir bei diesen ›komischen Veränderungen‹. Was verstehen Sie darunter?«

»Nun ja, in unserem Fall war das zunächst der über uns hereinbrechende Reichtum. Mein Vater war als Industrieexporteur und Reisekader schon vor seiner Anwerbung ein absoluter Topverdiener. Für ostdeutsche Verhältnisse ging es uns paradiesisch. Eigenes Haus mit Garten, Urlaube im Erzgebirge oder an der Ostsee. Aber mit neuem Auto, Fernseher und teuren Armbanduhren brach ein anderes Zeitalter an. Wir waren in unserer Straße die ersten Autobesitzer und auch die ersten mit einem privaten Fernseher. Manchmal kam ich mir wie ein Prinz vor. Wie eine umjubelte, auch beneidete Zirkusattraktion. So etwas muss man genießen können. Das habe ich gelernt. Aber die Primitivität dieses Genusses, dieses Darstellens nach außen, ist etwas, das ich meinen Eltern im Nachhinein vorwerfe. Damals habe ich, genau wie meine Großmutter, nur die Arme aufgehalten. Es war ein Goldregen. Und wenn es Gold regnet, herrscht Freude. Die Fragen kommen später.«

»Sie erwähnen Ihre Großmutter, die genau wie Sie nichts oder nur sehr wenig von den geheimdienstlichen Aktivitäten im Hause mitbekam und 1966, also bald nach dem Aufrollen der Verbindung, starb. Würden Sie sich und Ihre Großmutter als Opfer von Hedda und Erwin Schmidt bezeichnen?«

»Opfer – das ist ein hartes Wort. Es tut weh, sich das eingestehen zu müssen, aber, ja, so ist es wohl gewesen. Meine Großmutter und ich, wir waren die, wie soll ich sagen, Kollateralschäden dieser Geschichte. Ich habe mit meiner Großmutter noch anderthalb Jahre in dem Blankenburger Haus zusammengewohnt. Manchmal haben wir über die Eltern gesprochen. Das haben wir durchaus getan, aber es hat nie lange gedauert. Weil meine Großmutter zu weinen anfing. Sie wollte darüber sprechen! Sie wollte den Schmerz über ihren Sohn loswerden. Aber sie konnte es nicht verstehen und nicht verkraften. Zwischen meiner Großmutter und mir ist in dieser Zeit eine große Nähe entstanden. Eine Art Opfersolidarität. Sie hat meine damalige Freundin und mich sogar in Liebesdingen beraten. Also was Verhütung, aber auch gewisse Anlaufschwierigkeiten betraf. Ich war erstaunt, wie viel die alte Frau darüber wusste. Nun ja, unser normales Leben war vorbei. Wir waren Hinterbliebene, die sich die Hände reichten.«

»Wenn Sie über Ihre Eltern sprechen, klingt Wut an. Ist Ihnen das bewusst?«

»Natürlich ist mir das bewusst. Wie sollte mir das nicht bewusst sein? Es ist ein weitverbreiteter Irrtum, zu glauben, dass Dinge, die Jahrzehnte zurückliegen, einen weniger beschäftigen. Im Gegenteil. Das Spionagedrama meiner Familie hat sich eingebrannt. Ich war achtzehn damals. Als die Stasi meine Eltern an jenem Februarmorgen festnahm, wurde ich mit einem Schlag erwachsen. Das meine ich durchaus wörtlich.«

»Wie ist die Verhaftung eigentlich abgelaufen? Wie haben Sie und Ihre Eltern diesen Einschnitt erlebt, vielmehr erleben müssen?«

»An diesem Morgen ging ich normal zur Schule. Abgesehen von mehreren vollbesetzten, an der Ecke parkenden Autos, die ich mir erst im Nachhinein erklären konnte, fiel mir nichts auf. Als ich am Nachmittag zurückkam, war das Haus verschlossen. Ich klingelte und mir öffnete ein Vertreter des Generalstaatsanwaltes. Der Mann hieß Wagner. Auch was er gesagt hat, weiß ich bis heute: ›Ihre Eltern sind inhaftiert worden. Stellen Sie sich darauf ein, dass Sie sie sehr lange nicht sehen werden. Wenn Sie dies wünschen, werden wir für Ihre Großmutter eine geeignete Unterkunft finden. Von weiteren Nachfragen ist abzusehen‹. So hat er sich geäußert, im Flur unseres Hauses, während das Durchsuchungskommando am Werk war.
Nun ja, und meine Eltern wurden einzeln festgenommen. Meine Mutter zu Hause, während sie gerade einen Teppich im Schnee ausklopfte. Sie hat das später mitunter erzählt und ins Lächerliche gezogen. Sie konnte so etwas, war auch sich selbst gegenüber ungeheuer rücksichtslos. Im Gegensatz zu meinem Vater. Ihn schnappten sie auf dem Weg zum S-Bahnhof. Er hörte, wie sich hinter ihm schnelle Schritte näherten. Im ersten Moment nahm er an, dass sich jemand beeilen würde, um den Zug zu erreichen ... Aber solche ihn betreffenden Umstände kenne ich nur aus den Akten oder von meiner Mutter. Sie war zum Beispiel stolz darauf, dass ihr Mann nach vier Jahren Haft

über die legendäre Glienicker Brücke ausgetauscht wurde. Das war keine in den Medien behandelte Aktion, sondern das regelte man hinter den Kulissen, völlig geräuschlos. Aber für ihn muss es ein Drama gewesen sein. Meine Mutter hat berichtet, dass er noch im Auto auf dem Weg zum Grenzübergang an eine Finte der Stasi glaubte, und beim Überschreiten der weißen Linie weinte er.
Mein Vater hat über so etwas nicht gesprochen, nicht sprechen können. Selbst als er im Sterben lag und ich einen letzten Versuch unternahm, waren Floskeln das Einzige, was er zu bieten hatte.«

»Ein so existentieller Bruch ist immer da, das verstehe ich. Trotzdem bin ich von der Wucht Ihrer Schilderungen überrascht, wenn ich das sagen darf. Als Außenstehender vermutet man, dass Abstand und auch andere Lebensumstände helfen, damit fertigzuwerden.«

»Ich habe mein Arbeitsleben als Tierarzt in Oberbayern verbracht, also weit weg, in einem völlig anderen Kontext. Ich hatte eine phantastische Frau an meiner Seite, ohne die man einen solchen Job nicht machen kann. Die berufliche Anspannung, meine Ehe und unsere gemeinsame Tochter haben mich geschützt. Das funktionierte wie eine Blase. Aber seit einem Jahr bin ich Witwer. Wenn man allein dasteht und sowieso schon kämpft und trauert, dann schwappen die alten Regungen wieder hoch. Es gibt Muster, gegen die ist man machtlos.«

»In Vorbereitung für dieses Gespräch haben Sie sich mit dem Fall Ihrer Eltern noch einmal intensiv beschäftigt. Was hat das ausgelöst? Wie ist es Ihnen dabei ergangen?«

»Wie gesagt: weggesperrte Dinge, für tot erklärte Dinge kehren zurück. Besonders verwunderlich für mich war, neben den überraschenden Fakten, auf die ich in den Archiven stieß, dass auch ganz frühe Kindheitserinnerungen wieder wach wurden. Mir fiel zum Beispiel ein, dass ich als kleiner Junge einmal belauschen konnte, wie meine Eltern sich wegen einer außerehelichen Affäre meiner Mutter stritten. Die genauen Details sind verwischt, aber ich weiß, dass ich im Bett der Eltern übernachten durfte und sie dazukamen und annahmen, dass ich eingeschlafen wäre, und ihr Problem dann ausgiebig debattierten. Was den Umgang mit heiklen Informationen bei uns zu Hause anlangte, ist das sicher eine bezeichnende Situation. Die Eltern, erinnere ich mich, stritten halblaut über den Liebhaber der Mutter, beratschlagten das Für und Wider einer möglichen Trennung, während ich so tat, als würde ich schlafen und in Wahrheit wie elektrisiert dalag und alles mitanhörte. Ich erwähne die Episode, weil ich glaube, dass es in jeder

Familie Geheimnisse gibt. Geheimnisse der Eltern vor den Kindern. Und andersherum erst recht. Taktische Betrügereien sind kein Privileg von Agentenfamilien. Der Unterschied besteht meiner Meinung nach in etwas anderem.«

»Worin?«

»Wenn wir eine Situation zu Grunde legen wie die der fünfziger und sechziger Jahre in Ostberlin, dann muss festgestellt werden, dass es nicht nur um einen Vertrauensbruch gegangen ist, sondern um bewusst in Kauf genommene Lebensgefahr. 1961 hatte man einen Spion in Bernau gefasst. Luftlinie keine zwanzig Kilometer von uns entfernt. Dieser Mann wurde zum Tode verurteilt und erschossen. Ich frage mich, was meine Eltern sich gedacht haben? Wie hirnrissig, wie gierig muss man sein, um für Pakete mit Kaffee und Strumpfhosen, für ein Konto im Westen, auf das nach dem Mauerbau sowieso nicht mehr zugegriffen werden konnte, alles aufs Spiel zu setzen?«

»Und, haben Sie eine Antwort?«

»Nein. Ich bin mir missbraucht vorgekommen. Irgendwie auch mitschuldig, so absurd es klingt. Aus meiner Perspektive, der Perspektive des Sohnes, schien diese ganze Sache, so wie sie all die Jahre lief, damit zu tun zu haben, dass ich den Eltern egal war. Zumindest nicht wichtig genug. Welch ätzende Erkenntnis, aber von der Wahrheit nicht allzu weit entfernt, glaube ich. Was einen aktiven Agenten wie meinen Vater, was seinen Umgang mit dem Vertrauen anderer, auch seinen Umgang mit sich selbst anlangte, so war er gezwungen, mit der eigenen Identität zu spielen. Hier fand eine Erosion statt, eine notwendige Erosion der Persönlichkeit, ein Zersetzen und Zerstören der üblichen menschlichen Verhaltensmaßstäbe, wie es nachrichtendienstliche Arbeit nun einmal mit sich bringt. Hatte mein Vater also vergessen, dass er eine Familie hatte? Das wäre eine beinahe tröstliche Erklärung für sein unverantwortliches Handeln.«

»Sie haben angedeutet, dass Sie bei Ihren Recherchen in den Archiven auf neue Erkenntnisse gestoßen sind. Darf man fragen, auf welche?«

»Zum Beispiel habe ich erfahren, dass sich einer unserer Nachbarn an den Überwachungsmaßnahmen, auch an den unmittelbaren Vorbereitungen des Zugriffs beteiligt hat. Diese Bereitwilligkeit hat mich schockiert. Man kennt das aus Büchern und Zeitungsberichten. Es war keine prinzipielle Überraschung. Aber den Namen dann vor sich zu haben, dies über eine bekannte, noch lebende Person zu erfahren, ist etwas anderes. Mit der dokumentierten Niedertracht in unserem damaligen Umfeld hatte ich meine Mühe. Obwohl ich diesen Zuträger nicht wiedersehen wollte, wollte etwas in mir nichts anderes. Der Konflikt hat mich umgetrieben. Es schien, als öffne sich plötzlich ein Ventil, als könnte ich mit meiner aufgestauten Ohnmacht etwas anfangen. Nur eben nichts Gutes, verstehen Sie?!«

Das Interview muss unterbrochen werden. Martin bekommt von Findeisen ein Taschentuch. Nach einer Minute, in der er sich mehrmals entschuldigt und immer wieder seine zitternden Hände begutachtet, kann es weitergehen. Er nickt dem Kameramann zu, dessen tätowierte Träne er während des gesamten Interviews fixiert.

»Aufgewühlt hat mich noch etwas. Aus Unterlagen des Bundesnachrichtendienstes ging hervor, wer die Verhaftung meiner Eltern verursacht hat. Eine interne Untersuchung konstatiert kriminelles Verhalten innerhalb des Agentennetzes. Die Dokumente haben also nicht mehr und nicht weniger als den Schuldigen offenbart.«

»Können Sie verraten, wer das gewesen ist?«

»Nein, diese Bombe tickt noch. Das ist privat. Da muss ich Sie leider vertrösten.«

20 ROTE FLECKEN AUF BLASSER HAUT

Er wartet vor dem Seniorenheim, geht am Eingang auf und ab wie ein Wachsoldat. Die Krawatte – seidig rot, das Weihnachtsgeschenk einer Praxishilfe – hätte er weglassen können.

Ein Tütchen mit Erdbeerkuchen schaukelt an seinem Handgelenk. Wenn er auf die Uhr schaut oder versucht, Angelikas Handy anzurufen, knistert die Folie. Und jedes Mal fällt ihm erst hinterher ein, was das Hochreißen des Armes mit den Erdbeeren anstellt.

Zwanzig nach fünf. Auf den Bänken ihm gegenüber genießen wohlfrisierte Damen die letzten Strahlen der Abendsonne.

Wie es ihn wurmt, zu spät zu kommen! Er versucht sich einzureden, dass seine Mutter Zeit im Überfluss hat, dass es eine Lappalie ist und für Angelikas Ausbleiben bestimmt triftige Gründe existieren. Trotzdem! Von Kopf bis Fuß durchzieht ihn ein nervöses Kribbeln.

Angelika mag anstrengend und chaotisch sein, aber er zweifelt nicht daran, dass sie zusammengehören. Immer öfter ertappt er sich, sie als etwas Festes, als seine späte, wiederentdeckte Liebe zu akzeptieren. Eine gemeinsame Zukunft scheint möglich. Trotz gewisser *Anpassungsprobleme*, wie er es nennt.

Muss eine 67-jährige Frau im Schneidersitz frühstücken? Oder sich auf Zehenspitzen wie eine Ballerina die Zähne putzen? Und am liebsten alles zu Fuß erledigen, auch wenn der Weg lang und unbekannt ist, so dass sie unterwegs mehrfach die Orientierung verliert? Weshalb kann sie nie Ruhe geben, nie stillhalten, sondern dehnt und verknäult sich fortwährend, um fit zu bleiben, um sich herauszufordern und »zu spüren«, wie sie behauptet?

Er staunt. Er bewundert sie für diese Mühen auch.

Aber ihr Zuspätkommen, diese, wie er findet, schrankenlose Leichtigkeit, darüber möchte er mit ihr reden. Während er mit knirschenden Zähnen und einem letzten Blick auf die Uhr hineingeht, erwägt er eine Aussprache, auch wenn er sich wenig Hoffnung macht, damit etwas anderes auszulösen als ihr prickelndes, spöttisches Lachen.

Die Mutter öffnet die Tür ihres Appartements, während er noch klingelt. Sie trägt eine dunkelblaue Schürze, auf der mit großen weißen Buchstaben »Fish and Chips« geschrieben steht.

Ein Tuch, das sie gerade auswringt, erschwert die

Begrüßung. Sie umarmen sich nicht. Er schüttelt ihren nassen Zeigefinger.

»Ich dachte, du kommst nicht mehr!«

»Irrtum, wie man sieht.«

Sie wirkt erholt. Voller Elan hantiert sie am Herd ihrer winzigen Küche. In einem Topf brodelt Wasser und der aufsteigende Dampf vernebelt alles.

»Funktioniert der Abzug nicht?«

»Wie kommst du darauf?«

Mit einer flinken Handbewegung drückt sie den Schalter. Das einsetzende Dröhnen wirkt auflockernd. Keine Zwischentöne und Spitzfindigkeiten mehr, nur noch klare Absprachen, denkt er und muss grinsen. Vielleicht hätten sie sich all die Jahre unter lärmenden Dunsthauben unterhalten sollen.

»Du hast gar nicht gesagt, dass du uns zum Abendessen einlädst.«

»Wenn man für 17 Uhr verabredet ist, scheint mir das naheliegend.«

Mit zusammengekniffenen Augen verstaut sie seinen Nachtisch im Kühlschrank.

»Wie viel Weißwürste soll ich machen?«

»Keine Ahnung.«

»Ja, ist Madame Vegetarierin?«

»Nein.«

»Und wird sie deiner Meinung nach heute noch erscheinen?«

»Ich glaube schon.«

Er hilft ihr, alles ins Wohnzimmer zu tragen. Die

Sorgfalt, mit der sie Brettchen zurechtrückt, an Servietten zupft und die Käseplatte mit Petersilie verziert, überrascht und rührt ihn.

Wenn sie nicht mit der Großmutter darüber stritt, hatten Mahlzeiten ihr nie viel bedeutet. Kochen war ein notwendiges Übel. Er muss nur das Holzbrett und dieses massive Brotmesser ansehen und erinnert sich, wie sie früher »Essbares« auf den Küchentisch knallte. Schwarzbrot und Schmalz oder Leberwurst gegen den Hunger. Nichts fürs Auge. Nichts, was mit Liebe zubereitet worden wäre oder auf ähnliche Regungen hätte schließen lassen können. Mütterlichkeit zum Beispiel, wie wäre es damit gewesen? Zuwendung oder gar Zärtlichkeit waren nicht im Angebot. So hat er es empfunden.

Sie sitzen am Tisch, warten gemeinsam auf Angelika. Die Zimmertemperatur fällt. Wie bei jedem seiner Besuche fällt die Zimmertemperatur. Sie fällt ins Bodenlose, in den Urgrund, den Frostboden der Schmidt-Familie, zu den dort gelagerten Pflichtgefühlen.

Er möchte von dieser Frau keinen Trost. Lange hat er darum gerungen. Er hat seine Sehnsucht als Streit getarnt, als ausgestellte finanzielle Unabhängigkeit, als berufliches Fortkommen, als kleine, aber feine Agentenkarriere, als Rückzug in die Wärme eines familiären Neuanfangs.

Wie lautete ihr Spruch für den Jungen, der hingefallen war? Für den Jungen mit den aufgeschlagenen

Knien? Für den Jungen, der vom Fahrrad gestürzt war? Auch für den Jungen mit der fiebrigen Sommerangina in seinem Schaukelbett am Meer?

»TRÖSTEN IST WÜRDELOS!«

Pusten war in Ordnung, aber in den Arm nehmen – nein. Es würde ihn weich und angreifbar machen.

Das Gegenteil ist der Fall!

Während er dort mit ihr Tee trinkt und sie auf Angelika warten, geht ihm das auf. Ihm geht auf, was der Mangel an Vertrautheit, diese nie ganz verschwindende Distanz, mit ihm angestellt hat.

Irgendwann wirbelt Angelika herein. Die Haare hochgesteckt zu einer strohblonden Zwiebel, so tritt sie der Person entgegen, die vor fünfzig Jahren nichts von ihr hielt und sie das auch spüren ließ.

»Frau Doktor Schmidt, die Verspätung tut mir leid, aber ich hatte einen Verkehrsunfall.«

»Oh, etwas Ernstes?«

»Nein, zum Glück nur ein Blechschaden.«

Martin kann nicht länger an sich halten.

»Was ist passiert, Liebes? Ich habe mehrfach versucht, dich zu erreichen!«

Angelika nimmt seine Hand, als wären sie unter sich, und schildert den Hergang. Wie ihr die Vorfahrt genommen wurde, wie das andere Auto in eine Laterne krachte und sie mit der weinenden, ebenfalls unverletzten Fahranfängerin auf die Polizei warten musste.

»Nach dem Schriftkram konnte ich ohne Probleme weiterfahren. Nur das vordere Nummernschild ist abgerissen.«

»Umso mehr freut es mich, Sie gewohnt munter bei mir begrüßen zu können.«

»Ja, ich freue mich auch, Frau Doktor. Vor allem möchte ich Ihnen danken, dass Sie die Verbindung zu Martin ...«

»reaktiviert haben«, hilft Hedda aus. »Und lassen Sie bitte die Frau Doktor weg. Ich weiß, so steht es draußen am Klingelschild, aber eher aus taktischen Gründen. Promoviert haben mein Mann und mein Sohn. Ich bin nur eine einfache ... Spionin, abgemacht?!«

»Selbstverständlich.«

Er weiß nicht, was er von alldem halten soll. Er sieht das gewinnende Lächeln seiner Mutter, immer ein gefährliches Zeichen, und hört ihre Komplimente. Wie toll Angelika aussähe, wie schlank sie geblieben sei, wie fesch sie sich kleide.

Ohne sich am Gespräch zu beteiligen, auch ohne Appetit, mit flauem Magen und neben dem Stuhl schlenkernden Armen, sitzt er zwischen den Frauen.

Jetzt reden sie über Weißwürste! Er traut seinen Ohren kaum. Angelika hebt ein Exemplar vom Teller und demonstriert das Einritzen und Abziehen der Hülle.

»Genau so!«

Die Mutter scheint entzückt. Es wird übers Zuzeln gesprochen, dieser bayrischen Tradition, das Innere der Wurst direkt aus dem Darm zu saugen.

»Wir Zugereiste sollten das gar nicht erst probieren. Zumal Weißwürste streng genommen etwas zum Frühschoppen sind«, erklärt die Gastgeberin, eindringlich von einem zum anderen blickend.

Angelika und er haben nichts abgesprochen. Mit seiner Mutter, denkt er, sollte es um ein Wiedersehen, ein Beschnüffeln, vielleicht ein Aufnehmen des verlorenen Fadens gehen. Das wäre schon viel.

Ihn packt die Vorstellung, wie die beiden sich ihre Leben erzählen, dass sie im Stande wären, mit Geschichten umeinander zu werben. Sie könnten auf die vergangenen Jahrzehnte verweisen wie auf einen frei gewordenen Lehnsessel und ihr Gegenüber einladen, darin Platz zu nehmen und zuzuhören. Aber das sind Hirngespinste.

In Wahrheit fackelt Angelika nicht lange. Um ein Schweigen zu füllen, fängt sie an, von der Berlinreise zu erzählen.

»Wir waren auch am Haus in Blankenburg, sind dort einer Bewohnerin über den Weg gelaufen. Und stellen Sie sich vor, sie hat es uns zum Kauf angeboten.«

»Was?«

»Na, das Haus.«

»Unser Haus?«

»Ihr Haus. Also deren Haus ja eigentlich.«

»Aha.«

Die Mutter verschwindet im angrenzenden Schlafzimmer. Mit einer Doppelansicht des Familiensitzes kommt sie zurück. »Im Sommer« steht unter der einen, »Im Winter« unter der anderen Hälfte. Die Fotografien sind stark verblichen. Die Mutter reicht sie herüber, nicht ohne dabei ihre Show des verächtlich verzogenen Mundes abzuziehen. Wenn das Haus ihr so wenig bedeutet, fragt er sich, weshalb hat sie die Bilder dann geholt? Auf der Rückseite ist die Jahreszahl 1927 vermerkt.

Er räuspert sich: »Das Gespräch mit Glohms Tochter war seltsam. Ihr Angebot kann nicht ernst gemeint gewesen sein. Willst du wissen, ob ich darüber nachdenke?«

»Erspar mir die Einzelheiten.«

Angelika schüttelt sich. So heftig, dass ihre Ohrringe klimpern.

»Frau Schmidt, Ihr Sohn war keineswegs aus Jux in Berlin. Das Museumsprojekt, die Nachforschungen in den Archiven. Nehmen Sie mir bitte nicht übel, wenn ich mich einmische, aber das hat er für die Familie und auch für Sie getan.«

»Kindchen, dieses sogenannte Projekt verfolgt mein Herr Sohn ausschließlich für sich selbst.«

Martin geht dazwischen.

»Ein Egotrip, sicher. Damit kennst du dich aus!«

Kalter Schweiß rinnt ihm den Rücken hinunter.

»Lassen wir das!«, zischt seine Mutter.

Aber diesmal will er nicht kneifen, will keine Rücksicht auf ihr Alter und ihre Gesundheit nehmen und den Ärger zu Hause wieder in sich hineinfressen. Nicht nur wegen Angelika, sondern auch, weil eine Rolle von ihm abfällt und er sich freier fühlt, sagt er wie beiläufig:

»Ach ja, der Kurator hatte gebeten, nachzufragen, ob du vielleicht doch zu einem Interview bereit wärst?!«

»Ausgeschlossen. Wie käme ich dazu?«

»Nun, weil klarwurde, dass Onkel Albert eure Festnahme ausgelöst hat und er das womöglich wollte! Findest du nicht, dass das völlig neue Perspektiven eröffnet?«

»Moment mal.«

Ihre blauen Offiziersaugen funkeln. Und er lächelt, lächelt einfach zurück, so wie er es von ihr gelernt hat.

»Ja, Mutter?«

»Hast du den Historikern davon erzählt? Das kannst du unmöglich getan haben!«

Auf ihrem Hals tauchen Flecken auf. Rötliche Tupfer auf blasser Haut.

Bald darauf wollen Angelika und Martin gehen. Sie stehen vor der Flurgarderobe und haben Mühe, ihre Jacken zu finden.

»Rechts auf dem Bügel, unter der Folie«, ruft es aus dem Wohnzimmer.

Die Hausherrin wirkt geschafft. Sie massiert ihre

bandagierten Waden und Martin kann hören, wie sie murmelt: »Gerade Beine, noch immer. Aber mach dir nichts vor, altes Mädchen. Aus schlank wurde dürr und klapprig!«

Sie begleitet ihre Besucher zur Tür und blickt dann zu dem auf einem Bord unter der Leselampe stehenden Telefon. Das mattschwarze Gerät mit den großen, griffigen Tasten stammt noch aus der alten Wohnung. Mit einem Seufzer wählt sie Kappelhoffs Nummer.

»Grüß dich, meine Liebe!«

»Hallo, Friedrich, mein Sohn war wieder da. Wir müssen reagieren. Er hört nicht auf mit seinen Erkundigungen. Ich denke, dass er Bescheid weiß.«

»Und, was willst du tun?«

»Deshalb rufe ich an. Sag du's mir.«

Sie wirkt kühl und beherrscht. Ihre Stimme vibriert ein bisschen. Kappelhoff genügt das.

»Beruhige dich! Martin weiß gar nichts. Er kann nichts wissen. Ich habe die Akten, die er bekommen hat, vorher durchgesehen.«

»Aber warum macht er diese Andeutungen? Er geht mir furchtbar auf die Nerven! Im Museum hat er anscheinend auch darüber gesprochen. Findest du das nicht alarmierend?«

»Nein, lass ihn erzählen. Das sind alles nur Ahnungen, Spekulationen.«

»Du hast leicht reden.«

Das Telefon ans Ohr gepresst, setzt sie sich zurück an den Tisch, blickt auf zerknüllte Servietten, schlaffe

Petersilie und Käsescheiben, die braune Ränder bekommen.

Kappelhoff überlegt laut:

»Im Grunde könnte man es ihm sogar sagen.«

»Wie? Du willst ihn einweihen? Wozu denn?«

»Hedda, interpretiere mich bitte nicht falsch. Es kommt mir seltsam vor, das anzusprechen, aber er ist dein Sohn. Ich halte Martin für vertrauenswürdig. Meinst du nicht, dass er ein gewisses Recht haben könnte, es zu erfahren?«

Eine Weile überlassen sie sich ihren Gedanken. Obwohl es schummrig wird, schaltet Hedda keine Lampe ein. Sie hört ihren Berater und Freund atmen. Jeden anderen, wird ihr mit einem Lächeln bewusst, hätte sie nach diesem Vorschlag aus der Leitung geworfen. Und er fragt weiter:

»Was meinst du, wie würde Martin wohl reagieren?«

»Er wäre schockiert. Ich glaube, er würde angewidert zuhören und dann einfach gehen. Wortlos verschwinden, verstehst du. Mein Gott, dass ich so etwas in Erwägung ziehe! Ist mein Ende nah? Willst du darauf anspielen? Muss ich mich bereit machen für die große, letzte Aussprache?«

»Ach, Hedda ...«

»... Ja, Friedrich?«

»Du klingst putzmunter wie eh und je. Was sagen eigentlich die Ärzte?«

21 MARTINS ORT

Sonntagmorgen. Angelika schläft noch. Er steht auf und verschwindet nach draußen. Die Vögel, so kommt es ihm vor, schreien vor Lebenslust. Ein wie auf Hochglanz poliertes Licht tanzt durch die Tannen vorm Haus. Aber das wird am Wind liegen, der in der Nacht auf Osten gedreht hat und alles durcheinanderwirbelt. Für September ist es zu frisch, kaum zehn Grad. Er mag dieses Wetter. Als würde hinter der nächsten Anhöhe das Meer tosen.

Die protzigen Alpen, nur eine Fata Morgana.

Bei den Pferdekoppeln ist er plötzlich von langen, weißen Plastikschnüren umgeben. Die Koppelbegrenzungen haben sich losgerissen und flattern waagerecht über dem Weg. Mit ausgestreckten Armen geht er hinein, lässt sich die Bänder um Bauch und Beine wehen, bleibt darin hängen.

»Mein Ort. Hier werde ich festgehalten!«, jubelt er.

Am Waldrand kommt ihm eine Reiterin entgegen. Er kennt sie. Vor ein paar Jahren hat er ihr Pferd wegen einer Kolik behandelt. Nach kompliziertem Hin und

Her landete der Hengst auf dem OP-Tisch eines Spezialisten.

Weicht sie deshalb so weiträumig aus? Der Weg ist breit genug, denkt er, während sie den Schimmel auf eine ansteigende Wiese dirigiert. »Danke, nicht nötig!«, ruft er. Da rutscht das Tier auf dem lehmigen Untergrund weg und gerät in Straucheln. Er verfolgt es wie in Zeitlupe. Das kräftige Pferd mit der Frau im Sattel schleudert seine Hufe durch die Luft, kann sich im letzten Moment aber fangen.

»Alles in Ordnung?« Sie nickt ihm zu und reitet davon. Als wäre nichts gewesen.

Der Himmel ist blau und leer. Keine Wolke und auch kein Flugzeug. Er möchte immer nur gehen, sich von den kräftigen Böen durch Bohnenfelder, Maisfelder, Lupinenfelder schieben lassen.

Im Nachbardorf bleibt er vor einer Rinderkoppel stehen. Zweijähriges Fleckvieh, weiß-braun gesprenkelt. Gerade, als er sich abwenden und zurückgehen will, landet auf einem der breiten Rücken ein Star. Der Vogel dreht das gefiederte Köpfchen, wippt mit dem Schwanz auf und nieder, ohne dass sein wiederkäuender Landeplatz sich davon aus der Ruhe bringen lässt.

So etwas sieht er zum ersten Mal. Beschwingt wandert er zurück, auch wenn er sich nun gegen den Wind stemmen muss.

Mit zwei dampfenden Tassen in den Händen geht er durchs Haus. Vor der Schlafzimmertür packt ihn das schlechte Gewissen. Unwillkürlich duckt er sich. Er schleicht vorüber, als wäre der Raum dahinter nicht kalt und verlassen. Als würde Emma dort noch auf ihn warten und er sie um heißen Milchkaffee und all die anderen gemeinsamen Vorlieben bringen. Betrüger, flüstern Wände und Türen. Der große Plakatrahmen im Treppenhaus mit den Kinderfotos von Mona, auf denen auch Emma oft zu sehen ist, scheint vor Entrüstung zu wackeln.

Am Anfang hatte er aus Rücksicht gegenüber Angelika und auch aus Feigheit erwogen, das Erinnerungsstück abzunehmen.

Aber er nimmt es nicht ab! Genauso wenig wie Emmas Ehering, den er zusätzlich am Finger trägt. Sobald er seine Hand bewegt, stoßen die beiden Goldringe zusammen und klirren leise.

Wenn Angelika bei ihm übernachtet, schlafen sie im Gästezimmer, obwohl er den Kellerraum alles andere als ansprechend findet. Es ist ein Kompromiss, ein nach feuchten Wänden und morschen Tapeten riechendes Zugeständnis. Aber ohne solche Ausweichmanöver bekommt er Angelikas Anwesenheit in diesem Haus nicht hin.

Er stellt den Kaffee auf den Nachttisch und schmiegt sich an sie. Vor seiner Nase hat er Haarsträhnen.

»Wie spät ist es?«, fragt sie schlaftrunken.

»Kurz vor elf.«

»Oje.«

Mit einem Ruck setzt sie sich auf.

Durch die Bewegung klickt der Reißverschluss der Matratzenauflage, die er für die Enkelkinder angeschafft hatte. Jedes Mal, wenn er das hört, nimmt er sich vor, den metallischen Laut unter dem Laken, dessen Ursache er eigentlich nur vermutet, genauer zu ergründen.

Und vergisst es wieder.

Angelika ist noch wie betäubt und sinkt zurück auf ihr mitgebrachtes Kopfkissen. »Ohne aufgestickte Sterne«, sagte sie, »übernachte ich nicht mal bei dir.« Ihre Benommenheit wäre normalerweise eine Einladung zu schmusen und danach wieder einzuschlafen. Aber ihr Sohn, dem er hoffentlich bald begegnen wird, spielt heute ein Badminton-Turnier und sie hat versprochen, dabei zu sein.

»Warte!«

Als sie aufstehen will, greift er nach ihrem Nachthemd.

»Du, ich muss los!«

»Da ist eine Hautveränderung auf deinem Rücken.«

»Eine was?«

»Ein Leberfleck. Ziemlich groß.«

»Ach, der ist uralt! Dass du auf mich Acht gibst, ist wunderschön, Martin. Aber nicht jetzt, okay?!«

»Ich hole kurz die Lupe.«

»Nein!«

Sie kichert, aber schon mit Nachdruck, und er lässt los.

Ein Quietschen zeigt an, dass sie im Bad nebenan in die Wanne gleitet.

»Weißt du noch, wie du in Blankenburg morgens immer mit dem Thermometer ankamst? Da kannte Herr Doktor nichts.«

»Sag es!«

»Was?«

Die Dusche rauscht und sie reden um zwei Ecken, deshalb muss er brüllen.

»Na, dein doofes Kosewort!«

Sie prustet.

»Mein kleiner Pedant, du!«

Was für seltsame Erinnerungen wir teilen, wundert er sich. Im Osten zu verhüten, blieb lange ein Abenteuer. Die sogenannte »Wunschkindpille« wurde erst verschrieben, als er schon ausgereist war. Davor hatte Angelika allen Ernstes Scheidenspülungen mit Vita-Cola erwogen. Verbreitet war auch das Reiten auf den ersten, im Schleudergang wie verrückt rüttelnden Waschmaschinen oder das Sitzen in kochend heißem Wasser. Und erst der Tipp, den die Großmutter ihnen gegeben hatte: Pulsatilla – ein pflanzliches Mittel gegen Kreislaufbeschwerden aus der Apotheke. »Davon trinkst du drei Fläschchen, Mädchen. Dann kommt der Besuch auch wieder.« Der Besuch, der wiederkommt! So hat Großmutter sich ausgedrückt.

Den Hokuspokus, der mit der Liebe und ihren unerwünschten Folgen zusammenhing, wird er nie vergessen.

Die Pulsatilla-erprobte Gefährtin kniet im Flur, streift sich ihre Glitzerschuhe über. Er nimmt einen Hausschlüssel vom Haken und gibt ihn ihr.
»Heißt es eigentlich der oder das Schlüsselbund?«
Sie drückt ihm einen Kuss auf die Wange.
»Man kann, glaube ich, beides sagen.«
Dann ist sie weg, wie herausgeschnitten aus seinem Sonntag. Er winkt ihr nach, bis das Auto hinter der Kirche verschwunden ist.

Niemand zu sehen. Frau Lohmaier nicht, die ihn wieder ausquetschen könnte, wer denn »diese Blondine mit den Lorelei-Haaren« in seinem Garten gewesen wäre, keine durchhetzenden Hobbyradler und zum Glück auch keine vor der Praxis wartenden Notfälle.

Das Dorf wirkt verlassen. Selbst der Wind hat sich gelegt. Er muss an letzte Schultage vor den großen Ferien zurückdenken. Wie er mit dem Zeugnis in der Mappe durch Blankenburg trottete, die ungeheure Ausdehnung des Sommers vor Augen.

Ich werde Zeit haben, sagt er sich, viel Zeit. Im Haus dreht er das Radio auf. Keine Klassik, sondern schnöder deutscher Pop – »Gib mir mehr von dem, was du Liebe nennst!«.

Dazu hopst und wackelt er durch die Räume wie ein 68-jähriger Teenager.

Nach einer Weile klopft es ans Fenster. Er stellt die Musik ab und geht nach draußen.

»Hallo, Jürgen, machst du deine Nachmittagsrunde jetzt auch sonntags?!«

»Nein, nein.«

Der Kollege wirkt zerknirscht. Er zeigt hinter sich auf den Jeep, in dem seine Frau Renate und die Kinder sitzen. Alle winken, steigen seltsamerweise aber nicht aus.

»Was ist los? Braucht ihr Hilfe?«

Der sonst um keine Bemerkung verlegene Sachse verzieht das Gesicht, als hätte er Zahnschmerzen.

»Entschuldige, dass ich einfach aufkreuze, aber können wir kurz reinkommen?«

»Klar, aber deine Damen begleiten uns!«

Er öffnet die Autotüren und komplimentiert Renate und die beiden halbwüchsigen Töchter ins Haus.

»Worum geht's?«, fragt er in der Küche nach. Die Mädchen trinken Tomatensaft. Mit Renate, einer ehemaligen Biathlon-Größe, hat er sich über ihre Knieprobleme unterhalten.

»Ja, weißt du ...«

So verkrampft erlebt er Koslowski zum ersten Mal.

»Jürgen, mach's nicht so spannend!«

Aber der kann nicht anders.

Lang und breit beschwert er sich über einen Klienten. Am Freitag sei es wieder so weit gewesen. Auf dem Waldstetter-Hof hätte eine Kuh schlapp, ja apathisch im Stall gestanden. Koslowski machte sich auf den Weg, um nach eingehender Untersuchung sagen zu müssen, es täte ihm leid, aber da wäre nichts mehr zu machen. Und Waldstetter habe geklagt, dass dies seine allerbeste Kuh sei. Gäbe es bei ihm Probleme, sei stets die ertragreichste und schönste aller Kühe davon betroffen. Das Gejammer ginge Koslowski gegen den Strich, aber er würde das ausblenden und darüber hinwegkommen können, wenn Waldstetter nicht so dreist wäre. Er hätte darauf bestanden, dass Koslowski noch etwas tue. »Gut, ich kann ihr eine Spritze geben, aber ich glaube nicht, dass es etwas nützt«, willigte Koslowski ein und fuhr anschließend weg.

Als er tags darauf zurückkehrte, war die Kuh verendet. »Wie ich Ihnen gesagt hatte. Die Spritze hat nichts gebracht. Aber verrechnen muss ich sie trotzdem.« Daraufhin Waldstetter: »Wahrscheinlich haben Sie gar keine Spritze gegeben.« Außerdem wollte er nicht für An- und Abfahrt und genauso wenig für die aufgewendeten tierärztlichen Leistungen bezahlen. »Unsere Visiten sind doch nicht gratis!«, empört sich Koslowski. Den vermögenden und im Stadtrat vertretenen Landwirt nennt er eine »Zumutung« und ist für dessen Streichung aus der Kartei.

Zweifellos ärgert sich der Kollege.

Nur würde er deswegen nicht extra herfahren. Schon gar nicht am Sonntag. Koslowski wechselt einen Blick mit seiner Frau und scheint auf das eigentliche Anliegen kommen zu wollen. Da klingelt das Telefon.

Auf dem Display blinkt es: »Mona«.

»Oh, meine Tochter. Moment, bitte.«

Martin springt auf, läuft nach nebenan.

»Hallo Papa?«

»Grüß dich. Schön, dass du anrufst!«

»Ja, können wir kurz reden?«

»Ich habe Besuch.«

»Es dauert nicht lang. Ich wollte eigentlich nur sagen, dass wir zurückkommen.«

»Was? Nein?!«

Er muss sich setzen. Am Kamin, dort wo er steht, sinkt er zu Boden.

»Doch, Papa.«

»Das ist ein Scherz, oder?«

»Nein, nein.«

»Und … und wie? … Ich meine, ihr alle? …«

»Wir alle. Franco, die Kinder und ich werden nach Deutschland umziehen. In einem Monat. Entschuldige, ich wollte dich erst informieren, wenn es feststeht.«

»Und, ist das so?«

»Ja.«

»Oh, ich … ich weiß nicht, was ich sagen soll.«

»Freust du dich denn?«

»Natürlich, wie kannst du das fragen? Es ist phantastisch!«

»Gut, dann freue ich mich auch, Papa. Ich komme nach Hause. Mit der ganzen Rasselbande. Und weißt du was?«

»Na?«

»Wenn du mich nach all den Jahren noch möchtest, würde ich auch wieder in der Praxis arbeiten. Ich könnte es zumindest versuchen.«

»Das ist ...«

»Ja?«

»Einfach nur schön!«

»Verstehe. Papa, ... wir ... telefonieren. Kümmere dich mal um deinen Besuch.«

»Ja, danke für den Anruf!«

Er geht in die Küche zurück. Dass er Tränen in den Augen hat, ist ihm nicht bewusst. Was wollte Koslowski noch mal? Wenn er ehrlich ist, hat er auch vergessen, dass er Besuch hat. Er schaut durch vier Menschen wie durch Glas.

Der Kollege fängt an, auf seinem Stuhl erregt hin und her zu schlingern. In weitschweifigen, fast unverständlich verschachtelten Sätzen versucht er ihm zu erklären, dass er nachgedacht habe.

Vor allem über den täglichen Arbeitsweg. Es ginge ja nicht allein um die Strecke zur Praxis und zurück, sondern auch um die Bereitschaftsdienste, die Fahrten zu den Klienten in den umliegenden Landkreisen. Das müsse man einrechnen. Darüber hätte er, Koslowski, sich auch mit Renate beraten. Die Familie wollte ja eigentlich in der Nähe, wenn möglich sogar in unmittelbarer Nachbarschaft zur Praxis leben. Sie wären bereit gewesen, seien im Grunde weiter bereit, in das Haus neben der Praxis zu ziehen. Er, Koslowski, würde den entsprechenden Teil des Anwesens zusätzlich erwerben wollen, was ja selbstredend nicht ginge, weil dort er, Martin Schmidt, mit gutem Recht wohnhaft sei. Weder könnte noch wollte Koslowski ihn zwingen, sein Haus zu räumen. Natürlich nicht.

Nun läge aber ein Angebot aus seiner bisherigen Wohngegend vor. Damit hätte er nicht gerechnet. Eine hübsche Praxis mit Potential, am Rand der Kreisstadt. Koslowski müsse sich entschuldigen, aber unter diesen Umständen sähe er sich gezwungen, Schmidt leider abzusagen. Es sei ja noch nichts unterschrieben. Aber Koslowski habe sein Wort gegeben. Verflucht, sie hätten die Übernahme so akribisch vorbereitet. Allein der Gutachter- und Beraterraufwand. Das Ganze nage an ihm. Seit Tagen zerbreche er sich den Kopf, wie er Schmidt das beibringen könne. Spätestens im Herbst müsse Koslowski kündigen. Die Angelegenheit würde ihn deprimieren, umso mehr, weil –

»Hör mal«, versucht Martin ihn zu unterbrechen. Aber erst ein nachdrückliches »Jürgen!! Das ist nicht schlimm! Ich habe gerade erfahren, dass meine Tochter zurückkommt«, sorgt für Ruhe.

22 FRÜHSTÜCKS-TV

Morgens in der Küche. Mona sitzt ihm gegenüber, Müsli in Schüsseln schüttend. Neben ihr Olivia und Emily, die älteren seiner drei Enkelinnen. Der Fernseher läuft, damit die Mädchen rasch ihr Deutsch verbessern, wie Mona es sich wünscht. Ob Börsennachrichten oder Liveschaltungen zum Gazastreifen das leisten können, hat er nicht versucht, in Frage zu stellen.

»Ich wollte kein Müsli, sondern Semmeln!«, nörgelt Emily, und zwar akzentfrei. Die Elfjährige bekommt es fertig, sich mit anklagendem Augenaufschlag zu erkundigen, ob im Korb etwa Aufbackbrötchen und nichts Frisches vom Bäcker liegen würde. Und Olivia, die Mittlere der drei, möchte ihrer Mama etwas zeigen, aber heimlich. Weshalb die beiden aufspringen und rausgehen. Im Flur stoßen sie mit der vierjährigen Carry zusammen, die bereits fertig angezogen ist und ihren Papa heute ins Büro begleitet. Obwohl oder gerade weil Samstag ist.

Seit Wochen tobt ungewohntes Leben durchs Haus. Gerenne und Gezeter, rund um die Uhr. Er fühlt sich wie ein Hoteldirektor, möchte es genießen. Was ihm noch nicht gelingt. Wenigstens lässt das tägliche Rotieren Nachdenklichkeit oder gar Trauer nicht zu. Und dies, versucht er sich einzureden, ist ein fabelhafter Fortschritt.

»Vor Weihnachten wird der Dachboden im Anbau fertig werden. Dann ziehen wir nach drüben und du kannst durchatmen!«, verspricht Mona, ohne dass er darauf angespielt hätte.

Sie kommen erstaunlich gut miteinander aus. Selbst wenn sie den Kindern Brote schmiert, Jacken zuknöpft oder per Hacke eine Schublade zuschiebt, scheint ein Tochterauge auf ihm zu liegen. Verständnisvoll oder lauernd – er weiß es nicht. Eingedenk früherer Kämpfe bemüht er sich, wegzuschauen und nicht alles zu bewerten.

In einem der wenigen ruhigen Augenblicke seit ihrer Ankunft – nach einem Lagerfeuer im Garten brachte ausnahmsweise Franco die Mädchen ins Bett – entspann sich eine Unterhaltung darüber, wie sie ihn als Kind erlebt hatte.

»Du warst unberechenbar und gleichzeitig irgendwie zerbrechlich. Trotz deines Abhärtungsfimmels und obwohl du ja eigentlich nie krank wurdest. Entschuldige, wenn ich das sage, aber seelische Stabilität sah anders aus. Wegen Kleinigkeiten konntest du aus der Haut fahren. Wollten Mama oder ich dir je schaden? Manchmal bist du wütend vom Hof gerauscht und bliebst tagelang unauffindbar.«

»Tagelang? So ein Quatsch! Schon wegen der Praxis wäre das gar nicht gegangen.«

»Papa, leidest du unter Gedächtnisschwund? Wie wir deine Unausgeglichenheit aushielten, deine Krisen, wenn Pläne nicht aufgingen, wenn wieder etwas schmutzig wurde oder kaputtging, ist mir bis heute ein Rätsel. Hast du dich nie gefragt, warum ich nach Amerika verschwunden bin?«

So redet sie mit ihm.

Sie gesteht, dass sie fürchtet, sein Misstrauen geerbt zu haben, diese öde, tiefsitzende Reserviertheit. Wie viel Kraft es sie kosten würde, auf Menschen zuzugehen und nicht ständig mit dem Schlimmsten zu rechnen, wie es in dieser Familie gang und gäbe wäre.

»Kannst du dir vorstellen, wie es sich ausgerechnet in Kalifornien damit lebt?«

Emma und er haben sie mehrfach besucht, aber darauf weiß er nichts zu sagen.

Sie hilft ihm nicht, lässt es so stehen.

Nach solchen Abenden, solchen Gesprächen liegt er mit diffusen Schuldgefühlen wach. Was zwischen ihnen zuckt und sich aufbäumt, muss Liebe sein. Eine andere Erklärung für ihre Vorwürfe, für ihr Szenario des beschädigten Vaters, findet er nicht. Auch die

Frage, inwieweit sie damit Recht haben könnte, lässt sich nur so beantworten.

Ohne dieses Gefühl, denkt er, wäre sie nicht zurückgekommen.

Er mustert seine Tochter. Sie hat Emmas blonde, glatte Haare und ihre helle Haut. Im Laufe der Jahre – mittlerweile hat sie die vierzig überschritten – sind Leberflecke in ihr Gesicht gewandert. Eine Handvoll bräunlicher Tupfer. Sie ärgert sich darüber wie andere über Sommersprossen oder buschige Augenbrauen, möchte sie entfernen lassen. Aber die Pünktchen verleihen ihr das gewisse Etwas. Ohne diese, denkt er mit der stolzen Anmaßung des Vaters, würde sie vermutlich bloß hübsch aussehen.

Franco taucht im Türrahmen auf, Carry im Arm, um sich zu verabschieden. »High noon we are back«, verkündet er mit seiner Bärenstimme, die so gar nicht zu dem hageren, hochaufgeschossenen Körper passen will. Mona küsst die Kleine und zieht mit einem Ruck Francos Rollkragen hoch.

In diesen Wochen mit Einzug, Arbeitsbeginn und Hauserweiterung hat Martin keinen Streit der beiden mitbekommen. Wenn Mona hektisch wird und ihre Giftpfeile verschießt, tritt das nach Bayern importierte Computergenie zur Seite und macht nichts anderes als sonst: seelenruhig schweigen.

Das Frühstück zieht sich in die Länge. Der Fernseher sondert Beiträge ab und sie trinken den dritten Kaffee, obwohl es manches zu tun gäbe. Am Abend soll im fertigen Teil des Anbaus ein Adventsfest stattfinden. Angelika wird kommen und ihren Sohn mitbringen. Frau Lohmaier ist eingeladen. Auch die Koslowskis und zwei von Monas Schulfreundinnen haben zugesagt.

»Nur Oma fehlt!«, klagt Mona. Diesmal sollen Darmprobleme schuld sein. Der letzte Besuch seiner Mutter ist so lange her, dass er sich nicht daran erinnern kann. Vermutlich, denkt er boshaft, wird sie wohl zur Praxiseröffnung dagewesen sein, um sich für das gewährte Darlehen feiern zu lassen. Dass ihr Desinteresse an seinen Lebensumständen sich auf Mona überträgt, findet er traurig, aber nicht gerade verblüffend.

Olivia und Emily vergleichen Nutella mit amerikanischer Erdnussbutter. Sie stellen Gläser nebeneinander und lesen sich die Inhaltsstoffe auf den Etiketten vor. Und Mona sortiert Besteck. Sie überlegt, ob das Geschirr für die Feier reicht oder sie sich Stühle von Frau Lohmaier leihen müssen.

Da hört er hinter sich die Stimme des Innenministers:

»... und Mitarbeitern unserer Dienste, der Kriminalpolizei, den Sonderpolizeieinheiten in Bund und Ländern sowie der Justiz, die sich täglich für unsere Sicherheit einsetzen ...«

Das beamtenhafte Näseln ist nicht zu verwechseln, selbst wenn man dem Fernseher den Rücken zuwendet.

»Der Zugriff erfolgte zum richtigen Zeitpunkt. Ausreichend spät, um Beweise zu sammeln. Früh genug, um den geplanten Terroranschlag zu verhindern. Nach jetzigem Wissensstand war der Verhaftete ein Einzeltäter.«

Er schaut nun zum Bildschirm, aber der Minister ist nicht mehr zu sehen. Kommentare des Moderators im Studio. Dann ein Polizeisprecher, der die Festnahme schildert und betont, dass »zu keinem Zeitpunkt eine Bedrohung der Bevölkerung bestand«. Darauf Bilder der einberufenen Pressekonferenz. Die Vertreterin der Bundesanwaltschaft informiert in den üblichen Wendungen über Details: »Bauteile eines Sprengsatzes«, »Chemikalien«, »Gefährdungslage«.

»Der aus dem Irak stammende Yamen A. arbeitete seit Jahren als Sportlehrer an einer Schule im Hamburger Stadtteil Farmsen«, erklärt sie den Journalisten.

Da dreht er sich wieder um. Er reißt einen Fetzen von der Küchenkrepp-Rolle und wischt sich die Stirn.

»Alles in Ordnung, Papa?«

»Ja, klar!«

Er muss aufpassen, könnte es aber auch lassen. Das wäre dann die nächsthöhere Stufe. Mona lässt ihn nicht aus den Augen. »Denkst du in meinem Kopf? Dann denke ich in deinem!«, hat sie schon als kleines Mädchen zu ihm gesagt.

Wie schön es ist, sie wieder im Haus zu haben! Nur

ihr Kaffee ist ungenießbar. Lächelnd hält er seine Tasse hin und schluckt noch mehr dieser bitteren Brühe. Als wollte er sich, wofür wahrlich kein Grund besteht, für etwas bestrafen.

23   WAS ZU TUN WAR

Ein Vormittag im Januar. Das Kinn in die Hände gestützt, hockt er in der Anmeldung, auf Emmas Drehstuhl, vor ihrem alten Dienstapparat, mit dem sie ihm auf seinen Touren so viele Jahre hinterhertelefoniert hat.

Er schaut durch die Glastür bis auf die Straße hinaus. Nachts hat es geschneit, aber liegen geblieben ist nichts. Das trübe Grau lässt ihn unweigerlich an seinen Steuerberater denken. Der junge Mann hatte ihm kürzlich nahegelegt, mit der Großtierpraxis aufzuhören. Aus Rentabilitätsgründen. Weil Landwirte ihre Kühe mittlerweile selbst impfen und sogar Besamungen und Nachbehandlungen ohne Tierarzt durchführen dürfen, rechnet sich das Umherfahren kaum noch. »Nutzen Sie den Einstieg Ihrer Tochter. Gehen Sie neue Wege!«, meinte der Experte.

In einem der beiden Behandlungszimmer kastriert Mona ein Meerschweinchen. Im Wartebereich sitzen die Besitzer zweier Katzen und einer Schildkröte. Bei Letzterer, die schon mehrmals vorgestellt wurde, möchte Mona eine »homöopathische Füttertherapie«

einleiten. In seinen Ohren klingt das nicht viel anders als »Embryotransfer« oder »Fütterungscomputer«.

Er steht auf, um sich der Katzen anzunehmen, als draußen ein Taxi hält. Da die Sprechstundenhilfe Mona assistiert, wartet er mit verschränkten Armen vor der Theke.

Er traut seinen Augen nicht, als er seine Mutter erkennt!
In grünem Mantel und dicken braunen Wollstrumpfhosen schwingt sie sich aus dem Taxi und betritt schnurstracks die Praxis.
»Was machst du hier?«, platzt es aus ihm heraus. Sein Mund steht weit offen.
»Dich besuchen, was sonst!«
Er ist von ihrem Auftauchen völlig überrumpelt.
»Ich habe Dienst ... noch vierzig Minuten.«
Sie blafft zurück:
»Aber ich muss mit dir reden! Wo können wir das machen?«
Warum klopft sie nicht gleich – tak! tak! tak! – mit dem Stock auf den Boden und befiehlt, die Hacken zusammenzunehmen, ärgert er sich. Aber ihm fallen die hohlen Wangen auf, das nur von einer primitiven Klammer gehaltene Haar und die ungewöhnliche Solarium-Bräune auf ihrem Gesicht und den knochigen Händen. Als hätte sie sich mit einer Schutzschicht versehen wollen.

»Moment, bitte.«

Als er Mona Bescheid gibt, nickt diese nur, ohne den Mundschutz abzunehmen. Dass ihre Großmutter da ist, hat sie womöglich gar nicht verstanden, überlegt er beim Schließen der Tür.

Er führt seine Mutter nach nebenan, in die Privaträume. Offensichtlich gefällt es ihr dort nicht. Wie eine aufs Amt bestellte Besucherin steht sie bis obenhin zugeknöpft vor dem Kamin und rümpft die Nase.

»Gewaltig große Räume sind das!«

Außerdem hantiert sie an ihrem Hörgerät.

»Was meinst du damit?«

»So! Jetzt funktionieren meine Ohren wieder ... Ich meine damit, dass wir uns woanders unterhalten sollten.«

»Woanders?«

»Ja, hast du nicht irgendwas Kleines, Abseitiges? Einen Bereich ohne Telefonleitungen?«

Einen Bereich ohne Telefonleitungen!? Zwecklos, mit ihr zu diskutieren. Die Angst vor eingeschleppter Technik kennt er allzu gut. Dennoch oder gerade deswegen nervt sie ihn bei seiner Mutter. Nach mehreren abgelehnten Zwischenstationen – Gästezimmer, Schlafzimmer, Werkstatt – landen sie im ehemaligen Stallgebäude. In der von Spinnweben durchzogenen Ausweichpraxis, die, wenn überhaupt, nur noch im Sommer benutzt wird. Es gibt zwei Hocker. Auf dem Metalltisch kann sie ihre Handtasche ablegen. Besseres lässt sich über die Örtlichkeit nicht sagen.

»Abseitig genug?«
»Durchaus.«
»Also Mutter, wo brennt's?«
»Nirgends. Ich bin gekommen, weil ich dir etwas zu sagen habe.«

Sie wischt Staub- und Sandkörnchen zur Seite, tupft sie sogar mit feuchtem Finger vom Tisch. Er widersteht der Versuchung, von Keimen oder Hygienevorschriften anzufangen.

»Ja?«
»… ich …«

Ihre Entschiedenheit weicht etwas anderem. Wie eine Rednerin vor dem Auftritt bewegt sie lautlos die Lippen. Dann sagt sie, ihn frontal anblickend.

»Es ging nicht anders.«

Die Erinnerung kommt von weit her, ist aber deutlich.

So hat sie schon einmal vor ihm gesessen. Mit diesem verschwommenen Blick, diesem unbeholfenen und harten ›Es ging nicht anders‹. Allein, wie sie ihre Hände ringt – bis die Gelenke knacken!

Im Garten des Blankenburger Hauses war das, Ende der fünfziger Jahre. Dort fing sie an, sich aussprechen und ihn hineinziehen zu wollen.

Das Geplapper über vertrauliche Informationen, unbedingte Verschwiegenheit und einen Mittelsmann namens Großvater sitzt seitdem in seinem Kopf.

Alle Welt scheint fasziniert von Spionen, dabei sind es meist Lebensdarsteller ohne eigene Sprache.

Sie schaffen es nicht mal, ihren Kindern reinen Wein einzuschenken. Wenn er an solche »klärenden Gespräche« denkt, wird ihm schlecht. Wie im Garten damals sieht er Äpfel über sich hängen und möchte es schnell hinter sich bringen.

»Was ging nicht anders?«, fühlt er sich bemüßigt zurückzufragen. Sie knetet weiter ihre Hände.
»Wie soll ...«, hebt sie an und stößt hervor:
»Deine Vermutungen waren richtig. Albert, also ... diese Kreatur geht auf mich.«
»Wie ›auf dich‹? Was soll das heißen?«
»Ja, was wohl?!«
»Das weiß ich nicht, Mutter! Und ich hege auch keine Vermutungen ... Jedenfalls nicht solche.«
Was er zu verstehen meint, trifft ihn auf eine Weise, dass er fast vom Hocker rutscht und auf dem Fliesenboden landet.

Lügen, denkt er, eine Welt voller Lügen!
Er hofft auf ein Missverständnis. Ist das ein makabrer Scherz?
Ein Irrtum?
Weil er mit seinen Enkelinnen gerade in einem asiatischen Restaurant gewesen ist, fallen ihm Frühlingsrollen ein. Sind Lügen nicht genau so: außen knusprig und innen zart?!
Der Vergleich funktioniert nicht. Die Obsession seiner Familie für das Verborgene, das geflissentlich

Versteckte und Verschwiegene lässt sich damit nicht beschreiben.

Während die Mutter noch einmal innehält und Luft holt, muss er an den Vater denken. Dessen Talent zum Unauffälligsein war legendär. Aber der falsch spielende Profi schien diese Seite an sich nicht sonderlich zu mögen.

Als wäre Spionieren etwas für unreife Spinner!

Als müssten die Umstände schon sehr existentiell sein, um einen in so etwas hineinzuzwingen und den Firlefanz zu rechtfertigen.

1945 zum Beispiel, nach der Auflösung seiner Einheit bei den Arado-Flugzeugwerken, war der Vater fahnenflüchtig. Er besorgte sich die Ausweispapiere eines französischen, ihm vom Typ her ähnlichen Kriegsgefangenen. Damit schlug er sich bis nach Hause durch.

Und beim Einmarsch der Russen in Blankenburg versteckte er sich im Keller, lag unter dem Kohlenhaufen. »Wie man im Dreck überlebt, wusste ich. Ich war ein rabenschwarzes Tier, das von Großmutter gefüttert wurde«, hatte er ihm dort unten erzählt, als sie in irgendeinem Frühjahr wieder einsickerndes Wasser nach draußen pumpen mussten.

Einmal hat Martin ihn auch zur Nachrichtenaufnahme begleitet. Das musste zu der Zeit gewesen sein, als es dem frischgebackenen V-800,101 noch um Militärtechnik, Kasernenbelegungen und Truppentransporte ging. Sie fuhren mit dem Motorroller über Waldwege bei Oranienburg. Der Vater hielt irgendwo, ließ ihn die Maschine bewachen und schärfte ihm ein, laut zu pfeifen, falls jemand auftauchen sollte. Dann ging er austreten. Es war aber zu sehen, dass er zwischen den Wurzeln eines Baumes nach etwas suchte und es nach einer Weile fand. Ein gerolltes Blatt Papier. Es steckte in einem verkehrtherum in den Sandboden gedrückten Fläschchen.

Der Umstand, dass er mit elf, zwölf Jahren zu einem BK, also einem toten Briefkasten mitgenommen wurde, zeigt, wie leichtsinnig der Vater in den Anfangsjahren nachrichtendienstlich vorging. Das Absichern im Wald blieb eine einmalige Sache. Sie haben nicht darüber gesprochen. Er weiß weder, ob der Baum einen Arbeits-, einen Ersatz- oder Notbriefkasten darstellte, noch welche Information das Papierröllchen enthielt.

»Warum konnte Papa nie über dieses Thema sprechen? Es hat ihn doch beschäftigt.«

»So war er eben. Nach seiner Entlassung wollte er im Westen Fuß fassen. Mit 59 schrieb er wieder Stellengesuche. Er versuchte, alte Patente von sich zu aktivieren und tüftelte auch an irgendeiner Metallbiegemaschine. Zum Verarbeiten blieb keine Zeit und dann kam der Krebs.«

»Ja, eben. Ich habe doch mitbekommen, wie er kämpfen musste. All die Bewerbungen, das ihm so fremde Großtun und Klinkenputzen und vor allem die Absagen, immer wieder Absagen, obwohl sich Kappelhoff hinter den Kulissen bestimmt für ihn einsetzte. ›Mein Sohn, hier zählt man mich zum alten Eisen‹, hat er mir bei einem Spaziergang mal erklärt. Das muss kurz vor der Diagnose gewesen sein. Da war er so weit und wollte im Supermarkt um die Ecke anfangen.«

»Im Supermarkt? Unsinn! Davon war nie die Rede!«

»Aha«, meint Martin nur. Dieser Klarstellung wegen ist seine Mutter nicht hier. Sie setzt sich in Position, an diesem blanken Metalltisch. Wie eine Gräfin im Exil, denkt er.

»Ich werde nun etwas Besonderes schildern.«

»Das musst du nicht. Wirklich nicht.«

»Doch!«

»Aber warum?«

»Warum? Warum? Fragen kannst du hinterher stellen!«

Sie beginnt, über Albert zu reden. Den Mann ihrer Schwester Trude, diesen Charmeur und Einflüsterer. »Dass er uns ans Messer geliefert hat, habe ich lange Zeit nicht gewusst. Aber dass er es hätte tun können, war immer naheliegend. Das passte ins Bild.«

Sie spricht über seine gepflegte Erscheinung. Die englischen Hüte, die bevorzugt schwarzen oder dunkelblauen Anzüge, die gebügelten weißen Hemden. Über seine sonntäglichen Kaffeefahrten zu den Erbtanten in Wilmersdorf, für die er von der Familie verspottet wurde. Über seine jeden Zweifel und jede

Kritik niederlächelnde Umgänglichkeit. Das fein gesponnene Korsett aus Absichten und Konventionen war selbst für seine Frau Trude schwer zu durchschauen.

»Auf den ersten Blick wirkte er patent. Er schien immer bester Laune zu sein«, erklärt seine Mutter ihm etwas, woran er sich selbst erinnert.

Sie beschreibt den Freundes- und Bekanntenkreis ihres Schwagers. Nicht nur Ingenieurskollegen von »Dyckerhoff & Widmann« waren darunter, auch Arbeiter, Handwerker, Angestellte, ein bekannter Operettensolist. Männer, die den Krieg überlebt hatten. Zuträger und Zechkumpel aus dem »Kulmbacher Eck«, seiner Charlottenburger Stammkneipe. In dem unweit der Wohnung in der Bamberger Straße gelegenen Lokal verschwand Albert nach Feierabend. Für eine Stunde. Als wären Bier und Plaudereien eine Art Arbeit.

Die Mutter erfuhr erst später von Kappelhoff, was der Quellenführer des Vaters schon während des Krieges bei der Sicherheitspolizei im besetzten Frankreich getan hatte: verdeckt zu ermitteln und eigene Netzwerke aufzubauen.

Für den geübten Strahlemann – Spitzname: Heinz Rühmann – war der Krieg keineswegs vorbei. Schon gar nicht im viergeteilten Berlin der Nachkriegsjahre, auf diesem lukrativen Markt der Informationen und Desinformationen.

»Wenn ich zurückdenke, muss ich mich keineswegs

anstrengen, ihn sympathisch zu finden«, meint die Mutter.

Sie hält die Arme verschränkt. Der Kälte oder Anspannung wegen, obwohl er sich Letzteres bei ihr nie vorstellen kann, reibt sie sich die Schultern. Aber sie will den Platz, den sie sich für dieses Gespräch ausgesucht hat, nicht verlassen.

Rissige Kalkwände. Schmutzige Scheiben. Draußen erneut Schneeregen. Halbgefrorene Tropfen klatschen dumpf aufs Fensterbrett.

Und seine Mutter redet.

Er hatte befürchtet, dass sie sich hineinsteigern und ihn gleich in ihr Albert-Verlies mitschleifen würde, in ihre selbst gezimmerte Rachekanzel.

Aber sie nimmt sich Zeit und bleibt friedlich. Er hat den Eindruck, dass sie davon selbst überrascht ist. Worte wie ›Abrechnung‹ oder ›Erledigung‹, die ihnen beiden auf der Zunge lagen, sind vorerst verflogen.

»In den Jahren vor dem Mauerbau waren Papa und ich ja fast jedes Wochenende bei ihnen zu Besuch. Meist schon am Freitagabend.«

Er ahnt, worauf sie hinauswill. Die modern eingerichtete, geräumige Wohnung in Charlottenburg und das Getue, mit dem Albert und Trude die Ostberliner Verwandten am neuen Wohlstand teilhaben ließen, waren ein tiefsitzender Stachel.

Eine Lebensdemütigung.

Wenn sie darauf kam, blitzte Hass hervor. Ein siedender Neid, der sich mit dem Groll darüber verband, wegen der Schwiegermutter, eines Hauses und auch der Spionage wegen in der von ihr so verachteten »Zone« hängen geblieben zu sein.

Er kann sie wettern hören, ihm gegenüber, jedem gegenüber. Den Berliner Akten hat er entnommen, dass sie ihr glasklares Weltbild auch den Stasi-Vernehmern nicht vorenthielt. Insgesamt drei von denen bekamen es mit ihr zu tun:

Ich betrachte den Kommunismus nach wie vor als
eine Beeinträchtigung der persönlichen Freiheit und
für die Gewährleistung eines hohen Lebensstandards
ungeeignet. Deshalb bin ich davon überzeugt, dass die
wirtschaftliche Entwicklung in der DDR zum Chaos und
Zusammenbruch führt und letzten Endes auch auf dem
Gebiet der DDR die westlichen Verhältnisse siegen
werden. Insbesondere meine Aufenthalte in Westberlin
nach 1955 führten zu einer Begeisterung für die
dortigen Verhältnisse und einer Negierung des Systems
in der DDR. Aufgrund dieser meiner Einstellung hatte
ich auch die Absicht, die DDR illegal zu verlassen.
Andererseits erhoffte ich mir bei den Ereignissen vom
17. Juni 1953, dass der Putsch erfolgreich verlaufen
würde und die Regierung der DDR gestürzt würde. Ich
möchte damit sagen, dass ich die fest eingewurzelte
Meinung vertrat, dass irgendwann die Einheit Deutschlands unter westlichen Verhältnissen erfolgen wird
und dies nur eine Frage der Zeit sei. Erst nach den

Maßnahmen vom 13.8.1961 – ich war selbstverständlich über diese empört – kamen mir betreffs der Richtigkeit meiner Meinung Zweifel, weil ich die zunehmende Stärkung der DDR und die Machtlosigkeit des Westens feststellen musste. Darüber habe ich mich auch mit meinem Ehemann Erwin unterhalten, welcher die gleichen Ansichten wie ich vertrat.
Trotz dieser gelegentlichen Schwankungen zogen weder mein Mann noch ich ernsthaft in Erwägung, mit der Spionage Schluss zu machen, da wir auf den zusätzlichen Gelderwerb und die Pakete nicht verzichten wollten.

So steht es im Protokoll ihrer Vernehmungen. Im März 1965 war das, im zweiten der fünf Monate vor dem Prozess, die sie in Einzelhaft verbrachte.

In späteren Jahren ließ sie sich mitunter hinreißen, von ihrer Verhaftung zu erzählen. Bei Familienfeiern. Geradezu amüsiert. Als wäre es eine tolle Geschichte und sie selbst in der Rolle ihres Lebens. Wie sie am Morgen des 28. Februar hinter dem Haus einen Teppich im Schnee ausklopfte. Sie versuchte noch, die Schwärme von Krähen zu verscheuchen, die immer auf dem großen Walnussbaum kauerten, als es klingelte und sie zum Tor ging. Dort erblickte sie zwei »Riesentypen« und »wusste sofort Bescheid«, ließ ihren Teppichklopfer in den Schnee fallen.
Dieses »sofort wissen« kam immer.

»Magst du Tee oder Kaffee? Wollen wir nicht doch ins Wohnzimmer wechseln?«, bietet er an. Umsonst. Sie ist wieder ganz Bürochefin, jongliert mit Fachbegriffen, als würde sie es jeden Tag tun.

Die interne dienstliche Untersuchung zu den Ursachen und Hintergründen der »Panne«, betont sie, hätte bis in die siebziger Jahre hinein gedauert. Da lebten sie alle ja schon im Westen. Auch der Vater wäre endlich aus dem »Lager X« in Hohenschönhausen freigekommen und übergesiedelt.

»Es hatte bereits vorher einige Befragungen durch Leute aus Pullach gegeben. Nach Papas Entlassung und unserem Wechsel nach München – also 1970, aber noch vor Ausbruch seiner Krankheit – begann das von vorn. Kappelhoff, in dienstlichen Belangen der erste Ansprechpartner, rollte noch einmal alles auf. Welche Meldewege, welche Versorgungswege hatte die Verbindung? Wie funktionierten die Kurierdienste? Postverkehr? Paketverkehr? Verwendete Nachrichtenmittel und Container? Welche Sicherheitsvorkehrungen und Warnsignale waren vereinbart? Wie kam es zur zeitweiligen Stilllegung 1964? Insbesondere interessierte Kappelhoff sich für alles Finanzielle. Gehaltsmodalitäten, Absprachen, Kontovollmachten, bis hin zu Aufwandsentschädigungen und Prämienzahlungen.«

Sie beugt sich über den Metalltisch, als wollte sie ihrem Sohn etwas zuflüstern oder sich ereifern. Er rechnet bei ihr stets mit beidem.

»Obwohl wir uns zu einer Topquelle mit hohem Meldungsanfall und durchweg exzellenten Bewertungen entwickelt hatten, wussten wir nach dem 13. August 1961 praktisch nicht mehr, welche Zahlungen auf unserem Westberliner Konto eingingen. Was wir von Kurieren oder in verschlüsselter Form in den schriftlichen Anweisungen zu hören bekamen, waren immer nur Ausflüchte und Klagen über angeblich ausbleibende oder unregelmäßig eintreffende Gelder. ›Mit Opas Rente klappt es nicht mehr.‹ Dieser Satz stand in jeder zweiten Mitteilung. Opas Rente war der Tarnbegriff für die Vergütungen.«

So nah, wie sie einander jetzt kommen, zwei schmale, glühende Gesichter in einem von Atemwölkchen erfüllten Raum, muss er daran denken, wie er als Halbwüchsiger aus Wut über ein verlorenes Spiel und die anschließenden Sticheleien mit einem Tischtennisschläger nach ihr schlug. Wohin er traf, weiß er nicht mehr. Aber dass der Schläger kaputtbrach und er beschämt, wie zum ewigen Verlierer gestempelt, nur noch den Griff in der Hand hatte, daran erinnert er sich.

Wie kann man dieser Frau Paroli bieten, wie sie in die Schranken weisen und ihrer nimmermüden Dominanz begegnen, ohne sich dabei lächerlich zu machen?

Diese Frage stellt er sich bis heute.

Gleichsam auf Kohlen sitzend, wartet er, dass sie

den Vorhang aufzieht und ihre Abrechnung präsentiert. Alberts Bestrafung.

Hat der gewiefte Onkel nicht gewusst, mit wem er sich einlässt?

Sie kommt auf ihren Schwager zurück, als würde sie eine Personalakte zitieren. Mit süffisantem Unterton nennt sie ihn oft nur bei seiner Deckbezeichnung: V-832,3. Wie sie mittlerweile wisse, hätte der Dienst ihn als Tipper, Forscher und Verbindungsführer von den Amerikanern übernommen. Aus Bemerkungen ihrer Schwester Trude schließe sie, dass er Mitte der fünfziger Jahre wiederholt im Hauptquartier der Amerikaner bei Frankfurt/Main gewesen sein muss. Diese Besuche dauerten mehrere Tage. Die An- und Abreise erfolgte mit Maschinen des US-Militärs. Heute sei sie in Sachen ihres feinen Schwagers und munteren Gewerbetreibenden darüber im Bilde, dass er nicht nur sprichwörtlich gern an den Quellen saß, sondern diese schamlos hinterging und ausnahm. Wie ein gewöhnlicher Dieb füllte er sich die eigenen Taschen. »Da kannte er keine Verwandten!«, meint sie, verbissen lächelnd.

»Nach dem Mauerbau, mit dem Kappen der meisten Verbindungswege zwischen Ost und West, hat er unsere eingehenden BND-Honorare komplett veruntreut. Und wenn ich komplett sage, dann meine ich komplett!«

Sie knipst ihre Handtasche auf und bittet, rauchen zu dürfen. »Selbstverständlich!«, erwidert er, vage in den Raum deutend. Sie fingert sich eine Pall Mall aus der Schachtel und ihm wird bewusst, dass er sie seit Ewigkeiten nicht mehr mit Zigarette gesehen hat.

»Hattest du nicht aufgehört?«

»Das ist korrekt.«

Bald riecht es wie in den Siebzigern, die für ihn wie keine andere Zeit den Westen repräsentieren, so wie er ihn brauchte. Ein Heilsversprechen in legerem Blaugrau. Sich auflösende und wieder nachwachsende Ringe und Kringel. American Tobacco. Dazu am besten Kaffee Hag und Bacardi-Rum – Manna für Selige wie ihn, die es auf die Insel geschafft hatten und nun lernen wollten, wie man vergisst.

»Es war vorbei und sollte mir eigentlich egal sein!«, sagt sie und hebt hervor, wie spät und nicht auf eigenes Betreiben, sondern durch eine Indiskretion sie von der Sache Wind bekam.

»Kappelhoff?«, möchte er wissen, erhält aber keine Antwort.

Sie spricht über Alberts und Trudes Unterstützung nach der Freilassung, ihr scheinbar harmonisches Zusammenleben in Charlottenburg, auch die Vermittlung der Neubauwohnung im Tegeler Forst, die sie dem Schwager verdankte.

»Ich habe mein Leben lang nach vorn gesehen, nach

vorn sehen müssen. Manchmal bedeutet das, rechts und links auszublenden, verstehst du?«

Er nickt, will sie nicht unterbrechen. Mit Kappelhoffs (oder etwa nicht Kappelhoffs?) bösem Floh im Ohr müssen die Verwandten ihr aber irgendwann anders vorgekommen sein! So sehr kann niemand nur nach vorn schauen wollen, denkt er, auch nicht nach überstandener Stasi-Haft und mitten im Neubeginn. So viel Pragmatismus ist schwer vorstellbar.

Selbst bei seiner Mutter nicht.

Er greift hinter sich ins Regal und reicht ihr eine Pipettenschale als Aschenbecher.

»Eines Tages stand ich in der Garage. Das war schon in Bayern, wo Albert und Trude als umtriebige Rentner und Bergwanderer mich gern besuchten und nicht selten wochenlang blieben. Trude hatte mir gestanden, dass sie sich scheiden lassen wollte. Sie wäre schon beim Anwalt gewesen. Papa war längst gestorben. Dich habe ich in dieser Zeit kaum gesehen.«

»Ja und?«

»Ich suchte einen Putzlappen. Für Albert, der mich darum gebeten hatte. Er stand hinter mir und redete über seinen neuen Wagen. Fahreigenschaften, Vorteile des Automatikgetriebes, ein Lack namens Flintgrau metallic – die Bezeichnung hat sich mir seltsamerweise eingeprägt –, irgendwelche Gurtbringer und Skisäcke. Über solches Zeug verbreitete er sich ja andauernd. Und während ich zuhörte und gleichzeitig abschaltete – das war alles eigenartig – und dabei in

Schubladen und Kästen kramte, KAM DER HASS HOCH. Rasend schnell, ohne Vorwarnung. Als würde ich in Flammen aufgehen. Es brannte so sehr, dass ich dachte, im nächsten Moment platzen oder mich übergeben zu müssen.«

»Und dann? Was hast du getan?«

Sie lächelt, lächelt ihrem Sohn ins Gesicht.

»Ich habe ihm seinen Putzlappen gegeben und beschlossen, dass er im Auto sterben würde.«

EPILOG

Überraschenderweise wollte sie in Berlin begraben werden. Auf dem Dorffriedhof von Blankenburg. Es war ein letztes Rätsel, wie es sich für eine Frau ihres Schlages gehörte.

Womöglich hatte der Wunsch aber auch einfache, nachvollziehbare Gründe. Erwins Asche war schon Jahrzehnte zuvor in der Nordsee verstreut worden und das Familiengrab der Schmidts existierte nicht mehr, war eingeebnet worden. Neben ihrer Schwiegermutter würde sie nicht liegen müssen.

Aus der versöhnlichen Perspektive der Kastanienallee, Ecke Gartenstraße, war es ein idyllischer Ort mit alten Linden, gewissenhaft geharkten Wegen und einer schiefen, von Efeu überwucherten Friedhofsmauer. Vom Grab aus konnte man zwischen den Baumwipfeln, jedenfalls jetzt im Herbst, das rote, sich aufschwingende Kirchturmdach sehen.

Die Trauerfeier dauerte nur fünfundzwanzig Minuten. Eine weißhaarige, mit ausgebreiteten Armen vor dem Altar stehende Pastorin sprach über Gott, göttliche Liebe und die jedem Sein innewohnende Wahrhaftigkeit. Die Verstorbene, deren Lebenslauf er zugeschickt und auch telefonisch zu schildern versucht hatte, kam im Grunde nicht vor.

Auch das war in gewisser Weise angemessen.

Am Ende donnerte die Orgel ein befreiendes »Halleluja«. Als erster Leidtragender schritt er hinter der Urne her nach draußen, zur gegenüber parkenden Bestatter-Limousine. Die Pastorin stand jetzt neben der Prozession und sperrte die Straße ab. Auch das Beerdigungsunternehmen zeigte sich rührig. Auf den am Kirchenausgang an die Trauergäste verteilten Zetteln wurde für »professionelle und kostengünstige Abwicklung jedweder Sterbefälle« geworben.

Die Mutter, mit ihrem Röntgenblick auf die Welt, hätte es amüsiert.

Mona hatte die Kinder nicht mitnehmen wollen, »um sie nicht zu verängstigen«. Aber als Martin sah, wie sehr seine Tochter weinte, glaubte er eher an Selbstschutz.

Während Angelika und Mona eine Toilette aufsuchten, hatte er einige Minuten für sich.

Er fragte sich, was er selbst über seine Mutter gesagt hätte.

Zu seiner Verwunderung fielen ihm zuerst Süßkirschen aus dem Garten und die im Blankenburger Landwarenhaus verkauften knackigen Bockwürste ein, was sie beides sehr gemocht hatte.

Da sie zurückgekehrt war, mussten Freuden wie diese, einfache, unverstellte Genüsse, ihr letztlich wichtiger gewesen sein als der Gestank der Rieselfelder, denunzierende Nachbarn oder ein systematisch untergrabenes Familienleben, das irgendwann zusammenkrachte.

Auch Kappelhoff und einige andere Nachrichtendienstler waren erschienen. Dass alle schwarze Anzüge trugen, verlieh dem Zusammentreffen etwas Gespenstisches. Vor der Kirche hatte er Hände geschüttelt und ein paar formelhafte Worte gewechselt. Nach der Zeremonie am Grab verabschiedeten sich die Herrschaften wieder.

Nur mit Kappelhoff stand er in der kopfsteingepflasterten Friedhofsgasse noch ein Weilchen zusammen. Angelika und Mona schlenderten voraus zum ehemaligen Tanzsaal, inzwischen ein griechisches Restaurant. Sie hatten dort einen Tisch bestellt.

Der Alte wirkte mitgenommen. Mehrmals wandte er sich ab und kramte in den Taschen seines Mantels nach einem Taschentuch. Sogar ein leises Schluchzen war zu hören. Was den von protestantischer Strenge gegen sich selbst erfüllten Mann nicht abhielt, ihm offiziell Dank zu sagen für die »Hilfe bei der Ergreifung dieses Giftgas-Attentäters in Hamburg«.

Als das pflichtgemäß übermittelt wurde, hätte Martin bei allem Respekt beinahe losgelacht.

Ihm schwirrte anderes durch den Kopf. Er hätte

Kappelhoff gern einige Fragen gestellt. Allerdings kannte er ihn gut genug, um zu wissen, dass – selbst unter diesen Umständen – keine zufriedenstellende Antwort zu erwarten war.

Er hätte es versuchen können. Immerhin endete mit dem Tod der Mutter auch ihre »Betreuung«. Der Spielraum für dieses oder jenes unbekannte Detail wäre vorhanden gewesen.

Aber er wollte nicht mehr. Nichts mehr wissen, nichts mehr entdecken. Von Enthüllungen dienstlicher und privater Natur hatte er die Nase voll.

Während er dort mit Kappelhoff zusammenstand, packte der Herbstwind eine Birke neben dem Friedhofseingang. Der heftige Stoß fuhr in die Blätter, so dass viele sich losrissen und davonflogen wie ein aufgescheuchter, vergilbter Vogelschwarm.

Es sah spektakulär aus. Wie ein Trick, der den Baum zur Seite bog und blitzschnell entlaubte.

DANK

Zahlreiche Menschen haben die Arbeit an diesem Roman unterstützt und mir auf vielfältige Weise geholfen. Ihnen allen danke ich von Herzen, besonders meiner Frau Anna.

INHALT

	DER SCHREI	9
1	FÜNFZIG JAHRE SPÄTER	15
2	ALTE GESCHICHTEN	29
3	RUF AN!	41
4	MUSEUM ZUM ERSTEN	55
5	007 JÄTET UNKRAUT	71
6	SCHWÄCHE ZEIGEN	85
7	DAS WOHNEN DER ANDEREN	89
8	KOMPONIERT WERDEN	103
9	DRECKSGEFÜHLE	119
10	EINSICKERNDE MERKWÜRDIGKEITEN	127
11	NACHT DER GESPENSTER	139
12	SWEET LOVE	149
13	MORGENS NACH PULLACH	159
14	DORADE AN FELDSALAT	175
15	KNABBERSPUREN	187
16	ANGELIKA	203
17	VERMUTUNGEN	213
18	DER MOND ÜBER BERLIN	231
19	MUSEUM ZUM ZWEITEN	247
20	ROTE FLECKEN AUF BLASSER HAUT	273
21	MARTINS ORT	285
22	FRÜHSTÜCKS-TV	297
23	WAS ZU TUN WAR	305
	EPILOG	323

Was von Freundschaft und Familie übrigbleibt, wenn die Jahre ins Land gehen und dabei die Länder verschwinden

224 Seiten, € 16,99

Peggy Mädlers Roman über die beiden Freundinnen Almut und Rosa, von denen die eine gelernt hat, dass es immer etwas zu verlieren gibt, und die andere, dass es immer irgendwie weitergeht. Eine Geschichte über das Älterwerden und Abschiednehmen, über Neuanfänge und das Immer-wieder-Weitermachen.

www.galiani.de

Dirk Brauns' Debüt bei Galiani Berlin

224 Seiten, € 16,99

»Temporeich, raffiniert und spannend.« *NDR Kulturjournal*

»Er vertraut seinem Stoff und seiner erzählerischen Kraft. Das ist eine seltene Stärke.« *SZ*

»Dirk Brauns' Roman ist beklemmend authentisch.« *Saarbrücker Zeitung*

www.galiani.de

»Ein fesselnder Politthriller mit grandiosem Finale.« *Kölner Express*

336 Seiten, € 19,99

»Das Buch ist ein Rausch, ein Trip, der im Inneren laut scheppert. (...) Ich folge dem Geschehen, getrieben von einer Spannung, ähnlich dem ›who done it‹ im Krimi, nur dass es hier ein ›who done what‹ ist. (...) Ein tolles Buch, welches ich wirklich gerne weitergeben werde.« *Charly Hübner*

»Ein packender Roman, in dem es ums Ganze geht – ein Buch von enormer dunkler Kraft und Schönheit und zudem spannend wie ein Krimi.« *Leipziger Internet Zeitung*

www.galiani.de

Wohnung Hedda
am Tegeler See
Waidmanns-
luster Damm

REINICKENDORF

CHARLOTTENBURG

Halensee

"Kulmbacher Eck"

Halensee-
terrassen

Bamberger
Straße 54

Wilmersdorf

SCHÖNE
BERG